KB148771

나는 거름이다

나는 거름이다

초판 1쇄 발행 2023년 9월 1일

지은이 김영덕

펴낸이 서연남
펴낸곳 ㈜도서출판 이음
책임편집 원상호
디자인 김수진

출판등록 제419-2017-00013호
주소 강원도 원주시 흥업면 한라대길 28 창업보육센터 203호
전화 033-761-3223 **팩스** 033-766-8750
전자우편 iumbook@naver.com

ISBN 979-11-980894-1-0

* 이 소설집은 2023년 원주문화재단 창작기금으로 발간하였습니다.

나는 거름이다

김영덕
소설

이 땅을 힘겹게 살다 가신

우리 부모님께 이 이야기를 헌정합니다.

차례

덫

아마도 네 번은 더 미뤄졌지 싶다. 잘 되겠지, 하다가도 확진자 수가 늘어났다 하면 여지없이 연기한다는 문자가 날아왔다. 드디어 그렇게 미뤄지던 문학반 개강하는 날이다. TV뉴스를 끄고 소파에서 몸을 일으켜 세운 철 노인은 모니터 오른쪽 벽에 걸려 있는 가족사진으로 시선을 돌린다. 너무도 멀리 있는 가족들, 부인은 하늘나라에 있을 거고, 맏딸은 멀리 브라질에 살고 있으니, 순간 맏딸의 해맑은 미소가 가슴속으로 파고든다. 가슴이 아릿하다. 그 애가 미치도록 보고 싶다는 생각을 뒤로하고 신발장 모서리에 매달려 있는 공적 마스크—동네 약국 앞에 10분도 넘게 줄을 서서 기다리다가 주민등록증을 내보이고 겨우 구입한—

를 꺼내 쓴다. 주공아파트 16층 엘리베이터를 타고 내려가 공동 현관 한쪽 구석에 있는 우편함을 들여다본다. 들어 있는 게 아무것도 없다. 멀리 광주에 사는 장손의 편지를 기다리는 중이다. 며칠 전 영상통화에서 분명히 그녀석이 그랬다. ―할아버지, 제가 아빠를 대신해서 생일 축하 편지 써 보낼게요. 아빠는 요즈음 회사에 나가지 않아요. 자가격리 겸 재택근무래요. 아빠네 회사 직원이 셋이나 코로나에 걸렸대요. 아빠는 코로나가 겁나서 추석 때나 할아버지 보러 간대요.

철 노인은 애써 허탈한 심경을 억누르고, 또 다른 기대감에 부풀어 H마트 문화학교를 향해 꽤나 빠르게 발걸음을 옮긴다. 거의 백일만의 바깥나들이다. 희수의 고령답지 않게 경쾌한 걸음이다. 5월 중순의 햇살은 뜨겁고, 침 코린내가 짙게 밴 마스크에서는 야릇한 감촉이 얼굴을 쓰다듬는다. 철 노인은 좁다란 이면도로 끝 전통기와집을 좌회전하여 간선도로에 들어선다. 거리는 여전히 한산하다. 어쩌다 나다니는 사람들은 어린애고 젊은이고 늙은이고, 모두 다 마스크를 쓰고 있다. 간선도로를 가로질러 높다랗게 걸려있는 현수막의 말 같지도 않은 구호가 철 노인의 심기를 더럽게 자극한다.

―어떠한 환란이 닥쳐도 우리를 믿고 마음 편히 생활하세요! 환란극복응원금 또 드릴게요. 당선인 아무개

―미친놈들!

하마터면 내뱉을 뻔했다. 아무개 당선인은 이번에 어떤당의 공천을 받아 압도적인 표차로 당선된 인물—선거 벽보에서 가장 사기꾼처럼 생겼고 송곳니가 보일 듯 말듯 웃고 있는—이다.

H마트 문화학교 문학반은 매 학기 정원이 넘쳐난다. 인터넷으로 지원자를 모집하는데, 웬만한 손놀림으로는 접속도 되기 전에 마감될 정도로 인기가 높다. 문학반 강사는 박천말숙 작가다. 그녀는 부부 성 같이 쓰기 운동에 적극적인 페미니스트로 중앙문단에서는 별 존재감이 없으나 지역 문단에서는 꽤 알아준다. 지역문인협회회장도 두 차례나 역임했고 학생들 백일장 심사위원으로도 곧잘 불려 다닌다. 지역의 문예행사에서는 제법 원로 취급을 받으며 거들먹거리기까지 한다. 철 노인은 지난 학기에 이어 이번에도 운 좋게 기회를 얻었다. 평소 5G 환경과 친밀하게 생활한 탓이었지 싶다. 브라질에 사는 맏딸과 뻔질나게 메일과 문자를 주고받으며 카톡 친구도 꽤 여러 명 거느린 결과일 것이다. 2월 마지막 날 문학반 예비 소집 때는 등록자 전원이 참석하여 크게 성황을 이루었다.

철 노인이 노인복지관 문예교실을 마다하고 H마트 문화학교 문학반을 고집하는 이유는 구성원의 다양성이다. 다양성은 시도 때도 없이 갈등을 유발하기도 하지만 역동적이고 창발성을 촉진하며 성취감을 높여준다는 장점이 있다. 철 노인은 그런 분위기를 좋아한다. 노인복지관은 머지않아 노인휴양원과 같은 시설로 끌려갈 늙은이들뿐이고, 그것도 거의가 다 고집불통의 억센 노인들인지라 어둡고 답답할 수밖에 없지만, H마트 문화학교는 젊은 애들도 꽤 많다. 남녀의 비율은 3:7쯤 되고 노중소의 비율은 2:2:1쯤 된다. 어딜 가나 여자들과 늙은이가 대세인 세상인지라 노인들 위주로 돌아가는 것은 어쩔 수 없지만, 그래서 그런지 문학반 반장도 괄괄하고 유들유들하게 생긴 최 노인이 뽑혔다. 그녀의 옷매무새는 나이답지 않게 세련미가 넘치고, 메고 다니는 크로스백도 무척 명품 브랜드이다. 그녀는 예비 소집하는 날도 참석자 전원에게 아주 거하게 점심을 샀다. 지난 학기에도 자진하여 반장을 하면서 있는 대로 호들갑을 떨었다. 그걸 보면서 철 노인은 겸공과는 거리가 먼 인격들이 도처에서 판을 치고 있는 이 세상이 점점 더 역겹고 원망스럽다는 생각에 고개를 절레절레 흔든다. 철 노인은 발걸음을 더 재촉한다. 철 노인이 H마트 문화학교 문학반에 가고 싶어 하는 이유는 따로 있다. 거기에는 머나먼 남미 브라질로 시집을 간 맏딸 현정이와 아주 흡사하게 생긴 여인이 하나 있다는 사실이다. 그녀는 외모도 그렇고 언행조차도 현정이와 거의 비슷한 규덕이 엄마다. 철 노인은 지난 학기 규덕이 엄마 때문에 맏딸에 대한 그리움을 적잖이 달랠 수 있었다. 이번에 등록할 때도 규덕이 엄마의 등록 여부를 미리 확인한 연후에 비로소 수강료를 납부했던 터이다.

철 노인의 맏딸 현정은 여고를 졸업하자마자 미국에 본부를 두고 있는 어떤 종교재단의 전액 장학금을 받아 UC버클리에 유학했다. 사실 그 장학금은 출처와 의도가 애매모호한 구석이 없지 않았다. 그러나 철 노인은 새끼를 미국의 명문대학에서 공부시킬 수 있다는 데 현혹되어 이것저것 따져보지도 않았다. 현정은 거기서 지금의 남편을 만났다. 브라질에서 그 애와 비슷한 케이스로 유학 온 보기 드문 수재였다. 현정은 우여곡절 끝에 결혼에 성공했고, 현재는 브라질 국립사회과학연구원의 관리국장으로 근무 중이며, 남편은 브라질 국립대학교의 정교수다. 철 노인의 외아들은 명망 높은 호남의 토착 부호 막내딸과 혼인한 캠퍼스 커플이다. 처가에서 꽤 큼직한 아파트와 살림에 필요한 가구며 집기류를 모두 장만해 줬다. 예식도 사돈집의 의견을 존중하여 광주의 가장 호화로운 호텔 예식장에서 올렸다. 물론 예식장 경비도 모두 사돈집에서 부담했다. 친척과 지인들은 하나같이 어찌 그렇게 공짜로 아들을 장가보낼 수 있느냐고 부러워했다. 하지만 철 노인과 부인 정 여사는 맏딸을 출가시킬 때보다 더 마음이 찝찝했다. 그건 자존심의 문제였다. 더더욱 고약한 것은 자식들을 보고 싶을 때 마음대로 보지 못하게 된 거였다. 그게 제일 아쉬웠고 억울했다. 현정은 친정어머니가 돌아가셨다는 연락을 받고도 일주일이나 지나서야 빈소에 나타났다. 그때까지 염도 하지 못하다가 가까스로 9일장을 지냈다. 맏딸은 삼우제도 제대로 지내지 못하고 서둘러 브라질로 출국해야 했다. 철 노인은 허망하기가 이루 말할 수 없었다. 세월이 흘러갈수록 그런 심정은 점점 더 짙어졌고 최근에는 허공을 쳐다보며 중얼거리는 버릇까지 생겼다.

"내 새낀 내 돈으로 끝까지 키웠어야 했는데, 명분 없는 금품은 멀리 했어야 했는데, 공짜 좋아하다 그만…, 새끼 키워서 남 좋은 일만 하고 말았네!"

철 노인은 H마트 2층 문화학교 현관 입구에서 발열체크를 받고 문학반 교실로 들어간다. 이미 마스크를 눌러 쓴 사람들로 교실 안이 가득하다. 철 노인은 교실 중간 창가에 자리를 잡고 앉아 사방을 둘러본다. 뒤쪽 구석 자리에 어두운 표정의 규덕이 엄마가 유난히도 외롭게 보인다. 수심에 찬 맏딸의 모습을 보는 것 같아 측은하고 안쓰럽다. 철 노인은 애써 마음을 가다듬고 창밖 시들어 가는 아카시아꽃으로 눈길을 돌린다. 바로 그때 강사의 걸쭉한 목소리가 교실을 울린다.

"그간 안녕들 하셨습니까?"

박천말숙 강사가 마스크도 쓰지 않은 채 한껏 치장을 하고 교실 앞문으로 들어선다. 그녀는 단상에 올라서자마자 칠판에 커다란 글씨로 '환란극복응원금 용처를 생각함'이라고 쓴다. 그러고는 무척 투덜거리는 말투로 이야기를 꺼내기 시작한다.

"우리 집은 2백만 원을 받았는데 1인당 50만 원인 셈이지요. 처음부터 착안을 잘못했어요. 공평치 못하고 문제도 많아요. 그래서 오늘은 그거 가지고 이야기를 나눠볼까 해요. 작문하는데 좋은 글감이 될 것 같아서요."

"선생님 말씀 맞아요. 가구당 2백만 원으로 기준을 정해놓으니…, 기준부터가 잘못됐어요. 1인당 얼마씩으로 해야 하는 건데…, 우린 일곱 식구가 사는데도 고작 2백만 원밖에 못 받았어요!"

최 노인이 강사를 두둔하고 나선다.

"그걸로 반장님은 무얼 하셨어요? 나는 애들 맛있는 거 사주는 데 모두 썼는데…."

강사가 자랑스럽게 좌중을 둘러본다. 그렇게 문학반 개강 첫날 화젯거리는 단연 환란극복응원금이다. 졸지에 거금의 공돈이 생겼으니 그럴 만도 하다. 철 노인은 환란극복응원금 소리만 들어도 과거 고무신과 막걸리가 떠올라 가슴이 답답해진다. 단지 검정고무신 한 켤레나 막걸리 한 사발을 얻어 마시고도 기꺼이 표로 보답했던 우리의 가련한 조상님들이 아니던가. 집집마다 거금 2백만 원씩이나 거저 준다는데, 그 은공을 어찌 외면하겠는가. 그뿐인가. 그 천문학적인 재원은 고스란히 우리 새끼들의 빚으로 남을 텐데…. 어느 효심 깊은 후손이 있어 기꺼운 마음으로 그걸 갚아나갈 것인지? 따지고 보면 공돈도 아닌 것이 공돈인 척하면서 뿌리 깊은 전통과 질서를 마구 헝클어뜨리고 있는데도 너도나도 감지덕지 좋아 어쩔 줄 모르는 꼬락서니라니….

철 노인은 창밖을 내다보며 길게 한숨을 내뿜는다.

"선생님, 우리 그 이야기 한 번 해보는 걸로 해요. 거저 굴러들어 온 돈인데, 그걸 어디에 썼는가를 돌아가면서 발표하는 걸로 해봅시다. 무척 재밌을 거 같아요."

반장이 또 초를 친다.

"그럼, 이야기하고 싶지 않은 사람도 있을 테니, 하고 싶은 사람부터 먼저 하는 걸로 합시다. 나는 이미 애들 밥 사주는 데 모두 써버렸다고 이실직고했으니까…."

강사가 결단을 내린다. 강사의 말이 끝나자마자 40대 중반의 노처녀 송미자가 기다렸다는 듯 냉큼 단상으로 뛰어 올라간다. 그녀는 지난 학기에도 기지와 재치가 넘치는 언행으로 단연 돋보였다.

"저는 현금이 당장 필요해서 동네 잘 아는 옷 가게에 가서 80만 원어치 옷을 산 걸로 하고 60만 원을 현금으로 바꿨어요. 옷 가게 주인이 무척 좋아하더라고요."

"그런 방법도 있었네!"

구석 자리에 앉아 있는 무직의 젊은이 노승준이 송미자를 선망 어린 눈으로 바라보며 주먹을 불끈 쥐고 책상을 두드린다.

"나는 큰아들네 식구들을 모두 모아놓고 한우고기를 사 먹였다오. 그러니까 겨우 5만 원 남습디다."

"나는 손주들 장난감을 사주었어요. 장난감값도 장난이 아니더군요."

"나는 대학교 다니는 외손주 노트북을 선물했어요. 그 녀석은 작년에 의과대학 들어갔고요."

"저는 친구들과 거나하게 회식했어요. 그동안 얻어먹기만 했었는데 이번에 모두 갚았답니다. 그건 완전 단비였어요. 그래서 나는 앞으로도 이분을 적극 성원할 겁니다!"

그는 엄지를 치켜세우며 약간은 쑥스러운 표정을 지었다.

"저는 남편과 단둘이서 동해안에 다녀왔어요. 평소 먹고 싶었던 바다회도 실컷 먹었지요."

"저는…"

"나는…"

거의 모두 한두 마디씩 했다. 썩 쌈박한 이야기도 없고 가슴 뭉클한 내용도 하나 없다. 그게 그거고 저게 그거였다. 모두 공돈 생긴 것만 흡족해하는 눈치들이다. 그런 게 공돈의 위력이라면 위력이랄까.

처음에 철 노인은 아무 이야기도 하지 않으리라 마음먹었다. 환란극복응원금이라는 거 자체가 심기를 크게 건드렸던 터라 입을 열었다 하면 어떤 독설이 튀어나올지 확신이 서지 않아서다. 그러나 돌아가는 분위기로 보아 무엇인가 한마디 안 할 수가 없었기에 엉거주춤 일어나 느린 걸음으로 단상을 향해 걸어 나간다. 단상 앞에 자세를 가다듬고 서서 규덕이 엄마를 슬쩍 훔쳐본다. 그녀는 여전히 어두운 표정이다.

"철 선생님은 우리 문학반에서 가장 고령의 어르신이십니다. 자식 농사도 아주 잘 지으셨답니다. 따님은 브라질 국립대학교의 저명한 교수 사모님으로 국립사회과학연구원의 관리국장이시고, 아드님은 광주에 있는 자동차 회사의 연구부서 팀장입니다. 우리 모두가 귀담아들을 말씀이 많을 것 같습니다. 철 선생님, 한 말씀 부탁합니다!"

강사가 갑자기 나서서 철 노인을 한껏 추켜세운다. 철 노인은 허공을 한 번 쳐다본 후 헛기침을 두어 번 하고 이야기를 시작한다. 자신도 모르게 어깨가 으쓱해지며 목소리에 힘이 들어간다. 자식 농사 잘 지었다는 말을 들을 때마다 나타나는 버릇이다.

"강사님이 엉뚱한 말씀을 했네요. 자식 농사 특별히 잘 지은 것도 없어요. 내 맏이가 브라질로 시집을 가긴 했지만 난 그런 나라 좋아 안 해요. 일찍이 공짜의 덫에 걸려들어 극심한 경제 불황에다가 재정도 파탄이 나버렸잖아요. 사실 환란극복응원금이라는 것이 공짜의 덫일 수도 있겠다는 생각이 자꾸 들어요. 세상에 공짜가 어디 있어요! 덫에 걸렸다 하면 모든 게 끝인걸요! 속셈이 뭔지, 무슨 음모라도 있는 건 아닌지 헷갈려요. 브라질과 같은 그런 나라의 전철을 밟으면 곤란하잖아요. 나는 그게 겁나서 밤잠을 설친 적도 꽤 많아요.”

철 노인은 잠시 이야기를 멈추고 규덕이 엄마에게로 눈길을 돌린다. 그녀는 생각에 잠긴 듯 여전히 고개를 깊이 숙이고 있다. 한없이 초췌하고 안절부절못하는 모습이다. 무엇인가 말 못 할 사정이 있을 거라는 생각을 하면서 철 노인은 창가에 몸을 기대고 있는 강사를 바라본다. 철 노인과 눈길이 마주친 강사는 재빨리 창밖으로 얼굴을 돌린다. 철 노인은 이야기를 계속한다.

“나는 혼자 사는 늙은이니까 80만 원을 받았는데, 누구는 황송하고 감복해서 환란극복응원금을 준 사람을 끝까지 성원할 작정이라지만, 그걸 곰곰이 생각해 보니 여러 가지로 문제가 많은 것 같고, 맛있는 거 사 먹일 애들은 너무 먼 곳에 있고, 같이 마주 앉아 술잔 기울일 친구는 모두 저세상으로 가버렸고, 그렇다고 하는 꼬락서니들을 보니 기부도 하고 싶지 않고, 그 돈이 없어도 먹고사는 데는 아무 지장 없고, 아직은 지갑에 고스란히 그대로 남아 있는데….”

철 노인은 입에서 나오는 대로 횡설수설하다가 잠시 이야기를 멈추고 또다시 교실 안을 휘둘러본다. 규덕이 엄마는 여전히 고개를 숙이고 있어 머리통만 부스스하고, 최 노인의 희멀건 얼굴은 호기심으로 실룩거리고 있다. 그 순간 지난 문학반 예비 소집 날 점심 얻어먹은 사실이 머리를 스치고 지나간다. 빚지고는 못 사는 철 노인이다.

"아! 지금 갑자기 생각났는데…, 환란극복응원금 받은 걸로 오늘 점심은 내가 쏠 테니 여러분들 나와 점심 같이 하도록 합시다! 이왕 먹는 거 이 도시에서 최고로 맛있는 거 먹으러 갑시다!"

순간 우레와 같은 박수가 터진다. 강사가 더 신나게 손뼉을 쳐댔고, 자리에서 중뿔나게 일어선 최 노인이 한껏 흥분한 목소리로 박수를 유도한다.

"여러분! 우리 철 선생님께 고맙다는 박수 한 번 더 쳐 드립시다!"

더 큰 박수 소리가 교실을 가득 메운다. 철 노인은 크게 헛기침을 두어 번 하고는 단상에서 내려와 자기 자리에 앉아 지그시 눈을 감는다. 규덕이 엄마의 부스스한 머리통이 맏딸의 얼굴과 겹치면서 가슴이 아려 온다. 한 달 전 통화에서는 자가 격리 중이라 했는데…, 아무 일도 없어야 할 텐데…, 현정이가 보고 싶다. 미치도록 보고 싶다.

"모든 분이 한 말씀씩 했는데 딱 한 사람, 규덕이 엄마 이야기만 못 들었어요. 규덕이 엄마 앞으로 나오시지요!"

강사가 규덕이 엄마를 채근한다. 규덕이 엄마도 지난 학기에 누구보다 열심히 문학반 활동을 했다. 문학반의 온갖 잡심부름은 그녀가 도맡아 할 정도였다. 회비를 징수하는 일에서부터 자료를 복사해서 나누어주는 일까지 강사와 반장은 그녀를 억수로 부려 먹었다.

"저는 하고 싶지도 않고 할 이야기도 없어요. 그냥 여기서 끝내면 좋겠어요!"

규덕이 엄마가 강사를 바라보며 애걸 조로 말한다.

"남의 이야기를 들었으면 자기 이야기도 들려줘야지…. 빨리 해요!"

강사를 제치고 최 노인이 명령조로 소리친다. 무척이나 억세고 앙칼진 목소리다. 규덕이 엄마는 반장의 위세를 거스를 수 없어 잠시 머뭇거리다가 단상에 올라선다. 모두 숨을 죽이고 규덕이 엄마의 입을 바라본다. 규덕이 엄마는 난감한 표정으로 한참 뜸을 들이다가 겨우 입을 열기 시작한다.

"저의 남편이 코로나와 사투를 벌이다가 그만…."

규덕이 엄마는 더 이상 말을 잇지 못하고 흐느낀다. 순간 실내 분위기가 무겁게 가라앉는다. 조금 전까지 화기애애하던 문학반 교실은 모차르트의 레퀴엠 연주 직전과 같은 적막이 감돌기 시작했고, 아직은 살아있는 이들의 영혼을 위로하려는 듯 낡은 에어컨의 바람 소리는 점점 더 거칠어진다. 규덕이 엄마가 손수건을 꺼내어 눈물을 훔치고는 하던 이야기를 계속한다.

"경황이 없어서 선영 발치에 잔디 장을 했는데…, 저는 아들 몫까지 해서 모두 120만 원 받았거든요. 그 돈으로 남편의 무덤에 평장비석을 세워 놓았어요. 화강석 받침에 비석돌은 오석으로 했고요. 거기에 제 이름도 새겨 넣었어요. 저도 죽으면 그 옆에 묻히려고요. 우리 아들 규덕이를 열심히 키워 장가보내고, 그러면 제 책임은 끝나는 거잖아요. 그때 저도 남편 곁에 가서 누우려고요. 남편만 죽지 않았다면 그 돈으로 친정 부모님 제주도 여행 한 번 시켜드렸을 텐데….”

그녀는 끝내 오열을 참지 못하고 교실 밖으로 뛰어나간다. 교실 앞문을 열어젖히고 도망이라도 치듯 달려 나가는 규덕이 엄마를 바라보며 철 노인은 또 맏딸을 떠올린다. 어깨를 잔뜩 웅크리고 고개를 숙인 채 놀란 노루처럼 뛰어나가는 뒤태가 어릴 적 현정이의 모습 그대로이다. 현정이는 맏이로 태어난 죄로 부모에게 야단도 많이 맞았다. ―맏이는 누구보다 잘 커야 한다. 모범이어야 하고 부모의 기대에 부응해야 한다. 그게 맏이의 책무요 운명이다.― 현정은 그 누구보다 그런 역할에 충실한 맏이였다. 그럴수록 부모의 기대는 점점 더 증폭되어 갔고, 그러노라니 큰 잘못이 아닌 일에도 매섭게 질책했었다. 키우면서 그렇게 많은 기쁨을 안겨준 애도 사실은 드문데…. 그래서 그런지 현정이만 생각하면 한없이 미안하고 안쓰러워지는 철 노인이다. 보고 싶어도 마음대로 볼 수가 없으니…, 지금 브라질은 코로나가 한창 기승을 부리고 있다는데…, 그 나라 대통령도 걸렸다는데…, 제발 우리 현정이만은 비껴가야 할 텐데…, 영상통화를 한 지도 한 달이 넘었고, 뒤늦게 태어난 외손녀는 아직껏 상면도 못 했는데…, 출처도 모르는 전액 장학금만 받지 않았어도 이런 회한일랑은 없었을 텐데…. 신명 나게 돌아가던 멍석 판이 갈기갈기 찢어지고 헝클어져 버렸다는 허탈감 속에서 철 노인은 도저히 정신을 가다듬을 수가 없다.

철 노인은 규덕이 엄마가 달려 나간 교실 앞문에서 눈길을 돌리지 못한다. 야속하고 답답한 심정으로 활짝 열려있는 앞문을 노려본다. 누군가 그리로 들어올 것 같은 기시감이 망막을 스친다. 그 문으로 현정이가 외손녀 손을 잡고 뛰어 들어오면 오죽이나 좋을까. 드디어 철 노인은 허망한 환상에 사로잡혀 길게 한숨을 내쉰다. 규덕이 엄마를 붙들기 위해 따라 나가는 이는 아무도 없다. 간 사람은 간 사람이고…. 모두 그렇게 생각해서인지 문학반 교실은 또다시 웅성거리기 시작한다. 무엇 때문인지 까르르 웃어젖히는 사람도 있다. 곧바로 강사가 단상으로 올라가 마무리 멘트를 한다.

"어쨌든 공돈이 생겨서 그동안 주저로웠던 것들을 조금이라도 해결한 것 같아요. 그런데 그 돈의 용처는 특징이 있네요. 불요불급한 데 지출한 사람은 많지 않은 것 같고, 자식들 맛있는 거 사 먹였다는 부모는 많은데, 부모를 위해 썼다는 사람은 하나도 없네요. 그것만 봐도 문제가 많은 돈이 분명하긴 해요. 하지만 문제가 많건 적건 공돈이 생기는 건 나쁠 게 없지, 싶어요. 목적이 모호하건 출처가 불분명하건 그런 돈은 자꾸 생겼으면 좋겠어요! 여러분 그렇지요! 안 그렇습니까?"

"네! 맞아요!"

우레와 같은 박수와 함성이 또 울려 퍼진다. 강사는 좌중을 둘러보며 싱글벙글한다. 앞뒤 둘러보지도 않고 환성을 지르며 손뼉을 쳐대는, 그래도 문학에 뜻을 두고 있다는 저들의 정신 나간 태도는 무엇이란 말인가. 철 노인의 가슴속에서 통제하기 어려운 울화가 치민다. 세상만사가 차갑고 어둡게 보이기 시작한다. 철 노인은 강사의 유들유들한 얼굴을 노려본다. 쪽 찢어진 두 눈, 쪼뼛한 이마와 보톡스 약효가 거의 빠져나가 맥없이 처져버린 양 볼, 헝클어진 머리카락, 주렁주렁 달린 귀걸이를 버텨내느라 힘겨워하는 칼귀를 쏘아본다. 모두가 역겨울 정도로 천박하다. 아무리 살펴보아도 강사는 관록을 뽐내는 작가답지 않다. 적어도 작가라면 작가 아닌 이들과는 다른 구석이 있어야 하는 것 아닌가. 작가라는 존칭은 아무나 듣기 어렵거늘, 그렇다면 그에 걸맞은 품격이라도 보여야 하거늘, 그 잘난 환란극복응원금 때문에 저렇게 영혼을 팔아버리다니! 지난 학기에는 꽤 훌륭해 보이는 문인이었는데…, 예쁘고 매력이 흘러넘치고 어딘가 섹시한 구석도 좀 있다는 생각이 들었었는데…. 철 노인은 주머니에서 손수건을 꺼내어 침을 세 번 뱉는다. 탁! 탁! 탁! 그건 실망감이 절정이었을 때 자신도 모르게 나타나는 철 노인의 오랜 습관이었다.

문학반 오찬장으로 향하는 철 노인의 발걸음은 납덩이처럼 무겁다. 후회막급이고 진퇴양난이다. 괜한 짓을 저질렀다는 자괴감이 컸으나 그렇다고 중단할 수도 없는 노릇이다. 그는 잔뜩 얼굴을 찌푸리고 시내 중심가 쪽으로 한 블록쯤에 위치한 오찬장을 향해 걸어간다. 강사와 반장이 옆에 따라붙어 아양을 떨며 상냥하게 말을 걸어왔지만 일절 대꾸하지 않는다. 오찬장에는 규덕이 엄마를 제외한 모든 이가 참석했다. 공짜로 점심 먹을 기회가 생겼는데 그 누가 마다할까. 모두가 한걸음에 그리로 달려가 자리를 잡고 앉았다. 최 노인은 식탁의 가장 중심 좌석에 철 노인을 앉히고 강사와 함께 맞은편 좌석을 차지한다. 오찬 메뉴는 무척이나 화려해 보이는 한정식이고, 반주는 날씨를 고려하여 맥주를 준비했다. 투명 유리잔에 맥주를 그득히 채운다. 반장이 주제넘게 강사에게 건배 제의를 요청한다. 강사는 기다렸다는 듯 맥주잔을 들고 자리에서 벌떡 일어나 일사천리로 건배사를 늘어놓는다.

"자, 이제는 모두 마스크를 벗어야지요! 먹는 입으로 코로나 들어오겠어요? 마스크를 쓴 채로 이 맛있는 걸 어찌 먹겠어요! 그럼, 앞에 있는 맥주잔을 높이 들어주세요! 첫째는 환란극복응원금에 감사하고, 둘째는 철 선생님의 만수무강을 기원하고, 셋째는 가까운 장래에 이와 같은 응원금을 또 받을 수 있기를 바라는 마음으로 건배하겠습니다. 이 모두를 위하여!"

강사의 목소리는 간드러지면서도 우렁차다. 참석자들 모두가 큰 소리로 복창한다.

"위하여!"

철 노인은 '위하여!'를 복창하지 않는다. 박천말숙 강사의 정신상태가 어떻게 된 건 아닌가. 미치지 않고서야 명색이 작가라는 인간이 어찌 그런 아가리를 놀리겠는가. 철 노인은 맥주잔을 강사의 면전에 던져버리고 싶은 충동을 억제하느라 컵을 움켜잡은 오른손이 부들부들 떨린다. 도저히 컵을 들고 있을 수가 없을 정도로 떨린다. 더 이상 버티지 못하고 팽개치듯 맥주잔을 식탁 위에 내리꽂는다. 탁! 유리컵이 식탁과 충돌하면서 산산조각이 났고, 맥주는 거품을 흩날리며 사방으로 튀어 오른다. 그의 오른손 다섯 손가락에서는 붉은 피가 철철 흐르기 시작했고, 바로 앞자리에 앉아 있던 강사와 반장은 맥주 거품을 뒤집어쓴다. 문학반원들은 들고 있던 수저를 재빨리 식탁에 내려놓았고, 겁먹은 얼굴로 철 노인의 눈치를 살핀다. 철 노인은 붉은 피가 방울져 흘러내리는 오른손 주먹으로 다시 한번 식탁을 내리치며 자리에서 벌떡 일어난다. 이번에는 핏방울이 튀어 올라 강사와 반장의 얼굴을 붉게 물들인다. 강사와 반장의 얼굴은 거저 보기에는 아까울 정도로 흉물스럽다. 참으로 가관이다. 그게 그녀들의 본모습일 터이다. 철 노인은 아직은 힘이 남아 있는 듯 카랑카랑하면서도 비장한 목소리로 연설하듯 소리친다.

"실망스럽소! 세상이 이리도 뒤틀린 줄은 미처 몰랐소! 그 생각 바꾸지 말고 평생 공돈이나 구걸하며 잘들 살아보시오! 오늘 밥값은 그대들이 좋아하는 공돈으로 내가 모두 내고 갈 테니 배가 터지도록 실컷 먹어보시오! 공짜 때문에 상실의 시대를 버티고 있는 이 독거노인은 이만 여기서 물러가리다!"

점심값을 결제하고 신용카드를 받아 드는 철 노인의 왼손이 계속 덜덜 떨린다. 오른손은 아직 피로 붉게 얼룩져 있다. 머릿속에서는 이제껏 괜한 짓을 했다는 후회가 흘러넘친다. 규덕이 엄마만 오찬장에 참석했더라도 그런 개떡 같은 기분은 아닐 터, 그 여인의 지울 수 없는 슬픔과 참아내기 어려운 고통이, 실성한 나머지 시력과 청력까지 상실하고 끝내는 판단력마저 흐려진 문학반원들의 지갑으로 스며들어 환란극복응원금으로 둔갑했을 거라는 생각에 철 노인은 전율을 금치 못한다. 철 노인은 뒤도 돌아보지 않고 식당 출입문을 열어젖히고, 식당을 빠져나와 빠르게 발걸음을 옮긴다. 발걸음은 마치 공공복지시설로 끌려들어 가는 행려병자처럼 무겁다. 마스크도 쓰지 않은 채 간선도로를 따라 발길 닿는 대로 걸어간다. 여전히 머리 위에서는 현수막이—어떠한 환란이 닥쳐도 우리를 믿고 마음 편히 생활하세요! 환란극복응원금 또 드릴게요. 당선인 아무개—높다랗게 매달려 너풀거리고, 현수막 밑으로는 한 무리의 인간들이 공적 마스크로 단단히 무장한 채 비틀거리며 걸어가고 있다. 그들 모두가 검정고무신을 신고 막걸리에 취하여 환란극복응원금이나 받으러 가는 걸구들로 보인다. 규덕이 엄마도 그 무리에 뒤섞여 있을 거라는 생각이 든다. 철 노인은 곧바로 고개를 가로젓는다. —절대로 명분 없는 금품을 받을 위인은 아니지….— 순간 규덕이 엄마가 더없이 가엽고 불쌍하다는 생각이 든다. —얼마나 힘들어하고 있을까?— 그런 생각으로 철 노인의 발걸음은 어느새 규덕이 엄마가 산다는 동네로 향한다. 거기만 가면 그녀가 있을 것 같다. 그녀를 만나면 친정아버지의 마음으로 따뜻하게 위로하며 맛있는 밥도 한 끼 사 먹이리라. 비록 일방적이긴 하지만 그녀에게 위로받았고 한편 그녀에 의지하며 살았으니, 이제는 그녀를 위로하고 성원하는 게 늙은이의 도리라고 생각한다. 지난 학기 자기소개를 할 때 들었던 그녀가 살고 있다는 아파트를 찾아들어서 산책을 하는 척 느린 걸음으로 아파트단지를 돌기 시작한다. 한 바퀴, 두 바퀴, 태양이 서쪽 하늘로 기울어질 무렵까지 돌고 또 돌았다. 아마도 열 바퀴도 더 돌았을 터이다. 규덕이 엄마의 모습은 어디에도 보이지 않았고, 실망이 컸던 철 노인은 급격하게 지쳐갔다. 철 노인은 아쉬움을 뒤로하고 발길을 돌려 발길 닿는 대로 걸음을 옮긴다. 그렇게 걷다 보니 눈앞에 대로변 전통기와집이 나타났다. 전통기와집을 우회전하여 후면도로를 따라 계속 걸어간다. 멀지 않은 곳에 주공아파트가 보인다. 그리로 가겠다는 의지도 없는데 발길은 저절로 주공아파트로 향한다. 천신만고 끝에 아파트 공동현관에 들어선다. 눈길은 저절로 우편함에 머문다. 흰 편지 봉투 하나가 매달려 있는 게 보인다. 참으로 반갑다. 떨리는 손으로 편지 봉투를 꺼내 든다. 기다리고 기다리던 장손의 편지다. 삐뚤빼뚤하고 큼직한 글씨가 어릴 적 외아들의 필체를 그대로 닮았다. 대견하다는 생각이 들면서 웃음이 저절로 나온다. 철 노인은 장손의 편지를 읽어 내려간다.

— 보고 싶은 할아버지에게

할아버지 생신 축하합니다. 저와 엄마는 모두 건강한데 아빠가 코로나 확진이래요. 그런데 조금도 근심할 거 없대요. 우리 돈 한 푼 안 들이고 완치할 때까지 특실에서 치료해 준대요. 엄마가 할아버지한테는 절대로 비밀로 해야 한다고 했지만, 그래도 할아버지만은 알고 계셔야 할 것 같아서요. 사실 엄마와 저는 불안하기 짝이 없어요. 아빠가 코로나 치료를 잘 받고 살아 돌아올지 모르는 일이잖아요. 만약 아빠가 잘못되면 우린 어떻게 해요? 할아버지는 절대로 코로나 걸리지 마시고 오래오래 건강하게 사세요. 할아버지 보고 싶어요. 사랑합니다. 할아버지의 장손 올림

철 노인의 두 다리가 또다시 후들거리기 시작한다. 안간힘을 다해 겨우 엘리베이터에 올라탄다. 엘리베이터에는 탄 사람이 아무도 없다. 참으로 다행이다. 억지로 16층 버튼을 누르면서 엘리베이터 바닥에 주저앉는다. 엘리베이터가 빠르게 치솟는가 싶더니 잠시 후 출입문이 열린다. 16층이다. 철 노인은 거의 기다시피 엘리베이터 밖으로 빠져나온다. 현관문을 열고 전실로 들어서려는데 휴대폰 문자메시지 도착 음이 시끄럽다. 중문을 열고 들어가 거실 소파에 기대앉아 휴대폰을 연다. 현정이가 보낸 문자다. 맏딸이 눈앞에 나타난 듯 반갑다. 정말 반갑다. 철 노인은 어느새 장손의 편지 내용은 까맣게 잊고 맏딸의 문자메시지를 읽어 내려간다.

— 아버지 생신 축하드려요. 찾아뵙지도 못하고 죄송합니다. 별일 없으시죠? 광주 현식이도 잘 있고요? 저희도 다들 잘 있어요. 그런데 애 아빠와 저 한꺼번에 코로나 확진 받았어요. 그렇지만 아버지, 걱정하지 마세요. 브라질이 아무리 어렵다지만, 보험도 들었고 모아놓은 돈도 좀 있으니까요. 그러나 만약 애 아빠가 잘못되면 애들 데리고 고국으로 가서 아버지 곁에서 살고 싶어요. 오늘은 아버지가 너무 보고 싶어요. 뵐 때까지 건강관리 잘하세요. 멀리 브라질리아에서 현정 올림

순간, 철 노인은 시들대로 시든 심신을 겨우 지탱해 주고 있던 한 가닥의 기력마저 고스란히 빠져나가는 걸 느낀다. 왼손에 겨우 들고 있던 스마트폰을 떨어뜨리는가 싶더니 거실 바닥에 곤두박질치듯 나가떨어진다. 마치 거대한 고목이 맨땅으로 쓰러진 듯 둔탁한 소리가 사방으로 울려 퍼진다. 그 소리는 25평 아파트 벽을 따라 외롭게 맴돌다가 사라진다. 철 노인의 정신이 몽롱해진다. 철 노인의 두 눈이 저절로 감긴다. 천지가 깜깜하다. 어느새 철 노인은 잠이 든다. 얼마나 지났을까, 머리가 무겁고 가슴이 답답해 온다. 잠에서 깨어나며 두 눈을 번쩍 뜬다. 아직도 오른손이 심하게 욱신거린다. 어렵게 심호흡을 몇 차례하고는 겨우 정신을 가다듬는다. 더 이상 버텨내야 할 명분은 추호도 없다는 생각이 든다. 코로나에 걸리면 사망하거나 폐질이 된다는데, 한 가닥 삶의 끄나풀이던 두 남매가 무참히 천 길 절벽으로 곤두박질치는 환상에 철 노인은 몸서리를 친다. 숨이 막힐 듯 가슴이 오그라드는 느낌을 억누르며 뒷베란다로 나간다. 실로 오랜만에 나가본다. 아마도 맏딸이 친정을 다녀간 후로는 처음일 터이다. 먼 옛날 거기는 단란한 네 식구의 신나는 놀이터였다. 그새 흑호두나무 마루판은 뒤틀리고 갈라져 발걸음을 옮길 때마다 삐걱거리는 소리가 요란하다. 흑호두나무 마루판은 철 노인이 한창 잘나가던 시절 거래처 사장이 공짜로 시공해 준 거였다. 기막히게 아름다운 무늬에 촉감은 부드럽고 따뜻했다. 철 노인은 왼손으로 뒷베란다 창문을 열어젖힌다. 빛바랜 석양 한 줄기가 녹슨 쇠창살의 그림자를 잡아 늘이고 있다. 그 옛날 그렇게도 찬란하던 저녁노을은 흔적조차 찾아보기 어렵다. ―뛰어

내리자. 그러면 모든 게 끝나리라!— 철 노인은 뒷베란다 철제난간을 잡고 아래쪽을 내려다본다. 거긴 까마득한 낭떠러지다. 그때 부인 정 여사가 소리친다. —제발 그러지 말아요. 당신이 버텨내야 현정이와 현식이를 살려낼 수 있어요!— 천 길 벼랑에서는 정 여사가 코로나X에 걸린 두 남매를 간병하느라 안간힘을 쓰고 있다. 철 노인은 깜짝 놀란다. 순간, 철 노인은 또다시 정신을 가다듬는다. 그건 환청이고 환상이라는 걸 직감한다. —망자마저도 저리하는데!— 노인은 생각할수록 괴란쩍다. 장손의 편지 내용도 다시 머리에 떠오르고, 아버지가 너무 보고 싶다는 맏딸의 문자도 망막에 또렷하다. —그래! 버텨내야 한다!— 철 노인은 두 주먹을 불끈 쥐고 어금니를 악문다. 두 다리가 후들거려 더는 견딜 수가 없다. 철 노인은 그 자리에 털썩 주저앉는다. 뒤틀리고 일그러진 베란다 흑호두나무 마루판의 모양은 마치 커다란 쥐덫처럼 생겼다. 공짜라는 미끼가 한 무더기 매달려 있는 쥐덫 같아 보인다. 철 노인의 두 눈이 또다시 저절로 감긴다.

나는
거름이다

칠리레드빛깔의 미니쿠퍼, 그분의 정년퇴임 때 우리 큰딸이 선물한 승용차, 그분과 나를 이 땅 이 끝에서 저 끝까지 태우고 희락을 함께한 동반자, 오늘따라 더 깜찍하고 고맙다. 그 옛날, 그분의 포니가 주차했던 바깥마당 바로 그 자리, 그때는 그분이 열어주는 도어를 빠져나와 영월 엄씨네 땅을 처음 밟았는데, 오늘은 장조카가 달려 나와 도어를 열어준다.

"내가 너무 늦으면 그때나 올라오시게!"

굳이 동행하겠다는 장조카의 손길을 뿌리치고 나는 선산으로 향한다. 수없이 오르내리던 그 오솔길, 오늘따라 더 고즈넉하다. 길섶의 야생화는 한가을 오후의 햇살을 받아 한결 정겹고 도도

하다. 좌청룡 우백호가 뚜렷한 선산발치, 서쪽 멀리 단종릉이 외롭게 누워 있는 곳, 나는 그분의 무덤을 한 바퀴 둘러본다. 금잔디가 눈부시도록 아름답다. 오석의 비문은 얼마나 당당한지. 고등학교 교장 엄기성. 배우자 채윤숙. 그분의 이름 석 자 옆에 내 이름이 또렷하다. 내가 그분에게로 가고 싶어 하는 마음이 주체하기 어려운 것처럼 그분도 나를 학수고대하고 있음이라. 지난달에 대상을 치렀으니, 오늘로써 그분이 여기에 잠든 지 25개월째다. 그분 없이 사는 세월은 사는 게 사는 것이 아니었다. 그분이 보고 싶다. 그분의 눈길을 느끼고 싶다. 그분의 숨결 속에 잠들고 싶다. 모노드라마의 막이 내려지는 장면에서 나는 금잔디 봉분에 등을 기대어 먼 하늘을 바라본다. 하늘은 맑고 솜뭉치 같은 구름이 몇 조각 흘러간다. 그분과 손잡고 구름처럼 하늘을 흘러가다가 한줄기 소나기가 되어 메마른 대지를 적시고 싶다. 그것도 거름이겠지. 이제는 더 이상 버티지 않으련다. 나는 2년 동안 아무도 모르게 모아뒀던 졸피뎀 제제와 생수병을 옆에 놓고 방금 올라온 오솔길로 눈길을 돌린다.

나의 친정은 읍내에서 거의 이십 리나 되는 벽루였고, 아버지의 농사는 한 섬지기도 안 되었다. 그걸로 아버지는 나를 읍내에 있는 여상까지 보내주셨다. 중학교도 못 간 친구들이 허다하던 시절, 아버지의 교육열이 나를 그렇게 만들었다. 아버지에게는 아직도 가르쳐야 할 아들이 셋이나 있었다. 내 바로 밑 두 살 터울의 여동생은 나보다 무척 더 똑똑했었는데 초등학교 때 급성 폐렴으로 죽었다. 그 밑으로 남동생 셋이 올망졸망했다. 이놈들은 무슨 수를 써서라도 끝까지 가르쳐야 해! 아버지는 나만 보면 그 말씀을 하셨다. 그러니 나는 대학은 꿈도 꿀 수 없었다. 차라리 잘됐다 싶었던 것은, 대입예비고사에서 크게 실수했다는 것이다. 그리고 또 있다. 공부 많이 한다고 공부한 만큼 잘 사는 것도, 행복한 것도 아니라는 어머니의 말씀, 나는 그걸 믿고 싶었다. 그래서 나는 돈을 벌어야 했다. 돈을 많이 벌어서 동생들을 잘 가르쳐야 했다. 동생들을 잘 가르쳐 놓으면 모든 영광이 나의 친정으로 쏟아져 들어올 것이고, 그건 이 땅을 살아가는 여인네의 힘이요 동아줄이라 믿었다. 결국 그게 부모님의 은혜에 보답하는 길이라 여겼다. 그리고 그 모든 게 내 믿음대로 되었다. 우선 내 동생들은 모두 출세했다. 막내는 도청 국장까지 올라갔고, 둘째는 대학병원의 전문의요, 첫째는 일찍이 창업하여 지금은 중견기업으로 자리를 굳혔다. 부모님은 천명을 다하셨다. 근동에서 내 친정만큼 부러움을 사는 집이 없는 것만으로도 내 생각이 틀리지 않았다는 걸 증명한다. 그렇지만 나는 부모님이 돌아가시고 부터는 친정에 거의 발길을 끊었다. 그런데도 내 동생들은 전화도 자주 하고, 어느 때는 예고도 없이 들이닥쳐 장칼국수를 끓여달라고 조른다.

2월 초순, 날씨는 매서웠고 앞산 골짜기에는 흰 눈이 쌓여있었다. 나는 까까머리 동생들 셋을 데리고 읍내로 나갔다. 생전 처음 동생들과의 나들이였다. 나이 차이가 워낙 많았던 탓에 동생들은 늘 나를 어려워하는 눈치들이었고, 어리광도 부리질 않았다. 귀엽고 사랑스러운 동생들인데, 동기간에는 스스럼이 없어야 하는데, 그게 나로서는 큰 죄를 지은 듯 늘 마음이 무거웠다. 읍내에 도착하자마자 제일 먼저 공중목욕탕으로 갔다. 내가 탕에서 나오니 동생들은 아주 끼끗하고 복스러운 모습으로 나를 기다리고 있었다. 셋 다 귀티가 흘러넘쳤다. 내 동생들이 그렇게 준수해 보이기는 그때가 처음이었다. 잘만 키우면 분명히 한자리하는 인물이 될 것이라는 생각이 들었다. 나는 막내와 둘째의 손을 잡고 중국집으로 갔다. 동생들의 손은 억세면서도 도톰했고 따듯했다. 동생들의 가슴에서 솟아오른 정감은 맞잡은 손을 통하여 내 가슴으로 밀물처럼 흘러들었다. 우리는 자장면을 먹었다. 동생들은 셋 다 곱빼기를 먹었다. 몸집이 무척 건장한 둘째는 내가 남긴 것까지 모두 먹어 치웠다. 그러고는 책방에 데리고 들어가 평소 읽고 싶었던 책을 모두 고르라고 했다. 동생들은 활발하게 서가를 오가며 책을 골라왔다. 나는 평소 동생들에게 읽히고 싶었던 소설을 세 권 찾아냈다. 책을 한 무더기씩 들고 책방을 나오는 동생들의 표정은 어느 때보다 밝고 싱그러웠다. 내 마음은 뿌듯했고 기분은 날아갈 것 같았다. 나는 동생들을 이끌고 옆 골목에 있는 농협은행으로 갔다. 동생들 각자의 이름으로 예금통장을 개설하고, 내 통장에서 120만 원씩을 이체했다. 은행을 나와 남산 중턱에 있는 카페로 갔다. 그날따라 카페는 한산했다. 우리는 창가의 테이블에 자리했다. 읍내 전경이 눈에 들어왔다. 동생들이 다니는 중고등학교 건물이 모두 보였고, 내가 졸업한 여중과 여상도 내려다보였다. 동생들은 거기가 처음이었다. 물론 나는 여러 번 왔었다. 그분과도 한 번 왔었다. 우리가 앉은 자리도 그분과 앉았던 바로 그 자리였다. 그분이 또 보고 싶어지는 걸 억누르고 메뉴판을 펼쳤다.

"마시고 싶은 걸 골라봐. 음료는 그냥 감으로 고르는 거야."

나는 카페에 가면 고정적으로 마시는 게 있었다. 너무 진하지 않은 아메리카노였다. 첫째는 나를 따라 아메리카노를 골랐고, 둘째와 막내는 초코라떼를 주문했다. 음료가 나오기를 기다리는 동안 동생들에게 장래 희망을 물어봤다. 둘째는 한참을 망설이더니 의사가 되고 싶다 했다. 첫째는 사업을 해서 돈을 많이 벌겠다 했고, 막내는 공무원으로 출세할 거라 했다. 동생들이 참으로 대견했다. 생각 없이 책가방이나 들고 다니나 싶었는데, 그만하면 원대한 꿈과 이상을 간직한 내 동생들이었다.

"반드시 희망을 이룰 수 있을 거야. 포기하지 말고 죽기 살기로 노력해!"

그러는 사이 음료가 나왔다. 동생들이 자기 앞에 있는 음료잔을 손에 들고 한 모금 마셨다. 나도 한 모금 마셨다. 나는 핸드백에서 120만 원이 들어있는 저금통장을 세 개 꺼내 들었다. 이름을 확인하고 동생들에게 차례로 내밀었다.

"자기 이름이 맞는가를 살펴봐. 들어있는 금액도 살펴보고…."

동생들은 저금통장과 나를 번갈아 보면서 도무지 믿기지 않는 듯 어리둥절한 표정이었다. 못 참겠다는 듯 첫째가 물었다.

"누나, 이게 뭐야?"

나는 대답 대신 통장에 날인한 도장을 내밀었다.

"이것도 받아!"

동생들은 한 손에는 저금통장을 또 한 손에는 도장을 들고, 좌불안석이었다. 통장을 잡은 첫째의 손이 미세하게 떨리고 있었다. 둘째와 막내는 눈만 껌벅거리고 있었다. 동생들의 그 꼬락서니가 참으로 귀여웠다. 때 묻지 않은 시골뜨기들의 진면목을 보여주고 있었다. 영락없는 내 동생들이었다. 나는 바로 옆에 앉은 첫째의 등을 가볍게 쓰다듬었다. 믿음직스러웠다. 내 친정의 구심점으로 손색이 없다는 확신이 들었다. 기분이 너무 좋았다. 나는 커피를 다시 한 모금 마시고 동생들과 하나하나 눈을 맞췄다. 그리고 내 이야기를 시작했다. 편하게 이야기하려고 마음먹었지만 목소리는 가늘게 떨렸다.

"그 통장은 이제부터 너희가 주인이야. 주인이긴 하지만 부탁이 있어. 통장에 들어 있는 돈은 대학 등록금으로만 써야 해. 국립대학 4년간 등록금으로는 부족하지 않을 거야. 만약 그걸로 부족하다면 각자가 해결하기를 바란다. 장학금을 탄다든가 알바를 한다든가, 방법은 많을 거야. 대학에 들어가고부터는 아버지에게 손 벌리지 않기다! 아버지는 너무 늙으셨다."

"누나, 이렇게 큰돈을 어떻게…. 고마워요. 누나의 뜻대로 평생 최선을 다할게요."

첫째의 눈에서는 눈물이 그렁그렁해지고 있었다. 둘째와 막내는 아직도 믿기지 않는 모양이었다. 서로 마주 보며 황소처럼 그 커다란 눈을 껌벅거릴 뿐이었다.

나는 이야기를 계속했다.

"그 돈은 누나가 너희들을 훌륭하게 만들고 싶어 하시는 부모님의 힘을 덜어드리려고 마련한 돈이다. 누나의 영혼까지도 내놓을 정도로 악착같이 벌었다는 건만 기억하면 고맙겠다. 너희가 지금, 이 순간 마음속에서 흐르고 있는 느낌이며 생각이며 다짐들을 평생 간직하고 산다면 누나는 더 바랄 것이 없을 거야. 너희는 내 목숨보다 더 소중한 내 동생들이란다. 누나는 너희를 믿는다."

나는 이야기를 멈추고 동생들을 둘러보았다. 동생들의 눈동자는 더 반짝거렸고, 얼굴에서는 더 단단한 각오가 다져지고 있었다. 나는 첫째를 바라보며 이야기를 계속했다.

"그리고 누나는 곧 시집가게 될 거야. 네가 중심이 되어 우리 인천 채씨 가문을 번영하게 해야 한다. 부모님을 극진히 잘 모시는 건 당연하고…. 나는 시집 식구가 생길 거고, 그러면 친정에 신경 쓰기 어려울 거다."

이야기도 다 끝나지 않았는데 어느새 내 눈에서는 눈물이 흘러내리고 있었다. 이야기를 더 이어갈 수가 없었다. 나는 동생들 손을 하나하나 잡고 눈을 맞췄다. 동생들은 눈물이 흘러내리는 내 눈에 그 초롱초롱한 눈을 맞춰주었다. 가슴을 뭉클하게 하고도 남는 눈동자였다. 하나같이 맑고 그윽한 눈동자였다. 하나같이 살아있는 눈이었고, 놀랍도록 아름다운 눈이었다. 아버지처럼 크고 어머니처럼 쌍꺼풀이 또렷한 여섯 개의 눈에서는 희망과 의욕이 점점 더 강렬해지고 있었다. 나는 행복했다.

그분은 매월 17일 오후 늦게 내 창구에 나타났다. 다른 창구가 비어 있어도 항상 나에게 통장과 도장을 내밀었다. 그분의 은행 볼일은 늘 똑같았다. 11만 원을 현금으로 인출하여 다시 4만 원을 무통장 입금했다. 수취인은 그분과 성만 같고 이름은 달랐다. 내가 그분을 또렷하게 기억하는 것은 무통장입금 과정에서 무척 커다란 실수가 있었던 연유도 있다. 창구에 배치된 지 채 5개월도 안 됐을 때였다. 4만 원만 입금해야 하는 걸 0을 하나 더 찍어 넣었던 거였다. 그날의 시제를 맞출 때 그걸 발견했고, 나는 그다음 날 학교로 그분을 찾아가 아주 정중하게 나의 과오를 고하고 사죄했다. 그 시절은 그런 경우 대부분은 돌려받지 못했다. 내 옆자리의 선배 직원은 그런 과오가 두 번이나 있었는데, 결국 시골의 부모님이 논을 세 마지기나 팔아 은행의 손실을 충당해 줬다고 했다. 나도 각오는 하고 있었다. 그러나 그분은 그길로 나와 함께 은행으로 가서 36만 원을 인출하여 내게 돌려줬다. 나는 감사하다는 말밖에 특별한 고마움도 표시하지 못했다. 그 일로 나는 전무에게 불려 가 엄청 혼이 났고, 남의 돈을 만지는 일이 보통 무서운 게 아니라는 생각에 몸서리를 쳤다. 0이라는 숫자 하나도 가볍게 여기지 말아야 한다는 교훈을 얻기는 했지만….

내가 도청소재지 농협은행에 계약직으로 첫 출근을 하기 위해 작은 비닐 트렁크를 하나 들고 대문을 나설 때 아버지는 무척 기뻐하셨지만, 어머니는 내 손을 잡고 말없이 눈물을 흘리셨다. 동생들을 고등학교까지만 가르쳐 놓으면 대학은 내가 책임질 것이라고 자신 있게 말하고 보무도 당당하게 춘천행 버스에 올랐다. 막상 그렇게 큰소리를 쳤는데, 정신을 가다듬어 잘 따져보니, 동생 셋을 등록금이 제일 저렴하다는 국립대학에 보내더라도 줄잡아 4백만 원은 모아야 했다. 월급을 한 푼도 안 쓰고 적금을 붓는다 해도 5년 안에는 힘들다는 걸 알기까지는 그리 오래 걸리지 않았다. 다른 방법을 찾아야만 했다.

직업에 귀천이 뭐 있는가. 개처럼 벌어서 정승처럼 쓴다고 하지 않았는가. 그렇게 생각한 나는 온갖 궁리를 다 하기 시작했다. 마침 전무로부터 호되게 야단을 맞은 그다음 날은 어린이날이었다. 날씨는 잔뜩 흐려 있었고, 울적한 기분은 그때까지 풀리지 않고 있었다. 뒤척이다가 늦게 일어나 라면을 끓였으나 몇 젓가락 먹지도 못했다. 머리를 식히고 싶었다. 시내 중심가 책방으로 갔다. 『개미』를 훑어보고 있는데 누가 아는 체를 했다.

"베르나르에 관심 있나 봐요?"

그네는 매주 한 번씩은, 어느 때는 이틀에 한 번씩도 내 창구를 찾는 고객이었다. 어찌 됐든 반가웠다.

"나한테 그게 있는데 다른 걸 고르세요. 낼모레 은행에 갈 때 갖고 갈게요."

나는 약간 당황했고, 잠시 머뭇거리다가 말했다.

"감사합니다."

나는 서가를 뒤져 마리오 바르가스 요사의 『나쁜 소녀의 짓궂음』을 찾아냈다. 내가 책값을 지불하고 돌아서려는데, 그네도 카운터에 책을 한 권 내밀었다. 얼핏 보니 김희선의 『무한의 책』이었다. 우리는 앞서거니 뒤서거니 책방을 나왔다. 날씨는 아직도 짓눌려 있었다. 자취방에 들어가 잠이나 실컷 자야겠다는 생각을 하는 순간 그네의 목소리가 들렸다.

"그거 다 읽으면 이거하고 바꿔 봐요."

"감사합니다."

나는 그저 나오는 대로 말했다. 그렇게 말해놓고 보니 멋쩍었다. 무엇인가 나도 알맹이 있는 말을 해야겠다는 생각이 들었다. 그렇다. 배도 아주 고팠다. 그렇게 호의를 베푸는데, 그리고 내 창구의 고객인데, 그렇게 해도 크게 밑질 게 없을 것 같았다.

"시간이 괜찮으면 우리 점심, 같이 먹어요. 내가 맛있는 손칼국수 집 알고 있어요."

그네는 흔쾌히 그렇게 하자고 했다. 물론 칼국수값은 내가 냈고, 손칼국수 집 길 건너 카페로 옮겨 커피를 마시면서 여러 가지 이야기를 나눴다. 커피값은 그네가 계산했다. 그네는 나보다 세 살이나 많았다. 나는 그네를 어느 순간부터 언니라 부르기 시작했다. 그 언니는 매사에 숨김이 없었고, 미래를 낙관하는 모습이 나와 크게 다르지 않았다. 그 언니가 일을 하는 곳으로 가기까지 우리는 거의 한 달에 두어 번은 만나서 점심을 같이 먹었고, 소설책을 바꿔 읽었다.

그 언니를 보면서 잘만하면 일 년도 채 걸리지 않아 통장에 450만 원은 모을 수 있을 거라는 믿음이 생겼다. 농협은행 창구를 통하여 인연을 맺은 고객, 나처럼 친정을 생각하는 그 언니였으니까. 그리고 그 언니의 저금통장이 그걸 증명해 주고 있었으니까. 그 언니는 통 크게도 2천만 원이 목표였고, 목표만 달성하면 훌훌 털고 고향으로 갈 것이라 했다. 나는 그 언니처럼 큰돈도 필요 없었다. 450이면 족했다. 내가 목표로 하는 액수만 채우면 뒤도 돌아보지 않고 고향으로 갈 작정이었다. 거기서의 기간이 얼마가 될지 모르지만, 나는 그 기간을 석가모니가 했던 고행의 시간처럼 만들 것이다. 나를 키워주신 부모님의 은공을 조금이라도 갚아 드릴 수 있는 450을 마련하는 동안, 나는 인생을 배우고 수양하여 누구에게도 부끄러움이 없는 성숙한 인격으로 다시 태어날 수 있을 것이다. 그렇게 나는, 무조건 나를 믿고 사랑하는 그 누군가의 밑거름이 될 것이다. 그게 보람이요 행복 아니겠나? 그리고 직업에는 귀천이 없다 하지 않았는가. 나는 비록 계약직이었지만 금융계에서 독보적 존재가 되어볼 각오였다. 은행에 발을 들여놓았으니 그래도 지점장쯤은 할 수 있을 것 같았다. 그러나 나는 야무진 꿈을 접어야 했고, 계약기간이 끝나고 정규직으로 특채하겠다는 전무의 제안도 거절했다. 나는 결국 그 언니를 따라 그리로 갔다.

내가 그렇게 마음을 먹고 두 번째로 취업을 한 곳은 시내 외곽에 위치한 역전 홍등가였다. 거기에 처음 가보니 그 언니 말고 더 나이 많은 언니가 하나 더 있었다. 우리는 그네를 큰언니라 불렀다. 큰언니도 나의 처지와 별반 다르지 않았다. 내가 꼭 그렇게까지 해야만 했는가는 확언하기 어렵다. 나는 아직 사리 판단이 미숙했고, 믿고 조언을 구할 어른들도 내 주변에는 없었다. 나는 세상만사를 내 눈으로만 보았고, 내 머릿속으로만 카운트했으며, 그리고 내 마음이 시키는 대로 말하고 행동했다. 그게 다였다. 다만 여기서 한 가지 더 짚고 넘어갈 것은, 우리 집은 가난했고 동생들은 남달리 총명했다는 것이다. 나는 동생들을 사랑했고, 부모님은 자식들을 잘 가르치고 싶어 하셨다. 그래서 내가 부모님을 도와드려야 했다. 다행인 것은 우리 사장 내외분은 인간적이고 교육열이 우리 부모님 못지않았다. 내가 우리 사장님을 인간적이라고 표현하는 이유는 내 이야기를 들으면서 수긍들을 하겠지만, 여기서 먼저 밝히고 싶은 것은, 새로 부임하면 다들 사장이 누구보다 먼저 취해버린다는데, 우리 사장님은 그러지 않았다는 것이다. 그렇게 우리 사장 내외분은 우리를 인간적으로 대해주셨다. 특히 고마운 건, 내가 고객과 접촉할 때는 가면 쓰는 걸 권장하셨다.

"서로 불편하더라도 훗날을 위하여 가면을 꼭 쓰도록 해봐! 가면 쓰는 걸 방해하는 놈은 받지도 마! 그냥 내쫓아버려도 좋아! 그리고 또 한 가지, 말은 되도록 줄이고 말투도 바꿔 봐!"

나는 열심히 일했다. 말투는 경상도 사투리를 흉내 냈다. 일을 하면서 나는 오로지 450만 생각했다. 우선은 그게 목표였다.

내가 두 번째 직장에 취업하고 대략 13개월쯤 지날 무렵이었다. 그 전날 열어 본 내 통장에는 460이 좀 넘게 들어 있었다. 그날 우리는 늦은 아침 식사를 하고 있었다. 그래도 즐겁게 아침밥을 먹고 있는데, 사장 사모님이 어렵게 말을 꺼냈다.

"오늘 오후에 선생님 세 분이 가정방문을 오신다. 너희가 각별히 협조하면 좋겠는데…. 그렇게들 해 주겠니?"

"어떻게 하면 되나요?"

큰언니가 관심을 보였다.

"그분들이 도착하면 거실에서 고급 양주를 대접하고, 적당한 시간에 너희 방으로 모실 거야. 그때 잘해드리면 된다."

"중학교 선생님도 이런 곳에 오나요?"

그 언니가 뻔히 알면서도 모른 척 물었다.

"명철이 학교생활에 결정적 영향을 주는 선생님들이시다. 간곡히 부탁해서 어려운 걸음 하시는 것이니, 우리 명철이 장래가 달려 있다고 생각하고 성심껏 잘해드리기를 바란다. 내, 사례는 톡톡히 하마."

사장 사모님의 진지한 모습은 과연 엄마다웠다. 맹모도 그랬을까? 아들의 교육을 위해서라면 족히 불구덩이에라도 들어갈 태세였다. 나는 사장 사모님의 표정에서 우리 어머니의 아들 사랑과 우리 아버지의 교육열을 읽었다. 없는 살림에 동생들을 가르치기 위하여 노심초사하시던 모습이 어쩌면 그렇게도 똑같아 보이는지. 사장 사모님은 나를 쳐다보며 더 애원 조로 말했다.

"너는 담임선생님을 모실 거다. 소문에는 총각 선생님이라는데…."

"그 시간 명철인 무얼 하나요?"

나는 가만히 있기가 뭣해서 그냥 생각나는 대로 물었으나, 내심 그런 곳에서 학생과 선생님이 마주치면 서로가 곤란하지 않을까 싶어서였다. 그러나 다음 순간 이런 생각도 들었다. 중학교 일학년이 아는 게 뭐 있다고, 그리고 그런 건 내가 근심할 일은 아니지 않은가.

"명철인 태권도장에 가는 시간이다. 태권도가 끝나면 피아노 학원에도 가야 하니까 아마도 서너 시간도 더 걸릴걸."

그 순간 내 동생들의 모습이 머리에 떠올랐다. 학원에는 발도 한번 못 디뎌 본 동생들, 피아노 건반도 두드려 본 적 없는 동생들, 언젠가 둘째가 태권도를 배우고 싶다고 말했다가 어머니한테 야단만 직사코로 맞는 걸 본 적이 있었다. 나는 동생들이 가여웠다. 그렇다. 동생들을 위해서라도 빨리 돈을 모아야 했다.

"준비 철저히 해서 잘해드릴게요. 사모님, 걱정일랑은 마세요."

큰언니가 우리의 뜻을 전했다. 사실 잘해드리고 뭐고 할 게 없는 일이었다. 이 바닥에 들어와서 내가 겪어본 바로는 남정네들이라는 인간은 기분만 잘 맞춰주면 되는 거였다. 기분이 좋으면 지갑부터 시작해서 몸 안 깊숙이 숨어있는 기력은 물론 머릿속에 감춰놓았던 비밀까지 깡그리 쏟아내고도 아까워하거나 부끄러워하지 않았다. 그가 누구라도 여자가 마음만 먹으면 손아귀에 넣지 못하는 남정네는 없을 거였다.

가정방문 접대 일정이 모두 끝나고 우리는 아주 이른 저녁을 먹었다. 저녁 식사는 늘 그렇게 일찍 먹었다. 그래야 손님을 맞이하는 데 지장이 없으니까. 그런데 그날은 더 일찍 저녁을 먹었다. 사장 사모님은 매우 밝은 표정이었다. 외아들의 학교 선생님 접대 과정에서 무언가 확실한 희망의 끈을 거머잡은 듯 보였다. 아직도 명철인 학원에서 돌아오지 않았다면서 두툼한 봉투를 하나씩 우리 손에 쥐어 주었다.

"오늘 너희들 수고 너무 많았다. 그래서 말인데, 오늘은 영업하지 않기로 했다. 내일 아침 먹을 때까지 자유시간이다. 오늘은 푹 쉬도록 해. 영화 구경도 하고…. 이건 정말 고마워서 주는 것이니 사양하지 마라. 10만 원씩이야."

그날 밤늦게 나는 463만 원이 든 통장과 현금 15만 7천 원을 들고 과감하게 역전 홍등가를 벗어났다. 언니들은 나의 결단을 박수로 찬양했다. 내가 갖고 있던 소설책은 모두 그 언니에게 넘겨주었다. 사장 사모님은 두툼한 금일봉을 쥐여주며 덕담을 진하게 해주었다.

"그동안 수고 많았어. 여기서 일한 세월은 그냥 누군가의 거름이었다고 생각해라. 거름 없이 크는 식물은 없단다. 그렇지만 거름은 흔적을 남기지 않아. 이 순간부터 말끔히 지워 버려라. 넌, 정말 잘살고도 남을 것 같다. 잘 가라. 이제부터 우리는 서로 모르는 사람이다!"

그길로 나는 시내 공중목욕탕에 들어가서 문을 닫을 때까지 내 몸을 씻고 또 씻어냈다. 그러고는 다시 24시간 찜질방으로 들어갔다. 온탕과 냉탕을 오가며 밤이 새도록 땀을 흘렸다. 막상 아침이 되니 갈 데가 없었다. 고향으로 가야 했으나 켕기는 게 많았다. 이럴까 저럴까 한참을 생각하다가 강릉행 시외버스에 몸을 실었다. 눈이 시리도록 싱그러운 풍경이 차창을 지나가고 있었다. 버스에서 내려 바닷가로 갔다. 늦가을 경포대 썰렁한 해변, 나는 냉기 감도는 바닷물에 몸을 담그고 한나절을 거기에 있었다. 그랬는데도 내 몸에서는 그곳 냄새가 감도는 것 같았다. 생각 끝에 오색온천으로 갔다. 온천탕에서 한나절을 우려냈다. 그래도 성에 차지 않았다. 더 청아한 바람이 불어오는 북쪽으로 올라갔다. 화진포 해변의 바다는 파도가 잔잔했고 수정처럼 맑았으며 모든 걸 식혀줄 것처럼 차갑고 깊었다. 나는 바닷물에 발을 담그고 또 한나절을 보냈다. 그제야 심신이 부모님께서 만들어 주었던 대로 되돌아왔다는 기분이 들었다. 이젠 어느 경우에라도 얼굴을 안 붉혀도 될 것 같았다. 자신만만했다. 나는 드디어 고향을 떠날 때와 똑같은 모습으로 귀향했다. 내 작은 비닐 트렁크 밑바닥에는 463만 원이 든 통장이 숨겨져 있었다.

고향은 나의 모든 걸 품어주었다. 미세하게 남아 있던 도시의 때도 말끔히 벗겨주었다. 나는 어머니가 하던 부엌일을 도맡아 했다. 아버지의 농사일도 머슴애처럼 도와 드렸다. 밭에 나가 김도 매고 논에 나가 모도 심었다. 고구마도 캤고 김장도 했으며, 산에 올라가 머루와 다래도 땄고 도토리도 주웠다. 매일 새벽에 일어나 떠오르는 햇살을 받으며 집 안팎 청소를 했다. 한낮의 강렬한 태양을 우러러보며 내 온몸에 새로운 에너지를 충전했다. 내 피부는 더 이상 순수할 수 없을 정도로 청아해졌다. 거울을 들여다볼 때마다 나는 그걸 느꼈다. 나는 해맑은 시골 처녀로 거듭났다. 우선 마음이 그랬고 정신이 그랬으며 눈동자가 그랬다. 내 눈동자는 이글거리지 않았고 내 고개는 한없이 다소곳했다. 나는 한적한 시골에서 그때를 기다리며 순정만을 희구하는 스물셋의 영락없는 여자였다. 그다음 해 초겨울이 되니 내 머리칼은 첫눈을 몰고 불어 닥치는 바람에 흩날려 신록을 찾아 내달리는 순록의 냄새를 풍겼다. 그 향기에 스스로 취하여 목화송이처럼 펄펄 내리는 첫눈을 바라보다가 가슴이 울컥해 옴을 느꼈다. 생각나는 사람이 있었다. 그분이었다. 보고 싶었다. 미치도록 보고 싶었다. 나는 그분에게 장문의 편지를 썼다. 식구들이 모두 잠든 한밤중, 성심을 다해 편지를 썼다.

— 엄 선생님께

저는 선생님이 거래하시는 농협은행 3번 창구직원 채윤숙입니다. 선생님의 무통장입금을 잘못하여 번거롭게 해드린 적이 있는 죄인입니다. 그러면 기억하시겠지요. 그 일로 인하여 농협을 그만두고 지금은 시골에서 부모님과 함께 농사를 짓고 있습니다. 선생님께서 큰 은혜를 베풀어주셨음에도 고맙다는 말씀 제대로 드리지 못한 게 제 마음을 항상 무겁게 하고 있습니다. <중략> 제가 12월 24일(일요일)에 도청소재지에 볼일이 있어 나가려고 합니다. 바쁘시더라도 고맙다는 말씀 제대로 한번 드릴 기회를 주시기 바랍니다. 11시 30분부터 퇴계동 봄내 카페에서 기다리겠습니다. 만약 그날 그 시간에 나오시기 어려우시다면 가능한 날짜와 시간을 정해주시면 그때 뵙도록 하겠습니다.
1978년 12월 8일 채윤숙 드림

편지를 보낸 지 정확히 일주일 만에 그분에게서 답장이 왔다. 빠른 등기였다. 정말 기뻤다. 봄내 카페로 나오겠다는 내용을 손글씨로 써서 보내왔다. 그분의 글씨는 단정했고 힘이 있었다. 나는 그분의 답장을 받자마자 그분과 함께할 일생의 로드맵을 그리기 시작했다. 오랜 시간이 걸리지 않아 원대하고도 낭만이 흘러넘치는 로드맵을 완성했다. 나는 그 길을 성공적으로 갈 수 있다는 자신감으로 가슴이 설레었다. 하루라도 빨리 그 길에 들어서고 싶었다. 12월 24일 당일의 세부 일정도 미리 구체화했다. 그러면서 그분의 취향을 파악하는 걸 첫 번째 데이트의 목표로 정했다. 사실 더 중요한 목표는 그분이 나를 다시 또 만나고 싶은 마음이 생기도록 하는 거였다. 그건 자신 있었다. 생기발랄하면서도 너무 나서지 않고 너무 아는 체하지 않고 너무 비굴하지 않은 태도로 마음을 편안하게 유도하면서 자존감을 극대로 해주면 될 것이었다. 점심은 그분이 즐겨 가는 음식점으로 모시고, 딱히 그런 곳이 없다면 함지레스토랑으로 갈 작정이었다. 함지레스토랑은 내가 최고로 치는 경양식집이었다. 나는 하루 종일 콧노래를 부르며 그날을 기다렸다.

나는 이른 아침 읍내로 나가 직행버스를 타고 도청소재지에 가서 고데를 했다. 농협은행에서 근무할 때 단골미용실에 들어가니 내 머리를 손봐주던 미용사가 반색했다. 나는 그때 그 모습을 그분에게 보여주고 싶었다.

"언니, 그때 그 머리 그대로 해줘요. 아주 단정하게…."

"다시 은행에 취직했나 봐?"

미용사가 의아한 듯 물었다. 머리는 내 맘에 쏙 들었다. 기분이 더욱 상쾌해졌다. 다시 취직한 것 축하한다는 미용사의 인사치레를 뒤로하고 서둘러 봄내 카페로 향했다. 창가 조용한 자리를 잡고 앉으니 약속 시간 20분 전이었다. 그분은 10분 전에 들어왔다. 평상복 차림이었다. 정장을 했을 때보다 더 의젓했고 친근감이 느껴졌다. 보기 드물게 밝은 표정이었다. 그분이 자리에 앉자마자 우리는 스스럼없이 이야기를 나눴다. 아주 먼 과거, 어딘가에서 허물없이 어울렸던 것 같은 기시감이 들었다.

"은행에 가면 왠지 썰렁했어요. 창구직원에게 다른 지점으로 전근이라도 했는지 물어본 적도 있어요."

그분은 내 편지를 받고 너무 반가워서 밤을 꼬박 새웠노라고 했다. 그분의 그 말을 들으며 나는 하늘을 날 것 같은 기분이었다. 그토록 내게 관심을 두고 있는 분이 있다니…. 그분이야말로 나와 천생연분일 거라는 생각이 더욱 짙어졌다.

그분과 나는 그렇게 만나 커피를 마시고, 그분이 즐겨 간다는 레스토랑에서 점심을 먹었다. 이동할 때는 그분의 포니를 탔다. 그분은 운전대를 잡으면 왼손가락 다섯 개로 마치 피아노를 치듯 핸들을 톡톡 치면서 차를 몰았다. 훗날 알았지만, 그분은 피아노가 전공인 음악 선생님이었다. 슬쩍슬쩍 훔쳐보는 그분의 얼굴에서는 옅은 미소가 번지고 있었다. 그분은 식성이 매우 좋았다. 나도 가리지 않고 양껏 먹었다. 모든 비용은 그분이 손을 쓰기 전에 내가 먼저 계산했다. 막무가내로 그분이 내겠다는 걸 아주 재빠르게 내가 먼저 지불했다. 그건 그분에게 빚진 기분을 들게 하기 위한 나의 전략이었다. 나는 레스토랑을 나서면서 그분에게 말했다.

"정 그러시면 다음에는 선생님이 맛있는 거 사 주세요."

그분이 망설임 없이 말했다.

"물론입니다. 그날을 기다릴게요."

그분과 첫 데이트를 성공적으로 마무리하고 집으로 돌아오는 시외버스 안에서 나는 그분과의 평생을 설계하며 세 가지의 무서운 결심을 했다. 첫째, 그분을 교육사회의 최고 인물로 만들어 놓을 것이다. 둘째, 그분과 나 사이에 태어난 아이들을 최고로 키워놓을 것이다. 셋째, 그분을 내 유일의 신앙으로 하는 삶을 살다가 그분 곁으로 갈 것이다. 지금 다시 생각해도 무시무시한 결심이었다. 그해 겨울 나의 첫째 동생이 도청소재지에 있는 국립대학에 합격했다. 나는 동생을 핑계로 춘천에 가는 기회를 자주 만들었고, 그분과의 데이트도 뻔질나게 했다. 용케도 그분은 내가 사무치게 보고 싶다는 생각이 들 때면 먼저 연락을 주었다.

그날은 날씨가 유별나게 화창한 토요일이었다. 그분이 이른 오전에 사전 예고도 없이 포니를 몰고 와서 영월에 가자고 했다. 나는 약간 당황했으나 무조건 그분의 뜻을 존중하는 삶을 살 작정이었기에, 그분이 하자는 대로 했다. 화장도 제대로 못 하고 그분을 따라나섰다. 그분이 말했다.

"그냥 평상시 모습이면 돼요. 꾸미는 것보다 그런 모습이 더 아름다워요."

그분의 생가는 영월읍에서 한 시오리쯤 떨어진 농촌이었다.

마을 어귀에 들어서니 확성기 소리가 요란했다. 앞만 보고 운전하는 그분에게 물었다.

"무슨 방송인가요?"

그분은 대답 대신 포니를 갓길에 세우고 차창을 내렸다. 상큼한 봄바람과 함께 확성기 소리가 또렷하게 울려왔다.

"공지사항입니다. 오늘 오전 열한 시 반경 엄진섭 전 이장님의 막내 아드님이 신붓감을 데리고 온다고 합니다. 관심 있는 분은 지금 즉시 엄진섭 씨 댁으로 가보시기를 바랍니다. 오늘 점심도 준비하셨답니다. 다시 한번 말씀…."

참으로 기절초풍할 방송이었다. 포니가 마을 안길로 들어섰다. 야트막한 동산 밑에 아담한 전통기와집이 한 채 보였다. 높은 깃대 끝에 태극기가 게양되어 있었고, 만국기도 펄럭였다. 그분이 운전하던 손가락으로 그 집을 가리키며 말했다.

"우리 집에 다 왔어요."

"그런데 만국기는 뭐고 태극기는 왜 게양했나요? 오늘 무슨 행사가 있나요?"

나는 도무지 이해할 수가 없었다.

"행사도 큰 행사지요. 식구가 하나 늘어나는 날이잖아요. 우리 집은 경사가 있을 때마다 태극기를 달아요. 부모님 생신 때, 우리 형제자매들 결혼식 때, 대학에 합격하거나 취업하거나 할 때, 아이가 태어날 때도 그래요."

그분의 목소리는 신바람이 나 있었다.

바깥마당에 도착하니 그분의 부모님이 반갑게 맞아주셨다. 내가 허리 굽혀 인사를 드리자, 먼 길 오느라 고생했다며 내 두 손을 잡아끌고 안방으로 들어갔다. 내가 차에서 내리는 순간부터 주위에 있던 사람들은 동네가 떠나갈 듯 손뼉을 쳐댔다. 그날 그분의 집에는 동네 사람들이 구름처럼 모여 있었다. 출가한 누나들과 분가한 형들은 물론 멀리 강릉과 원주에 사는 친인척들까지 모두 와 있었다. 나를 보기 위하여 사람들이 뻔질나게 안방을 드나들었다. 그분은 친인척들에게 나를 소개하느라 눈코 뜰 새 없었다. 가끔 그런 소리가 내 귀에 들어왔다.

"보기 드문 복덩이야. 이 집 막내가 장가는 제일 잘 가는가 봐."

잔칫집도 그런 잔칫집이 없었다. 용변을 보기 위하여 대문 밖 퇴비장 옆의 잿간에 갔다 오는 동안, 동네 아이들이 나를 졸졸 따라다녔다. 동네 사람들은 나를 더 가까이서 보려고 난리를 쳤다. 눈이라도 마주치면 모두가 미소를 던져주었다. 용변을 보는 둥 마는 둥 안방으로 되돌아오니 두리기상이 차려져 있었고, 그분과 그분의 부모님이 둘러앉아 있었다. 놋주발에는 쌀밥이 그득했고, 놋대접에는 쇠고기 뭇국이 따끈따끈했다. 음식은 전반적으로 깔끔했고 담백하면서도 매운맛이 감돌았다. 그리고 약간 싱거웠다. 나는 남기지 않고 밥 한 그릇을 다 먹어 치웠다. 배가 부르니 마음의 여유가 생기기 시작했다. 방안의 이것저것이 눈에 들어왔다. 벽에는 인물사진이 많이 걸려 있었는데, 그중에서도 그분의 학사모를 쓴 사진이 제일로 돋보였다.

오후 세 시쯤, 마을 사람들은 거의 돌아갔다. 친인척들도 거의 돌아갔다. 안방에는 그분의 부모님과 형제자매들만 모여 앉았다. 조금 있으니, 그분의 형수들 셋이 커피잔을 들고 들어왔다. 그분의 제일 큰 형수가 시부모님께 커피잔을 올렸고, 그분의 바로 위 형수가 내게 커피잔을 내밀었다. 나는 두 손으로 커피잔을 받아서 들었다. 제일 큰 형수가 점잖으면서도 세련미 넘치는 말투로 말했다.

"지금부터 커피타임입니다."

이런 시골에서도 커피타임을 즐기다니…. 나는 집마다 이렇게 문화의 차이가 천차만별이라는 데에 은근히 놀랐다. 그분의 부모님은 매우 건강해 보였고 구김살이 없었으며 자신감 또한 대단하다는 생각이 들었다. 방안의 모든 분들이 이상스럽게도 전혀 낯설지 않았다. 그분은 나를 거들떠보지도 않고 자신의 동기간들과 신나게 이야기를 주고받느라 바빴다. 나는 약간 소외감을 느끼며 커피를 마셨다. 커피 맛은 진하면서도 구수했다. 그분의 모친이 나를 바라보며 조곤조곤하게 말했다.

"우리 영월 엄씨네 가문에서는 불문율이 하나 있다. 그것만 잘 지키면 된다. 다른 것들은 모두가 다 부수적인 것들이다."

그러고는 위엄 있는 목소리로 마치 명령이라도 하듯 말했다.

"큰 애가 설명하여라."

그분의 제일 큰 형수는 커피를 마시다 말고 나를 한번 쳐다보더니 약간 얄궂은 표정으로 입을 열었다.

"결혼하면 첫애가 태어날 때까지 분가할 수 없어요. 그래서 짧게는 1년에서 길게는 3년을 여기서 살아야 해요. 나는 애가 늦게 들어서서 꼬박 3년 만에 분가했어요. 애를 못 낳으면 평생 시집살이 못 면해요."

참으로 희한한 불문율이었다. 그러나 한편 합리적이고 현실적이라는 생각도 머리를 스쳤다. 내 뼈를 묻고 혼백마저 잠들어야 할 집안의 문화에 잘 적응하고 융합하기 위해서는 그런 정도의 시간은 긴요할 것이었다. 그런데 갑자기 궁금한 것이 생겼다. 나는 궁금한 것은 못 참는 성미였다. 그분을 힐끔 쳐다보고는 그분의 제일 큰 형수를 바라보며 단도직입적으로 물었다.

"결혼하자마자 아이가 태어나면 어떻게 하지요?"

나의 그 말에 방 안에 있던 여자들은 서로 얼굴을 쳐다보며 키득거렸고, 남자들은 하나같이 놀란 표정이었다. 그분도 눈만 껌벅거리며 몹시 좌불안석이었고, 왼손가락으로 방바닥만 톡톡 두드리고 있었다. 그때 그분의 모친이 호쾌하게 웃음을 터뜨렸다. 모두가 그분의 모친에게로 시선을 돌렸다. 그분의 모친은 웃음을 멈추고 단호하게 말했다.

"그거참 듣던 중 반가운 소리다. 내가 미처 그 생각을 못 했구나. 빨리 출산하는 만큼 시집살이 기간은 줄어든다. 잘만 하면 시집살이를 하루도 안 할 수 있다. 애는 낳는 대로 내가 키워 주마. 손자가 하나 생길 때마다 논 두 마지기를 상으로 주었다. 현재 지가로 따져보면 대학교 2년간 등록금은 될 거다. 그런데 아직 우리 집안에 손녀가 없다. 손녀를 안겨주면 논 네 마지기를 상으로 주겠다."

나는 무슨 수를 써서라도 첫딸을 낳고 말겠다고 생각하면서 커피를 마셨다. 커피를 거의 다 마셔갈 때쯤 그분의 모친이 또 말했다.

"오늘은 여기서 자고, 내일은 읍내에 나가서 장 구경도 하고 맛있는 향토 음식도 먹어 보거라."

나는 기절초풍을 할 지경이었다. 사실 아무 준비도 없이 달랑 핸드백 하나만 들고나온 터였다. 참으로 난감했다.

"아무 준비도 없이 따라나섰습니다. 칫솔도 하나 갖고 오지 않았습니다."

"뭔 준비가 필요하냐? 여기 뭐든지 다 있다. 칫솔도 있고, 잠옷도 있고, 필요하다면 생리대도 갖다주마."

그분의 모친은 참으로 용의주도한 분이었다. 나는 더 이상 아무 말도 할 수가 없었다.

"잠은 재하고 같이 자면 된다."

그분의 모친이 가리키는 재는 그분의 여동생이었다. 아직 앳된 얼굴인 그분의 여동생이 말했다.

"그래요. 언니, 오늘 나하고 같이 자요."

"어머니, 그러지 말고 도련님과 같이 재우세요. 저희 때도 그러셨잖아요!"

그분의 둘째 형수였다. 순간 나는 얼굴이 화끈 달아올랐다. 정이나 한 방에 밀어 넣어 자라고 하면 못 잘 것도 없다는 생각이 들긴 했지만, 아직 갈 길이 먼 나로서는 난감하기 그지없는 상황이었다. 제발 그런 일이 없기를 바라며 그분을 바라보았다. 그 순간, 그때 그분의 그 모습이 갑자기 떠올랐다. 나는 얼굴이 화끈거리는 걸 느끼며 지그시 두 눈을 감았다.

우리는 그길로 보건소에 가서 검사를 받고 돌아와 각자의 방으로 흩어졌다. 내 방은 큰 언니의 방과 그 언니의 방 중간이었다. 그래서 언제든지 언니들이 일을 하는지 공을 치고 있는지 곤욕을 치르고 있는지 잘 알고 있었다. 물론 언니들도 내가 무슨 짓을 하는지 알고 있을 거였다. 나는 우선 출입문과 창문을 활짝 열어놓고 대청소를 했다. 먼지를 털고 또 털어냈고, 방바닥을 쓸고 또 쓸어냈다. 그러고는 걸레질을 세 번도 더 했다. 침대도 말끔히 털어 냈고 침구도 모두 새것으로 갈았다. 그러다 보니 한나절이 다 갔다. 늦은 점심을 먹었다. 여느 때보다 반찬이 푸짐했다. 사장 사모님은 별다른 주문은 없었다. 맛있게 많이 먹으라는 말만 여러 번 했다. 우리는 점심을 먹고 샤워를 다시 또 하고 화장을 정성스럽게 고쳤다. 큰언니가 말했다.

"화장을 너무 야하게 하는 건 안 좋겠지? 중학교 선생님들이잖아. 혹 모르니까 담배와 맥주도 갖춰놓으면 좋을 것 같다. 라디오는 클래식 채널에 맞추도록 하자. 중학교 선생님들은 음악도 유행가 같은 건 듣지 않을 거야. 그리고 우리도 이참에 고상한 척 좀 해보자!"

나는 큰언니 말대로 만반의 준비를 하고 침대에 걸터앉아 기다렸다. 가면은 아주 점잖고 우아한 것을 골라 썼다. 나는 평소에 할 일이 없으면 가곡을 듣거나 소설을 읽었다. 내가 버는 돈은 거의 통장에 넣었고, 일주일에 두 권 정도의 소설을 샀다. 가끔 영화를 보거나 화장품을 사는 데 드는 비용은 사장 사모님이 따로 주었다. 나는 큰언니의 말을 존중하여 라디오를 클래식 채널에 맞추었다. 조용하면서도 장엄한 음악이 방안에 울려 퍼졌다. 묵직한 클래식의 선율에 휘감겨 명철이의 담임선생님이 나타나기를 기다렸다. 잠시 후 언니들 방에서는 난리가 났다. 사장 사모님의 소원대로 명철이의 장래를 담보한 선생님에게 최고의 기량을 발휘하여 잘해드리는 모양이었다. 그러나 아무리 기다려도 내 방을 두드리는 소리는 들리지 않았다. 시간이 꽤 많이 흐르고 드디어 언니들 방이 조용해졌다. 그러고도 한참이 더 흘렀는데도 내 방을 열고 들어오는 선생님은 없었다. 나는 라디오 볼륨을 높이고 헤밍웨이의 『노인과 바다』를 펼쳤다. 책갈피는 96쪽에 꽂혀 있었다. —이제 올가미와 밧줄을 준비해서 저놈을 뱃전에 꼭 묶어놓아야지. 하고 노인은 생각했다. 비록 지금은 우리 둘뿐이라 해도 무리하게 저놈을 배 위에 실었다간…— 나는 빠르게 읽어 내려갔다. 읽으면서도 귀는 문밖에 가 있었다. 96쪽에서 다음 쪽으로 넘어가려는 바로 그때 인기척이 들렸다. 나는 재빨리 소설책을 덮어 침대 밑으로 밀어 넣었다. 노크 소리가 들렸다. 드디어 내게도 할 일이 생겼다는 예감에 벌떡 일어나 방문을 열었다. 키가 훤칠하고 건장한 그분이 서 있었다. 순간적으로 풍기는 그분의 용모는 믿음직스러웠고 상큼했다. 낯이 익었다. 내 느낌은 그랬으나, 그분은 무척 망설였고 한없이 쑥스러워하는 눈치였다. 나는 가면을 쓴 채로, 그리고 경상도 억양으로 말했다.

"들어오시소."

그분은 선선히 방으로 들어오지 않았다. 신발을 벗으려고도 하지 않았다. 극도로 주저하고 있었다. 나는 그분의 옷깃을 가볍게 잡아끌었다.

"선생님예, 어서 들어오시소."

드디어 그분이 구두를 벗고 방으로 들어섰다. 나는 그분에게 가면을 내밀었다.

"이 가면 쓰실라요?"

그분은 손사래를 치면서 말했다.

"이런 데는 처음이라…."

나는 침대를 가리키며 말했다.

"그럼, 옷부터 벗으시소."

나도 옷을 벗기 시작했다. 그분은 그 자리에 한 발짝도 움직이지 않고 있었다. 나는 완전히 나체가 되어서 침대에 드러누웠다. 그런데도 그분은 나를 외면한 채 왼손가락 다섯 개로 마치 피아노 건반을 두드리듯 허벅지를 톡톡 치면서 그 자리에 멀뚱히 서 있기만 했다. 입맛까지 쩍쩍 다시면서 상당히 난감한 표정이었다. 나는 침대에서 일어나 앉았다. 그분에게 물었다.

"제가 벗겨드릴까예?"

"…"

그분은 가타부타 말없이 그 자리에서 눈망울을 이리저리 굴렸다. 무엇인가 두려운 생각이 드는 표정이었다.

"병에 걸릴 수도 있다던데…."

"걱정하지 마시소. 오늘 오전, 보건소에 가서 검사받고 왔심더. 보건소 갔다 와서는 아무도 안 만났심더."

나는 그분을 안심시켜야 한다고 생각했다. 그러면서 확인하고 싶었다.

"선생님은 숫총각이신기요?"

"…"

그분은 또 아무 대답도 하지 않고 침대 쪽으로 한 발짝 다가섰다. 나는 벌떡 일어나 그분의 옷을 벗겼다. 단언컨대 그분의 얼굴이며 목소리며 낯선 사람이 아니었다. 그렇다. 그분은 내가 계약직으로 있던 농협은행의 내 창구 단골손님이었다.

나는 그분을 끌어당겨 침대에 쓰러뜨렸다. 그분은 내 예상대로 숫총각이었다. 아무것도 몰랐다. 모든 걸 내가 하는 대로 따라 했다. 그분은 순수했고 따뜻했으며 정감이 흘러넘쳤다. 나와는 궁합이 완전하다는 생각이 들었다. 직업상 그래서는 안 되는데, 그분의 품에서 영원을 기약하고 싶다는 생각도 들었다. 그런 기분은 처음이었다. 그러나 그분은 극도로 불안해하는 눈치였고 시종일관 긴장을 풀지 않고 있었다. 가끔 그분의 표정에서는 죄의식 같은 것도 읽을 수 있었다. 그렇게 그분과의 그 일은 싱겁게 끝나버렸다. 그분은 옷을 빠르게 주워 입더니 아주 쑥스러운 표정으로 내게 말했다.

"미안합니다. 정말로 미안합니다."

그분은 황급히 방문을 열고 나갔다. 나는 그분이 사라진 방문을 한참 동안 바라보았다. 어떤 놈은 방문을 쥐어박으며 나갔고, 또 어떤 이는 방문을 닫지도 않고 가버렸다. 그분은 아주 조용히 방문을 열었고, 닫을 때도 조심스러웠다. 일을 끝내고 내게 고맙다거나 미안하다는 말을 한 인간은 아무도 없었다. 어떤 인간은 쓸데없이 시간을 질질 끌었고, 또 어떤 인간은 불만 가득 찬 목소리로 투덜거렸다. 입에 담지 못할 말로 희롱하거나, 가면을 벗겨 나의 맨얼굴을 보려고 별짓을 다 하는 놈도 있었다. 그럴 때마다 나는 갖은 수를 다 써서 가면 쓴 내 얼굴을 지켜냈다. 어느 때는 당장이라도 이 일을 끝내야겠다는 생각이 들었으나 참고 또 참았다. 따지고 보면 그 일은 석가모니보다 더 가혹한 고행의 길이었다. 그렇지만 얻는 것도 많았다. 그동안 내가 겪은 인간의 종류만도 이루 헤아릴 수가 없었다. 나는 그렇게 해서 인간의 속성을 꿰뚫어 보는 능력을 터득했다. 위기 대처 능력도 배양했다. 인간에게 무엇이 소중하고 어떻게 살아가는 게 인간다운지도 알아냈다. 인간이 왜 살아야 하는지를 빼놓고는 거의 모든 걸 알아냈다. 무엇이든 마음만 먹으면 못 할 게 없다는 자신감도 생겼다. 결국 나는 언제라도 멋지게 새 출발을 할 수 있다는 결론에 도달해 있었다.

그분이 사라진 방문을 바라보다가 그냥 그렇게 그분을 따라가 그분과 함께 인생을 살고 싶다는 생각이 솟구쳤다. 나는 가면을 벗어던지고 두 눈을 감았다. 그분의 발자국 소리가 멀어지고 있었다. 어느새 소머즈를 닮은 내 귀가, 내 천리안 같은 두 눈이, 그분의 뒤를 따라가고 있었다. 그분은 현관문을 열고 나가 한참을 터덜터덜 걸어가다가 처음 나타난 카페로 들어간다. 카페 구석진 자리에 앉아 진한 커피를 주문하고 생각에 잠긴다. 몸이 더

럽혀졌다고 몸서리를 친다. 더럽혀진 심신을 예전과 같이 되돌려 놓아야겠다고 마음을 먹고는 커피도 마시지 않고 카페를 나온다. 그분은 혹시 학생들의 눈에라도 띌까 봐 고개를 수그린 채 빠른 걸음으로 걸어간다. 드디어 하숙집에 도착한다. 숨어들듯이 하숙방에 들어가 이불을 뒤집어쓴다. 그렇게 그분은 하룻밤을 무섭게 앓는다. 내가 볼 때 그분은 그렇게 하고도 남을 분이었다. 거기까지 생각이 미치자, 그분을 내가 지켜드려야 한다는 어떤 책무감 같은 것이 내 온몸을 뒤흔들었다. 그 흔들림으로 나는 정신이 번쩍 들었다. 나밖에 없을 것 같았다. 그토록 고결한 순정이 다시는 오염되지 않도록 지켜주고 싶다는 욕망이 솟구쳤다. 할 수 있을 것 같았다. 아니 할 수 있었다. 사실은 내가 거절했어야 했다. 그냥 방문을 열고 밀어냈어야 했다. 그런데 나는 그러질 않았다. 일말의 호기심 같은 게 작용했다는 걸 부정할 수는 없지만, 나는 오로지 외아들을 잘 가르치겠다는 사장님 내외분의 교육열만 생각했다. 나와 생각이 일맥상통하는 것, 동생들을 잘 가르쳐야 하겠다고 시도 때도 없이 뇌까리는 나의 아버지, 그것은 척박한 이 땅을 살아가야 하는 이들의 희망이요 방법이었다. 그밖에 다른 생각은 하나도 없었다. 그렇게 나는 외골수였다. 바야흐로 결행의 시간이라고 나는 단정했다.

그분과 나는 그렇게 도청소재지와 우리 동네를 오가며 정확하게 15개월간의 열렬한 데이트 끝에 결혼식을 올렸다. 그때까지 우리는 손만 잡았지, 장미호텔에도 한번 가지 않았다. 결혼식장은 우리 동네 버스터미널 옆에 있는 건물 2층이었다. 그날 아침, 나의 친정 식구들은 조반을 같이 먹었다. 나는 어머니가 유별나게 많이 담아주신 밥을 남김없이 모두 맛있게 먹었다. 배꼽이 쏙 나올 정도로 배가 불렀다. 나는 재빨리 일어나 식탁을 치우고 설거지를 했다. 고무장갑도 끼지 않은 채로 설거지를 한 후, 걸레를 빨아 마루와 안방을 닦아냈다. 부모님의 만수무강을 기원하며 먼지 한 톨 없이 깨끗이 닦았다. 시간이 아직도 충분했다. 다시 걸레를 더 깨끗이 빨아 동생들 방을 걸레질했다. 그렇게 해 주면 동생들 셋이 더욱더 훌륭하게 자라날 것 같아서였다. 동생들이 내 손에서 걸레를 뺏으며 만류했지만, 나는 동생들 책상과 의자까지 모두 정갈하게 닦아냈다. 그러고는 그분의 영원한 거름이 되기 위해 읍내 예식장으로 향했다. 예식장에 도착하니 그분은 새로 맞춘 양복을 잘 차려입고 일 층 현관 입구에서 목이 빠지게 나를 기다리고 있었다.

아직 철이 덜 들었던 시절, 나는 삶이 무엇인지 세상이 어떤 것인지 전혀 알지 못했고, 단 한 가지만 염두에 두고 살았다. 지금도 거의 그 시절과 다르지 않은 삶을 살고 있지만, 그래도 다른 게 있다면 그 대상이 첫째는 그분, 둘째는 그분과 나 사이에 태어난 세 애들—단언컨대, 평생토록 나는 바가지 한번 긁은 적이 없다. 나 자신만을 위해 먹고 입고 꿈적거린 적도 절대 없다. 그분도 내게 손찌검은 물론 욕지거리 한마디 하지 않았다. 나는 그분을 원 없이 사랑했고, 그분도 나를 고명딸보다 더 아껴주었다. 우리는 부부싸움이라는 건 전혀 몰랐다. 내 기억으로는 식은 밥이나 먹던 반찬을 단 한 번도 식구들 밥상에 올리지 않았다. 가정 시간에 배운 그대로 식단을 짜서 매끼 정성을 다해 밥을 짓고 찌개를 끓였으며, 철 따라 보약을 달였다. 매일 속옷과 양말을 빨았고 바지와 와이셔츠를 다림질했으며, 출근을 하거나 출타 시에는 주차장까지 따라 나가 배웅했다. 그분의 의복이나 액세사리는 최상의 품질이었고 바겐세일 제품은 거들떠보지도 않았다. 딸 둘에 아들 하나, 정말이지 지극정성으로 키워서 모두 국가가 인정하는 전문직으로 만들었다. 그 애들의 가족애와 애국심은 나도 놀랄 정도이다. 일찌감치 짝을 찾아 혼례를 치러줬고, 손주가 태어났을 때는 삼칠일 간 산바라지에다 첫돌까지 키워 보냈다. 지난봄에는 끝 손주가 대학에 들어갔고, 석 달 전에는 막내의 쉰 돌잔치도 아주 멋들어지게 차려줬다. 나는 그분과 애들의 일이라면 물불을 가리지 않았다. 때로는 성난 맹호처럼 대들었고, 더러는 무릎을 꿇고 두 손이 발이 되도록 빌었다. 그렇게 해서 내 가족을 지켰고, 그분의 존심과 명예가 손상되지 않도록 했다. 내 능력의 한계를 훨씬 뛰어넘는 헌신을 한 것이 참으로 자랑스럽다. 왜 그렇게까지 했을까? 답은 간단하다. 사랑했으니까. 그러고 싶었으니까. 그게 보람이요 행복이었으니까.—로 바뀌어졌을 뿐, 아마도 그게 이 땅에서 살아가는 여인네들의 정도가 아닐까. 이제 그분이 잠들어 있는 금잔디 봉분에 기대어 먼 하늘을 바라보니, 그분과 함께한 사사물물이 구름에 실려 두둥실 떠돌아다닌다. 평생 내 몸속에 암 덩어리처럼 붙어있던 사연이 떨어져 나와 조각구름과 함께 흘러가다가 산등성이 너머로 가라앉는다. 그렇지. 그 어느 깊은 골짜기에 나만의 부끄러움이 숨어있을 것이고, 그 가파른 산비탈을 기어오르던 내 가슴은 꿈과 희망이 넘쳐흘렀지. 그분을 따라가는 길목마다 행복이 널려있었고, 그것은 나만의 환열이요 영광이었지. 그분을 만나러 가기 전에 우리의 그 길이 아직도 거기에 그대로 있는지, 그게 정녕 행복이요 기쁨이며 영광이었는지, 다시 한번 마지막으로 둘러보는 게 순서겠지. 그래야 그분에게 부끄럽지 않겠지. 아니, 어쩔 수 없었던 나의 부끄러움은, 부끄러워하지 않아도 절대로 부끄럽지 않은 부끄러움이라는 걸 당신만이라도 알아주었으면 해서…. 아마도 동산 마루에 보름달이 솟으면, 장조카는 영원히 잠들어 있는 나를 흔들어 깨우겠지.

"숙모님, 인제 그만 일어나세요!"

세 친구

그네들은 다도해 바닷가에서 해풍에 그은 얼굴로 세면도구와 옷가지 두어 벌과 옥양목 생리대 몇 개를 구겨 넣은 싸구려 비닐 가방을 들고 겨우 완행열차에 탑승하여 콩나물시루 같은 객차 통로에서 밤새도록 시달린 끝에 서울역에 내린 처자들이었다. 윤진숙은 섬마을에서 똑딱선을 타고 한 시간을 넘게 바다를 건넜고, 거기서 뛰다시피 30분이나 걸어 겨우 기차를 탈 수 있었다. 그로부터 6개월 후 윤진숙의 편지를 받은 김현덕이 서울역에 내렸다. 그네들 셋 중에서 서울행 열차를 가장 먼저 탄 친구는 강후남이었다. 그녀는 적어도 윤진숙보다 3년은 먼저 서울 땅을 밟았을 터였다. 왜냐? 그녀는 중학교도 제대로 졸업하지 못한 채 그렇게 해야 했으니까.

그네들의 출발은 목포역으로 모두 동일했고 도착지 또한 서울역으로 똑같았으나, 그 밖의 것들은 하나도 같은 게 없었다. 그네들은 그 모든 걸 운명으로 알고 서울의 하늘 아래 어딘가에 있을 고향 친구들의 존재도 잊은 채 억척같이 살았다. 아무리 험악하고 궂은일이라도 마다하지 않았다. 그래야만 살아남을 수 있었다. 그러다 보니 서울 토박이들 못지않게 떵떵거리며 살게 되었다. 결혼도 했고 그만하면 자식 농사도 성공작이었다. 살만해지니 두고 온 고향이 그리워졌고, 그래서 향우회에 나갔다. 고향의 냄새라도 맡고 싶어서였다. 그것도 운명이었던가. 거기서 그네들 셋이 다시 만났다. 억척스럽게 살아온 것처럼 남도의 세 친구들은 시간만 나면 어울렸다. 고희를 넘긴 나이였지만 섬마을에서보다 더 재밌게 시간을 보냈다. 노인복지관에서 취미활동도 같이했고, 맛집을 찾아 인천 송도까지 달려갔으며, 맘마미아 뮤지컬과 나훈아쇼도 함께 보러 다니면서 한평생 가슴에 간직하고 있던 이야기들을 원 없이 털어놓았다. 늘그막 팔자가 그만하면 남부러울 게 없었다.

"넌 어떻게 권 회장을 만났니?"

어느 날 김현덕이 윤진숙에게 넌지시 물었다.

"그래, 이쯤에서 이실직고해라!"

옆에서 친정 장조카의 안부 문자를 들여다보던 강후남도 거들었다.

"아무에게도 말한 적이 없는데…."

윤진숙은 한참을 망설이다 입을 열었다.

"위문편지가 발단이야. 고3, 2학기에 막 접어든 9월 중순이었을 거야. 아마도…."

어느 날 국어 시간, 국군의 날에 맞춰 일선 장병에게 위문편지를 썼다. 그건 그 시절의 연례행사였고 거의 반 강압적이었다. 그러니 다분히 형식적이었고 불성실했다. 노골적으로 불평불만을 드러낸 문장도 없지 않았고, 남의 편지글을 그대로 베껴내기도 했다. 그러나 윤진숙은 달랐다. 그녀는 매사에 가식이 없었다. 군대에 가 있는 큰오빠 생각을 하며 정성을 다해 위문편지를 썼다. 그렇게 쓰다 보니 다섯 장이 넘었다. 그렇게 두툼한 위문편지는 흔치 않았다. 위문편지를 제출하고 그 사실을 까맣게 잊고 있었다. 졸업을 앞둔 학창의 시간은 빠르게 흘러갔다. 졸업시험을 일주일쯤 남겨놓고 있을 때, 담임선생이 편지를 한 통 전해주었다. 발신인은 권오윤 소위라는 군인으로, 그 위문편지의 답장이었다. 그렇게 정성 들여 쓴 위문편지는 처음이라는 거였고, 그 위문편지를 전 소대원들이 돌아가면서 모두 읽었다는 거였다. 졸업시험이 끝나고 겨울방학에 들어갈 무렵 또 위문편지를 써야 했다. 이번에는 권오윤 소위에게 답장 형식으로 위문편지를 썼다. 그렇게 해서 윤진숙과 권오윤은 편지를 주고받는 사이가 되었다. 권오윤 소위는 서울에서 성장했고 1127 학군단 출신이었다. 윤진숙은 여고를 졸업한 후, 섬마을 면사무소에 임시직으로 취직이 되어 사회생활을 시작했다. 윤진숙과 권오윤의 편지는 거의 보름에 한 번씩 오갔다. 일 년쯤 그러던 중 권오윤이 윤진숙을 서울의 어떤 회사에 사무직으로 소개를 했다. 그 당시 섬사람들의 꿈은 하나같이 뭍으로 나가는 거였다. 윤진숙은 설레는 가슴으로 권오윤이 알려준 그 회사를 찾아갔다. 회사에서는 이미 윤진숙에 대하여 많은 것을 알고 있었다. 그 회사는 권오윤의 외조부가 경영하는 기업이었다. 그녀는 그 회사의 경리부서에서 성심성의껏 일했고, 임시직으로 입사한 지 6개월 만에 정규직이 되었다. 다시 6개월쯤 되었을 때 권오윤은 전역을 했고, 곧바로 공정거래위원회에 취업했다. 그로부터 1년 만에 두 사람은 화촉을 밝혔다.

"너, 참 부럽다. 너처럼 복 받은 인생은 없지, 싶다!"

김현덕이 호들갑을 떨며 소리쳤다.

"그러게…. 착하고 성실하게 살면 이렇게 늙어서도 회장 사모님 소리를 듣는구나!"

강후남이 부러움을 금치 못했다.

"그런 소리 마. 강남의 부자 마님들이 부러운 게 뭣이 있을까? 난 아직도 세검정 골짜기 국평아파트 못 면했는데…."

윤진숙이 쑥스러운 표정을 지었다.

"영감탱이도 없는 강남 고층이 뭔 소용이냐?"

김현덕과 강후남이 약속이라도 한 듯 합창했다. 강후남은 이성 관계가 난잡하던 남편과 삼십 대 초반에 두 남매를 데리고 이혼하여 혼자 살았고, 김현덕의 남편은 뇌졸중에다 치매 증상까지 겹쳐 요양시설에 들어가 있었다.

이제, 서울에서 완전히 한 패거리가 된 남도의 세 친구들, 그네들의 이야깃거리는 과거 가까이 지내던 이들의 흉을 끄집어내는 거였다. 그럴 때 가장 쉽게 회자하는 대상은 중고등학교 선생들이었다. 실력은 별로이면서 쓸데없이 무섭게 굴던 선생이나, 자신의 연애담과 자기 자랑을 일삼던—그런 선생들은 수업 시작종이 울리고도 거의 5분은 지나서야 입실하고 끝나는 종이 나기도 전에 나가버린다. 수업 시간에 코를 골며 잠을 자도, 옆 사람과 떠들고 장난을 쳐도, 만화책을 책상 위에 버젓이 올려놓고 딴짓해도 소리 한번 지르지 않는다. 숙제 검사도 제대로 안 하고, 시험을 칠 때 커닝해도 못 본 체하며, 지각이나 무단조퇴를 해도 그 사유를 묻지도 따지지도 않는다. 아직 검증되지도 않은 역사적 사실을 호도하여 가르치고, 사이비 종교를 고무 찬양하거나 강요하며, 특정 정치집단의 이념과 사상을 무분별하게 주입하는 등, 가치관도 제대로 정립되지 않은 학생들을 선동하여 배움의 전당을 정치판으로 얼룩지게 하면서도 전혀 양심의 가책을 느끼지 않는다. 그런 선생들의 특징은 교권과 교육의 본질을 앞세워 혹세무민하고 오로지 자신의 권익만을 챙기기 위하여 눈에 핏발을 세운다. 교직의 의무와 윤리는 안중에도 없다. 심지어는 교재연구는 완전히 뒷전이고, 증권 사이트에 접속하여 주식시세를 검색한다든가, 얼굴이 벌개가지고 술 냄새를 풍기며 횡설수설하거나, 머리도 빗지 않은 부스스한 얼굴로 시집 식구들을 싸잡아 험담하면서 말 같지도 않은 궤변으로 시간을 잡아먹는다. 더욱 한심한 것은 학생들을 돈벌이와 출세의 수단으로 여기고, 무엇인가 내놓을 만한 집이나 사회적으로 위력 있는 집 아이들을 노골적으로 편애한다. 때로는 교육을 빙자하여 무섭게 주먹을 휘둘러 고막을 파열시키거나 어금니를 부숴놓기도 한다. 지금이야 그렇게 한심스러운 선생은 없어 보이지만, 그 당시에는 그토록 저급한 인격들도 그 높은 교단에 겁 없이 올라서서 겨레의 스승인 양 거들먹거렸다.—선생들은 단연 조롱거리의 일순위였다. 남달리 예쁘장한 학생에게 추파를 던지며 능글맞게 굴던 선생도 예외는 아니었다. 요즘은 제자 성추행으로 찍혀 매장되고도 남을 만한 짓거리들을, 그때는 하나도 거리낌 없이 자행하던 시절이었다. 그럴 때 아이들은 학생 된 죄로 모든 걸 감내해야 했다. 참는 게 도리였고 제자로서의 미덕이었다. 그때 그 시절 그런 것들이 낱낱이 이야깃거리가 되어 세 노파의 메말라

있던 시간을 그럭저럭 윤택하게 만들어 주었다.

그다음 솔깃한 이야깃거리는 마을에서 가장 짓궂게 장난질을 치던 애들과 연애질을 일삼던 애들이었다. 세월을 거슬러 올라가 이것저것 생각을 쥐어짜 낸 다음 빠짐없이 들춰내어 흉을 보거나 빈정거렸다. 그러니 그가 누구라 하더라도 머리에 떠올랐다 하면 놀림감이 되어 난도질당할 수밖에 없었다. 누구에게나 흉잡힐 거리는 다 있게 마련이었으니까. 그러나 남도의 세 친구 중에서 윤진숙은 남다른 데가 있었다. 도무지 그녀는 흉잡힐 게 아무것도 없는 인격이었다. 아무리 그렇다 해도 그런 것을 그냥 지나칠 김현덕이 아니었다. 무엇이라도 걸고넘어져야 했다.

"야, 너를 바라보던 미술 선생님 눈빛이 예사롭지 않았어!"

김현덕이 드디어 윤진숙을 짓궂은 얼굴로 바라보며 놀림감의 대상으로 끌어들였다.

"너, 사람 잡지 마! 너는 체육 선생님이 눈독을 들였었잖아!"

윤진숙도 뒤질세라 김현덕을 끌어들였다. 그러나 윤진숙이나 김현덕의 놀림거리들은 별 드라마틱한 요소가 없었고 싱겁기가 물에 술 탄 듯했다.

"그년은 커닝으로 우등상을 타고도 잘난 척했었지. 미친년 같으니!"

한참을 궁리하던 김현덕이 드디어 목청을 돋우었다. 학교육성회장의 딸이라는 송미자 이야기를 김현덕이 들추어냈다. 송미자의 부친은 목포에서 이름난 부자였다. 목포 역전에 3층짜리 건물을 다섯 채나 갖고 있어 월 임대 수입만도 3천만 원이 넘었다. 학교에 적지 않은 발전기금을 내놓는 사람으로도 유명했다. 그 위력으로 그의 둘째 딸 송미자는 학교에서 여러 가지 특혜를 누리고 있다는 소문이 파다했다.

“송미자는 어디에서 살고 있을까?”

윤진숙이 김현덕을 힐끗 쳐다보았다.

“호주로 이민했다더라. 딸이 호주 원주민과 국제결혼을 했다나 봐. 그년 더럽게 날치더니 결국 캥거루 똥이나 받아 처먹게 생겼네. 더러운 년!”

김현덕은 송미자에 대한 악감정이 아직도 고스란히 그대로 살아있었다.

“송미자와 그렇게도 안 좋았냐? 한번 얘기 좀 들어보자.”

윤진숙은 김현덕이 타인을 그렇게 험담하는 친구는 아니라는 걸 잘 알고 있던 터였다.

“그년 이야기하자면 길다. 망할 년 같으니!”

김현덕은 아직도 분한 마음이 솟구치는 듯 치를 떨었다. 그래서 사람은 타인의 마음에 상처를 남길만한 짓거리는 절대로 하지 말아야 한다. 마음의 상처는 완치가 없는 법이다. 김현덕은 3학년 때 같은 학급에 있던 송미자로 인하여 씻을 수 없는 마음의 상처를 입었다. 송미자 부친의 막강한 위력 때문에 학교에서도 김현덕을 외면할 수밖에 없었다. 윤진숙과 강후남이 집요하게 그 내용을 밝히라고 매달렸지만, 김현덕은 그 상처를 되살리기 싫은 듯 먼 산을 바라보며 이만 부득부득 갈았다.

"그년이 얼마나 잘 되는지 내 평생을 지켜보는 중이야. 그년만 아니었어도 내 인생이 완전히 달라졌을 거야. 어린 나이에 생판 객지에서 온갖 설움을 겪으며 개고생은 안 했을 거고, 지금보다 훨씬 더 신나게 살고 있을 거야. 교회에 가면 내 한을 풀어달라는 기도밖에 다른 기도는 안 해!"

"아무리 그래도 이젠 잊어버리도록 노력하는 게 좋지 않을까? 그만하면 됐잖아. 애들도 모두 다 잘 컸고…."

강후남이 김현덕을 달랬다.

"마태복음에도 있잖아. 너희가 사람의 잘못을 용서하면 너희 하늘 아버지께서도 너희 잘못을 용서하시려니와 너희가 사람의 잘못을 용서하지 아니하면 너희 아버지께서도 너희 잘못을 용서하지 아니하시리라…. 난 교회는 다니지 않지만 이젠 모두 잊어버리고 용서하렴!"

윤진숙이 학창 시절 김현덕과 함께 강의록으로 성경을 공부할 때 외워둔 구절을 되살려 보았다.

"난 하느님한테 버림받아도 그년만큼은 절대로 용서 못 해! 그년 끝까지 지켜볼 거야! 그년은 개보다 더 추잡한 년이야. 너희는 그런 줄만 알고 있어!"

김현덕은 단호했다. 세상에는 김현덕처럼 엉뚱하게 당하고 살아가는 이들이 도처에 널려 있다. 그래도 살아가야 하는 게 인생이다. 힘이 없으면 누구나 무엇이나 그리되는 거였기에, 그래서 살아야 하는 것들은 힘을 기르느라 아귀다툼을 불사하고, 일단 힘이 생기면 그때부터 슬그머니 초심을 팽개쳐 버린다.

그런 식으로 세 노파의 놀이마당에서는 과거에 조금이라도 비정상적이었던 것들은 모두가 놀림감이 되거나 분풀이의 대상이 되었다. 그 대상들은 철저하게 멸시당하며 그네들의 세계에서 나락으로 떨어지게 했다. 그렇게 해서라도 심신의 평정을 찾고 위안이 될 수만 있다면 다행이었는데, 이 땅에 발붙이고 살아가는 인간들은 거의 모두 그럴만한 돌파구를 찾지 못한 채 갈팡질팡하다가 스러져 갔다. 다행스럽게도 그네들은 평생을 인고하며 억척스럽게 살아온 덕으로 뒤늦게나마 마음 놓고 넋두리도 하고 분풀이도 할 기회를 얻었던 것이었다.

"선생님 같지도 않은 선생도 있었어."

말없이 듣고만 있던 강후남이 드디어 심각한 얼굴로 입을 열었다. 윤진숙과 김현덕은 숨을 죽이고 강후남의 이야기에 귀를 기울였다. 강후남은 그동안 아무에게도 하지 않았던 이야기라며 오랫동안 한이 서렸던 이야기를 담담하게 털어놓았다.

"중학교 3학년 1학기 중간고사가 모두 끝난 토요일, 종례를 마치고 집으로 가려는데 음악선생이 교무실로 부르더라. 그래서 한걸음에 달려갔지. 내가 음악 선생님을 잘 따랐거든….”

일요일 일직근무를 하면서 시험답안지 채점을 해야 하는데 학교에 나와 도와주면 좋겠다는 거였다. 점심은 자장면을 사준다고 했다. 강후남은 외갓집에 다녀오라는 어머니 심부름도 마다하고 학교로 가서 음악선생을 도와 전교생들의 음악 답안지 채점을 했다. 강후남의 답안지는 이미 음악선생이 채점을 했고 100점이었다. 실제로는 두 개가 틀려 92점이 맞는데 채점을 도와주는 값으로 8점을 올려주었다고 했다. 어찌 되었든 기분이 좋았고 고마웠다. 점심은 자장면을 시켜줘서 맛있게 먹었다. 답안지 채점을 모두 마치고 오후 늦게 집으로 돌아오려는데 음악선생이 갑자기 끌어안았다. 그리고 온몸을 더듬으며 얼굴을 비벼댔다. 순간 당황했고 놀랐으며 정신이 번쩍 들었다. 강후남은 있는 힘을 다하여 음악선생의 팔을 비틀어 밀치고 위기에서 벗어났다. 뒤도 돌아보지 않고 도망치듯 집으로 돌아왔다. 그다음부터 학교에 가는 게 두려웠다. 공부도 하기 싫어졌다. 그러던 차에 아버지가 어로작업을 나갔다가 풍랑을 만나 실종되었다. 도저히 더 이상 학교에 다닐 수가 없었다. 음악이 제일 자신 있는 과목이었는데 그 후로는 노래도 부르지 않고 살았다. 그런 일만 없었어도 중학교 졸업장은 땄을 것이고, 중학교 졸업장만 있었어도 식모살이나 버스차장 같은 궂은일은 안 하고 살았을 생각을 하면 지금도 치가 떨린다.

강후남이 두 친구에게 들려준 이야기의 줄거리였다. 숨겨두었던 어두운 과거를 털어놓은 그녀의 표정은 드디어 후련해 보였다. 깊게 파였던 실주름이 펴진 듯한 그녀의 얼굴에는 그동안 참아냈던 눈물이 봇물 터진 듯 철철 흘러내렸다. 그렇게 눈물을 흘려야 할 인간들이 강후남뿐만은 아닐 터, 그네들 대부분은 눈물을 흘릴 기회조차 얻지 못하고 세상을 버티느라 힘겨워하고 있을 거였다. 미성년자를 유혹하여 또 다른 강후남을 만들어 낸 자들은 지금, 이 순간에도 그랬던 사실조차도 의도적으로 망각한 척하면서 인격이라는 가면을 쓰고 탄탄대로를 활보하고 있다. 그런 후안무치들이 도처에서 거들먹거리는 세상이다. 그런 후안무치들을 선택적으로 고사시키는 제초제는 없을까?

"그런 일이 있었구나. 그런데 너 참 잘 이겨냈다."

윤진숙이 강후남의 손을 잡으며 위로했다.

"요즘 같으면 그 새끼 미투 감이다. 벌써 콩밥 먹었을 거다. 그런 새낀 지금이라도 잡아다 매장해야 한다!"

김현덕이 흥분하여 손바닥으로 테이블을 내리쳤다.

"그 제비족 같은 음악선생? 그자, 나 졸업하던 해 늦봄에 목포 역전 뒷골목에서 깡패들에게 맞아 죽었다더라. 후남이 너한테 진 죗값이었는가 보다. 무척 오랫동안 섬마을이 뒤숭숭했었다. 그나저나 우리 그런 이야기는 그만하자. 그런 것 저런 것 모두 극복하고 이렇게 꿈에 그리던 한양까지 진출하여 잘들 살고 있으니 어쩜 우린 복 받은 인생이다. 그 슬프고 억울한 과거를 들추어내면 또다시 우린 슬프고 억울한 인생이 된다. 앞으로는 우리 좋은 이야기만 하자! 그리고 후남이 네가 우리 셋 중에서 자랑거리도 제일 많고 멋지게 살고 있잖니. 그럼 된 것 아니냐?"

윤진숙이 눈물을 글썽이며 강후남의 두 뺨에 흐르는 눈물을 닦아주었다.

"그래, 그까짓 중학교 졸업장 없는 거 자책하지 마라. 고등학교 졸업한 우리보다 네가 더 돈도 많잖니. 애들도 효성스럽고, 난 네가 부러워 죽겠다. 그건 그렇고, 그 새끼 분명 지옥으로 떨어졌을 거다. 이 세상에 아직 살아 있는 그런 새끼들 모조리 그렇게 뒤져야 마땅하다!"

김현덕도 그 특유의 손짓을 해가면서 강후남을 위로했다.

그렇게 세 친구가 만나면 곧바로 다시 꿈도 많고 한도 많았던, 가랑잎만 굴러가도 까르르 웃음보를 터뜨리던 시절로 돌아가 버렸다. 그 시절 알게 모르게 그냥 지나쳤던 사실들이 속살을 드러냈고, 요조숙녀라 믿었던 학우들의 부끄러운 뒷모습들도 생생하게 되살아났다. 그러다 보니 과거에 이렇게 저렇게 연관 되었던 이들 중에 온전한 이는 아무도 없었다. 특히, 김현덕이 거론하는 이들은 하나 같이 야비하고 음흉하면서 악질이었다. 김현덕은 세상만사를 아주 짙은 색안경을 끼고 보는 습관이 붙어있었다. 모든 것에 비판적이고 부정적이며 감정적이었다.

한편, 강후남은 중학교도 졸업하지 못했다는 자격지심이었는지는 몰라도 다양한 자랑거리를 들춰내어 자기를 과시하기에 바빴다. 그런 두 친구와는 달리 윤진숙은 좀처럼 속내를 드러내지 않고 나대지도 않았으며 오히려 날이 갈수록 말수가 줄어들고 있었다.

그날도 남도의 세 친구는 김현덕이 운전하는 신형 쏘나타를 타고 동구릉 부근의 이탈리안 레스토랑으로 점심을 먹으러 갔다. 그날의 오찬 유사는 강후남이었다. 강후남은 기다렸다는 듯 자리에 앉자마자 또 자랑을 늘어놓기 시작했다.

"오늘은 우리 사위가 만들어 준 체크카드로 쏠 테니 실컷 먹자고! 그건 그렇고, 돌아오는 겨울방학 때 우리 딸이 브라질 리우데자네이루 가자는데…."

"우리 애들도 파리에 가자는 걸 싫다 했어. 좌석도 비좁고…. 이제는 너무 힘들어."

김현덕이 뒤질세라 윤진숙을 힐끔거리며 끼어들었다.

"그래서 우리 딸은 비즈니스석으로 준비한다나…."

강후남은 비즈니스석과 리우데자네이루에 힘을 주었다. 강후남과 김현덕, 두 친구의 자랑질은 꼬리에 꼬리를 물었고, 윤진숙은 두 친구의 표정을 조심스럽게 살피면서 이야기를 듣는 척 속으로는 다른 생각을 하고 있었다.

사실 남편의 은퇴 기념으로 지중해 크루즈 여행을 한 달간, 남편의 친구들 모임에서 부부 동반으로 유럽 여행을 한 차례, 손자 첫돌 기념으로 중국에 한 번 다녀온 게 해외여행의 전부였던 윤진숙은, 두 사람의 대화에 끼어들 여지가 별로 없었다. 그리 부럽다는 생각은 들지 않았으나 그냥 대화를 이어갈 소재가 궁한 게 답답했고, 비현실적이며 진정성 없는 친구들의 소행머리에 거리감을 느끼고 있었다. 강후남의 도가 지나친 자랑질이 역겨웠고, 김현덕의 허풍과 우격다짐에 은근히 반감이 치밀고 있었다. 어릴 적 강후남이 아니었고, 파란 꿈을 그리며 하늘을 쳐다보던 여고 시절의 김현덕은 이미 아니었다. 그래서 그런지 시간이 흐를수록 남도의 세 친구 만남은 매끄럽지 못했고, 어느 때는 언쟁 직전까지 악화되는 경우도 있었다. 그렇다고 누구도 그 분위기를 순정의 세계로 전환하려는 노력을 하지 못했다. 그렇게 세월은 속절없이 흘러갔고, 그러면서 그네들은 그 또래의 다른 무리와는 그래도 격이 다르게 노후의 시간을 즐기고 있었다. 그만하면 그 또래의 다른 이들이 근접하기 어려운 역동적인 삶을 즐기고 있다 해도 과언은 아니었다. 그런 어울림은 반년도 채 되지 않아 서로의 특색이 노골적으로 드러나면서 서서히 새로운 국면으로 접어드는 조짐을 보였다. 그 특색이라는 것은 애당초 타고난 것이기도 하고 모질고 거친 세월을 버텨내면서 만들어진 생존의 방식이기도 했는데, 그런 방식은 누구도 탓을 하거나 끼어들기 어려웠다. 한 인간의 인생관으로 고착된 것이기에 더욱 그랬다. 그건 따지거나 탓하지도 말고 그냥 넘겨버려야 분란이 생기지 않는 성질의 것이었는데, 사실 그렇게 방관하거나 방치하는 것조차도 그네들의 세계에서는 그리 쉽지 않았다. 결국은 틈이 생기게 되었고 그 틈으로 물은 남모르게 스며들고 있었다. 그 물은 틈을 더욱 벌려놓아 작은 골짜기를 새로 만들고 그런 작은 골짜기들이 만나서 만들어진 실개천들이 또 이리 만나고 저리 합쳐져서 거대한 물길이 되면, 아무리 견고한 제방이라도 끝내는 터져버리고 말 터였다. 세상만사는 다 그렇게 되어 큰 변화를 일으키고 결국은 복구하기 어려운 상태에 빠져버린다. 세 친구 어울림은 은연중에 그런 상황으로 빠져들고 있었다.

자랑질이 도가 지나치긴 했으나 강후남은 남다른 데가 있긴 했다. 그건 이 삭막한 세상을 살아가는 인간들 모두가 주목할 필요가 있다는 걸 알려주고 싶은 남다름이었다. 그건 언제 어디서나 자식 험담은 절대로 하지 않는다는 것이었다. 자녀들에 대해서는 모든 게 칭찬 일색이었다. 그녀의 말대로라면 자식은 모두가 천사요 효자였다. 강후남에게는 사위도 그런 사위가 없고 며느리도 그런 효부가 없었다. 사돈들 하고도 관계가 매우 돈독하여 적어도 한 분기에 한 번씩은 고급 레스토랑에서 오찬을 함께 하고 있다고 했다. 정말인지 가증스러운지는 모르지만, 강후남은 입버릇처럼 그렇게 떠들어댔다. 그날도 강후남은 두 친구를 향해 추호의 망설임 없이 내뱉는 것이었다.

"우리 사위는 맏아들처럼 든든하고, 며느리는 딸처럼 임의로워! 예뻐 죽겠다니까…."

윤진숙은 과연 그게 어디까지 가능한 것인가를 머릿속으로 가늠해 보면서 강후남의 얼굴을 쳐다보았다. 강후남의 얼굴은 부처님처럼 평화로워 보였다. 마음을 지어먹고 하는 이야기는 아닌 것 같았다. 다혈질의 김현덕은 큰 소리로 반박했다.

"그런 소리 하는 인간들 모두가 다 위선이야. 사위는 사위일 뿐이고, 며느리는 어디까지나 며느리일 뿐이지, 어찌 내 배 아파 받아낸 딸이고 아들과 같겠나!"

강후남은 김현덕의 반박에 한 치도 물러서지 않았다.

"이제는 생각들을 바꿔야 해. 내 새끼와 살 섞고 살면 내 아들이고 내 딸이지 뭐야. 괜히 긁어 부스럼 만들지 말고 서로 믿고 이해하고 존중하면서 베풀면 집안이 구순하고 집안이 구순하면 밖에 나가 하는 일들이 잘 풀리고 그러는 것 아닌가! 그 중심에 부모가 있다는 것이고. 어떤 관계든지 백 프로 만족은 없잖아. 웬만하면 참고 역지사지해야지. 손주 돌보는 문제도 그래. 뻔뻔히 놀면서, 떼 지어 태국으로 중국으로 관광은 다니면서, 용돈은 목 빠지게 기다리면서, 그 어린 것들이 이 학원 저 놀이터로 끌려 다니며 가정보모에게 어떤 대우를 받는지도 모르고…. 내가 아는 어느 집은 그래서 아들이 직장을 그만두었대. 며느리 월급이 더 많았던 거야. 아들이 집에 틀어박혀 애나 보고 있으니 얼마나 한심하겠어. 그 늙은이들, 그때야 정신이 든 거야. 진작 손주를 데려다 키워줄걸 하고 가슴을 치며 후회하더라."

윤진숙과 김현덕은 강후남의 열변에 아무 말도 할 수 없었다. 할 말이 있을 수 없었다. 강후남은 진심이었고 현실은 그녀의 말 그대로였으니까.

"한심한 년들 같으니라구!"

강후남은 계속해서 열을 올렸다. 너무도 진지하고 너무도 흥분한 것 같아 누구도 선뜻 나서지 못했다. 저런 특별한 구석도 있다고 생각하며 윤진숙은 강후남의 열변에 귀를 기울일 수밖에 없었다. 강후남의 그 위세에 두 친구는 숨조차 제대로 못 쉴 정도였다.

"새끼들 살림 돌보는 문제도 그래. 돌볼 수 있으면 돌봐 줘야지, 죽으면 썩을 몸인데 뭘 그리 도사리고 아끼는지? 딸네 집에 가서는 온갖 궂은일을 다하고, 며느리 살림은 나 몰라라 하는 태도는 잘못돼도 한창 잘못된 것이지. 그렇게 하다가 결국은 큰 벌을 받고 말걸. 내가 볼 때 요즈음 시어미들은 눈치만 늘어서 며느리에게 잘못 보이지 않을 꼼수만 부리고 있어. 잘못 보이면 늙어서 버림받을 테니까. 나나 너나 생각부터 바꾸어야 해. 내가 볼 때 고부 관계에서는 시어미부터 달라져야 하고, 모녀 관계에서는 딸년부터 달라져야 해. 그런데 오해는 하지 말아 줬으면 좋겠어. 그냥 그렇다는 이야기니까. 나는 이미 달라졌으니까. 내 자랑 같지만, 우리 딸도 그만하면 백 점 만점을 줘도 좋다는 생각이니까. 괜히 흥분했네. 젠장!"

강후남은 겸연쩍은 듯 가볍게 웃어 보였다.

윤진숙은 생각했다. 강후남의 말에는 새겨들을 만한 게 없지 않다고. 그러나 강후남은 분명히 도가 지나치다고. 강후남의 일장 연설을 떫은 표정으로 듣고 있던 김현덕이 이해할 수 없다는 듯, 자리를 고쳐 앉더니 자식들 험담을 늘어놓기 시작했다. 김현덕의 말로는 우선 아들은 아무 소용이 없다는 거였다. 요즘은 딸이 있어야 한다고들 하지만 딸이 있다고 해서 크게 달라지는 것도 아니라는 거였다. 김현덕은 부모로서 자식에 대한 도리는 다하되, 자식을 위해 희생할 필요는 절대로 없다고 열변을 토했다. 아들네 집에 가서도 자기는 손 하나 까딱하지 않는다 했다. 냉장고 문도 열어본 적이 없고, 손주들 기저귀 한번 갈아준 적이 없다 했다.

"그러면 딸 산바라지는 누가 했어?"

강후남이 한심한 듯 김현덕을 바라보았다.

"조리원에서 했지. 첫애 때 이백 줬고, 둘째 때 이백오십 줬지. 그만하면 할 도리 다한 거 아닌가?"

김현덕은 당연한 듯이 어깨를 으쓱했다.

"모든 걸 돈으로 해결하는군!"

강후남이 윤진숙을 힐끔거리며 또 빈정거렸다.

"나는 자원봉사는 할지언정 손자나 손녀 돌보는 일은 절대로 안한다고 했어!"

김현덕은 또다시 어깨를 으쓱해 보였다.

"그러다 다치기라도 해봐. 엎어져서 무릎이라도 깨져봐. 그것들 눈이 뒤집힌다고. 우리 교회 권 집사라고 있는데, 어느 날 손자가 놀이터 미끄럼틀 난간에 부딪혀서 이마가 살짝 까지고 코피가 났대. 며느리가 그걸 보더니 미친개처럼 으르렁거리더라는 거야. 병신 같은 늙은이라고 개 욕을 하며 삿대질까지 하더라는 거야. 요새 젊은 놈들 자기만 알지, 부모고 뭐고 없다니까!"

윤진숙은 김현덕의 그런 태도는 그렇게 바람직한 것은 아니라는 생각이 들었다. 인간에게 자식이라는 존재는, 아들이 필요하고 딸은 소용없다든가, 아니면 딸은 반드시 있어야 한다든가 하는 사고방식은 인류의 생태계를 무너뜨리는 지극히 위험한 발상일 뿐이라는 걸 가르쳐주고 싶었다. 그러나 윤진숙은 그만두기로 했다. 그저 답답할 따름이었다. 부모가 자식의 힘이 필요하면 그 자식은 따지지 말고 부모에게 지니고 있는 힘을 나누어 드려야 하고, 자식이 부모의 힘을 필요로 하면 그 부모는 건강과 재력이 허락하는 한 그 자식에게 힘을 실어주어야 한다는 게 윤진숙의 사고방식이었다. 부모와 자식 간에는 절대로 타산적이지 말아야 한다. 아울러 서로가 의존하려는 마음도 금물이고, 서로

책임을 전가하는 것도 볼썽사납다. 부모의 재산은 언젠가는 내 것이라는 발상도 위험천만이고, 노후를 자식이 부양할 것이라는 기대도 하지 않는 게 좋다. 그런데도 많은 사람이 그러한 타성을 버리지 못하고 그렇게 되지 않을까 봐 이 눈치 저 눈치 보며 전전긍긍한다. 그러한 생각이 견고하면 할수록 부모는 자식이 두려워지고 자식은 부모가 거추장스러워진다. 결국은 부모와 자식 간의 진정한 사랑은 식어버리고 남남처럼 소원해지다가 파탄이 나버린다. 누구라도 기대를 과도하게 하거나 상대방에 대한 기본적인 소임을 게을리하면 인간관계는 그렇게 허물어지게 마련이다. 한 번 허물어진 인간관계는 복원되기 어렵다. 관계가 허물어질 때 노출되는 속살이 너무도 혐오스럽고, 그때 튀어 오른 파편들이 너무 날카로워 돌이킬 수 없는 상처를 주기 때문에 더욱 그렇다. 그 깊은 상처는 아무리 고명한 외과 의사도 치료하지 못한다. 세월이 약일진대 그 세월이라고 것도 너무도 빨리 흘러가 그 상처가 아물기도 전에 이 세상을 떠나가 버린다. 가장 좋은 방법은 예방일진대, 그것은 서로에게 기대와 의존을 최소화하는 것이다. 기대를 하나도 하지 않는 게 제일 바람직할지도 모른다. 그냥 존재하는 것만으로 만족하는 것, 그게 가장 바람직하다. 윤진숙은 그렇게 생각하며 김현덕을 한심한 눈길로 바라보았다. 윤진숙이 바라보자, 김현덕은 가일층 목소리의 톤을 높이기 시작했다.

"우리 애들은 결혼한 그다음 달부터 월 50만 원씩 용돈을 보내라 했어!"

김현덕은 한술 더 떠서 무슨 자랑이라도 하듯, 모두 들어보라는 듯, 더 큰 소리로 떠들어 댔다. 세 애들로부터 월 150만 원이 꼬박꼬박 통장으로 들어온다는 거였다. 그렇게 강요해서라도 효도를 받아내야 한다고 핏대를 올렸다. 윤진숙은 김현덕이란 친구는 참으로 무섭다는 생각이 또 들었다. 자식들의 처지는 도무지 안중에도 없었다. 가정이 있는 젊은이들이 친가에 그렇게 한다면 처가에도 그렇게 해야 할 텐데, 매달 그렇게 많은 돈을 고정적으로 빼낸다면 과연 그 애들은 미래가 온전할까. 집은 언제 장만하고 새끼들 학비는 어떻게 마련할 것인가. 하루 세끼 밥은 제대로 먹고 살 수 있을까. 윤진숙은 김현덕에게 무어라 한마디 할까 하다가 또 그만두었다. 살벌할 정도로 섬뜩한 김현덕의 주장을 말없이 듣고 있던 강후남이 더 이상 참지 못하고 김현덕에게 대들었다.

"그건 너무하지 않아? 그러다 나중에 애들에게 버림받고 말아. 난, 자식들에게 효도 받을 생각을 따로 한 적은 없어. 그냥 내 속으로 나온 새끼들이 건강하게 제 밥벌이를 하면서 이 험한 세상을 열심히 살아가는 것만 보아도 기분이 좋고 배가 부르다는 것뿐이야. 절대로 강요된 효는 진정한 효일 수는 없어! 현덕이 너, 그럼 못써!"

김현덕은 물러서지 않았다. 효도를 받는 것은 부모의 포기할 수 없는 권리라고 목소리를 높였다. 그러면서 자기는 세 아이가 효도를 어떻게 하느냐에 따라서 유산상속도 달리할 계획이라고 큰소리를 쳤다. 평소 효도의 정도를 평가하여 가장 효심이 깊은 애한테 재산의 절반을 물려주고, 나머지 반을 둘로 나누어서 줄 계획이라고 가족회의에서 공표했다는 것이었다. 그 소리를 들으며 윤진숙은 김현덕은 참으로 위험한 발상을 하고 있다고 단정했다. 자녀의 효심을 평가하기도 어렵거니와 공정하게 평가할 방법도 찾아내기 어려울 것이었다. 세상만사가 다 그렇듯이 공정하지 않은 결과는 반발심을 일으키고 기존의 질서를 혼란에 빠뜨리는 원인이라는 걸 김현덕은 아직 잘 모르고 있다는 생각이 들었다. 공정이야말로 사회 안정의 기본 가치일진대, 많은 이들이 그것을 간과하고 있어 큰일이라는 생각이 머릿속에서 떠나지를 않았다.

"어찌 되었든 그렇게 하면 애들을 편애하는 거야! 그러다 큰일 나!"

강후남이 김현덕을 향해 타이르듯 말했다.

"후남이 말이 맞아. 너무 애들 몰아붙이지 마! 그러다 너, 정말 큰일 난다!"

윤진숙도 김현덕을 바라보며 경고 아닌 경고를 했다.

"무엇이 큰일 나? 네 년들은 너무 천사인척해서 큰일이야. 난 우리 새끼들도 안 믿어. 형제들도 마찬가지야. 특히 동생들, 동생들은 모두 그러려니 하다가도 배신감이 들 때도 많아! 인간은 누구나 다 위선으로 감싸져 있다고. 말만 번드레하게 한다고! 남편도 마찬가지야. 뭐든지 해주기만 바란다고…. 나는 저희 키울 때 제일 좋은 것만 골라서 제일 먼저 먹이고 입혔는데, 이것들 가만히 보니까, 하는 꼬락서니가 부모는 항상 여차지인 거야. 어떤 때는 먹다 남은 것, 먹기 싫은 것, 누구한테 공짜로 얻은 것, 뭐 그런 게 생기면 가져가라 하는 거야. 솔직히 후남이 너, 지금 걸치고 있는 그 캐시미어 재킷 네 딸이 입다가 싫증 나서 버리려는 걸 뺏어 입은 거 맞지? 그것들 안부전화도 자주 안 한다니까. 아마도 그것들 내가 치매라도 걸리면 당장 시설에 집어넣고 말 거야. 우리 영감이 중풍으로 쓰러지니까 요양병원에 입원시켜야 한다고 나서는데 도저히 못 당하겠더라고! 저희가 그렇게 하는데 다 늙어서 끝없이 베풀 수만은 없는 거 아냐? 그렇게 안 해도 살아갈 수 있도록 만들어줬으면 되는 거 아니냐고!"

김현덕은 얼굴까지 일그러뜨리면서 자식들 험담을 이어갔다. 강후남은 김현덕을 빤히 쳐다보며 입고 있는 캐시미어의 옷깃을 여미었고, 윤진숙은 부모와 자식 간의 문제는 풀기 어려운 고차방정식이라 생각하면서, 김현덕의 입에서 튀어나올 독설에 귀를 기울이고 있었다. 그때 김현덕의 톤 높은 목소리가 홀 안을 뒤흔들었다.

"너, 강후남! 친정 동기간 자랑질이 하늘을 찌르는데, 조카들이 모두 몇이냐?"

강후남은 김현덕의 갑작스러운 질문에 대답하지 못하고 머뭇거렸다. 윤진숙은 언제 불똥이 자기에게도 튈지 모른다는 생각에 친정 조카가 몇 명인가를 빠르게 가늠해 보았다. 얼추 헤아려도 스무 명이 넘었다.

"열다섯인가 열일곱인가? 아리송하네."

강후남의 목소리는 기어들어 가고 있었다.

"그럼, 조카들이 열다섯이라 치고, 그 애들한테서 작년 한 해 동안 안부 전화 몇 번이나 받았냐?"

김현덕은 마치 형사가 범법자를 심문하듯 강후남을 다그쳤다. 강후남은 또 머뭇거렸다. 윤진숙은 또 불똥이 자기에게도 튈지 모른다는 생각에 아주 빠르게 김현덕의 질문을 생각해 보았다. 섬마을 고향을 지키는 장조카가 고모부 희수연에 참석하지 못해 죄송하다는 전화 한 통 받은 게 전부였다.

"글쎄…."

강후남의 목소리는 여전히 기어들어 가고 있었다. 김현덕은 윤진숙과 강후남을 번갈아 바라보며 가일층 목소리의 톤을 높여나갔다.

"이젠 말이야, 친척의 개념도 바꿔야 해! 친척은 무슨 얼어 죽을 친척? 전국 각처에 뿔뿔이 흩어져 가정 대소사에도 오도 가도 않는데 친척이 무슨 소용이야! 사촌만 돼도 그 배우자가 누군지, 어디 사는지, 무얼 하는지, 알 수도 없고 서로 관심도 없다고! 그렇지 않아? 이젠 조카들도 소용없다 이거야! 우리 집안에 조카가 몇인 줄 알아? 친정까지 다 합치면 무려 서른 명이 넘어. 물론, 그것들 시집 장가갈 때 그냥 안 넘어갔지. 그런데 말이야, 그것들 일 년에 한 번도 못 봐. 언젠가 서울에 사는 조카 한 놈이 군대 간다고 들렸더라. 그래서 힘내라고 불고기 배가 터지도록 사 먹이고 격려금도 들려 보냈어. 그런데 그놈 군대 가더니 편지 한 통 없고, 제대하고서도 감감무소식이더라. 아마 그것들 내가 죽어도 문상도 오지 않을걸. 안부 전화? 솔직히 지난해 조카들에게 안부 전화 한 통이라도 받았으면 내가 성을 간다. 내가 제일 싫어하는 성이 섬강 완 씨인데, 내 성을 완가로 갈아버리고 말 거다! 친척? 이젠 소용없다 이 말이지! 물론, 다 그렇지는 않겠지. 남달리 훌륭한 부모슬하에서 가훈을 숭상하며 예의범절을 익힌 인간이라면 내 허접한 친척들하고는 비교가 안 되겠지. 특히, 고상하고 후덕하기로 세상 톱을 달리고 있는 윤진숙과 강후남이 조카들이야 절대로 그렇지 않을 거라 확신하지만, 너희도 방심하지 말라 이거야! 언제 큰코다칠지 모른다고!"

김현덕은 얼굴이 벌개서 숨을 헐떡거리더니 다 식어 빠진 커피를 세 모금이나 들이켰다. 윤진숙은 친구의 크게 흐트러진 심기를 달래놓아야 한다고 생각했다. 그녀는 김현덕을 그윽한 눈빛으로 바라보며 나긋나긋한 목소리로 화제를 돌렸다.

“현덕이 네 말도 일리는 있다. 맞는 말이긴 해. 하지만 너무 부정적이고 단정적이면 곤란하다는 것뿐이야. 내 말 고깝게 듣지 마. 허긴 나도 친정 동생 때문에 배신감을 느낀 적이 한두 번이 아니야. 그 앤 내가 업어 키웠어. 엄마가 논밭에 일하러 나가면 밥을 챙겨 먹였고, 고등학교 들어가면서부터 졸업할 때까지 온갖 남편눈치 다보며 월사금을 보내줬어. 전문대 들어갈 때 입학금도 내가 대줬다니까. 대기업에 취업도 했고, 나보다 먼저 이 동네 고층아파트를 장만하여 떵떵거리며 사는데도 이제껏 고맙다는 말 한마디 못 들어 봤어. 그건 그렇다 치고, 변두리에서 살다가 지금의 집으로 이사 올 때도 그림자도 비치지 않더라니까. 우리 아들 변호사 사무실 열 때도 그 흔한 화환 하나 없더라고. 더 기가 막히는 건, 단 하나밖에 없는 생질이 결혼하는데, 그놈이 내놓은 게 얼만지 알아? 정말 낯간지러워서 입도 못 벌릴 정도야. 남편 보기가 부끄럽더라고. 어느 집이나 다 그래! 불효막심한 새끼도 많고 남만도 못한 동기간도 수두룩한 세상이야! 그렇다고 그 연결고리를 끊을 수도 없잖아. 그래도 핏줄이고 동기간인데, 저희는 그렇게 싹수없이 굴어도 예쁘게 봐줘야지 어쩌겠니? 한없이 밉고 섭섭하다가도 어릴적 모습이 떠오르면 모든 억하심정이 봄눈처럼 녹아버리는 게 자식이고 동생들이잖아. 난 그렇더라고. 다만 네가 좀 지나치다는 말이다. 한창 젊은 애들 너무 몰아붙이는 건 좀 그렇다는 말이지…. 네 말마따나 새끼와 동생들은 모두 다 그러려니 하고 사는 수밖에…. 현덕이 너, 그러지 말고 내일 맛있는 점심이나 사라! 그렇게 많은 용돈을 어디에 쓰냐?"

심기가 극도로 뒤틀린 나머지 도끼눈으로 윤진숙을 노려보던 김현덕은 가타부타 대답도 하지 않고 핸드백을 거머쥐더니 갑자기 악에 받친 소리를 질러댔다. 마치 무능한 정치가가 군중들 앞에서 내로남불을 웅변하는 것처럼 보였다.

"팔자 좋은 윤진숙! 세상 잘난 강후남! 네 년들, 너무 고상한 척 천사처럼 굴지 마! 세상이 얼마나 헝클어져 있는지 너흰 아직 모른다고! 장유유서가 죽어버렸잖아! 도대체가 어른을 인정하지 않고 있다고! 가정에서 누가 어른이야? 지금 우리나라에서 누가 어른이냐고! 할아버지? 대학 총장? 종교 지도자? 웃기고 자빠졌네. 가정에서는 막 나가는 며느리 말 한마디면 모든 게 끝나버리는 세상이야. 그렇지 않아? 내 말 틀렸냐고? 사장한테 쌍욕을 퍼부으며 삿대질하고, 캠퍼스에서 교수를 마주쳐도 인사 제대로 하는 놈 하나 없는 세상이라고! 천륜을 거역해도, 인륜을 짓밟아도, 패거리만 잘 만들면 만사가 형통이잖아! 요즘 젊은것들은 존경이라는 단어조차 인정하지 않잖아! 무슨 빌어먹을 존경이고 무슨 말라빠진 도덕이냐 이거지! 목소리 크고 완력만 있으면 모두를 조아리게 만들 수 있는 세상인 걸 네 년들도 모르지 않을 건데, 그런 허튼소리를 지껄이고 있다는 게 한심스러워서 그런다! 그러니 어쩔 거냐? 늙고 힘 빠지면 젊은 놈들 비위 맞추고 눈치 봐야 그나마 연명이라도 하는 세상이잖아! 네 년들은 불여우처럼 약아빠진 년들이니까 분란나기 전에 요리조리 잘 헤쳐나가고 있는 거뿐이라고! 그러나, 난 아니라고! 난 말이야, 기는 기고 아닌 건 절대로 아니라고! 아직 힘이 남아 있을 때, 그 힘을 행사하는 것뿐이라고! 그것뿐이라고! 그러니 내 근심은 하지 말고 네 년들이나 죽을 때까지 새끼들한테 비두발발 충성하며 천년만년 실컷 잘살아 봐! 이 박복하고 사악한 년은 이제 지옥으로 가야겠다!"

김현덕의 그 소리는 학창 시절 응원단장을 할 때의 고함보다 더 크고 우렁찼다. 그 소리가 얼마나 크고 모질었든지 레스토랑에서 식사하던 이들이 일제히 포크를 내려놓았다. 그네들 바로 옆 테이블의 어떤 심약한 여인은 너무도 놀란 나머지 손을 부들부들 떨다가 들고 있던 포도주잔을 대리석 바닥에 떨어뜨렸다. 쨍그렁! 유리잔이 박살 나는 소리에 홀 안의 모든 사람이 소리 나는 쪽으로 고개를 돌렸다. 그러나 김현덕은 뒤도 돌아보지 않고 두 발을 탕탕 구르며 식당 문을 박차고 나가버렸다. 그러다 되돌아오겠지 생각하며 윤진숙과 강후남은 김현덕을 목 빠지게 기다렸다. 리필 커피를 석 잔씩이나 마시며 한 시간을 넘게 기다렸다. 강후남은 수없이 김현덕의 휴대폰 번호를 눌러댔고, 그때마다 똑같은 소리가 들렸다. ㅡ휴대폰의 전원이 꺼져있습니다.

그렇게 김현덕은 끝내 다시 나타나지 않았다. 결국 윤진숙은 남편 권오윤 회장이 자가용을 직접 몰고 와서 데려갔고, 강후남은 콜택시를 불러 타고 집으로 돌아갔다. 그 후로 남도의 세 친구는 이 세상 어디에서도 다시 만나지 못했다. 세월이 한참 더 흐르고, 저승에도 향우회가 있다면 거기서나 또다시 만나게 되려는지?

물질hoK-8의
기적

자랑스럽고 위대한 우리의 조국, 산부인과의사회관 중앙로비에는 산부인과학 발전에 공로가 지대한 인물 일곱 명의 흉상이 나란히 안치되어 있다. 그 중 네 명은 외국인이고, 한 명은 산부인과와 거리가 먼 유기화학자로 7인의 흉상에서 가장 상석에 모셔놓았다. 산부인과학은 여성의 생식과 임신에 관련된 질환을 진단하고 치료하는 의학이다. 생식과 임신은 동물 종의 보존과 번식을 위하여 기본적인 생리이다. 인간의 생식과 임신은 오로지 여성만이 할 수 있다는 게 정설이다. 남자가 애를 낳았다는 이야기는 22세기에 접어들도록 그 어디에서도 듣지 못했다.

1885년 문을 연 제중원 여의부에서 궁중 부녀자들을 진료한 여의사 엘러스 수녀, 세브란스 의학교에서 산부인과학을 가르친 허스트 박사, 조국 최초의 산부인과 전문의로 1925년에 산부인과 의원을 개원한 신필호 박사, 세계 최초 시험관아기 시술에 성공한 에드워드 박사와 스텝토 박사, 자궁암이나 유방암 등 모든 부인암을 동시에 예방할 수 있는 백신을 개발한 김영진 박사, 그리고 노벨화학상 수상자이며 평화상까지 받은 철윤섭 박사가 그들이다. 철윤섭 박사의 흉상 밑부분 동판에는 다음과 같은 문구가 선명하다. ***조국의 산부인과학을 되살려낸 분** (2020.7.12-**현재)**

노벨상 시상식을 3주쯤 앞둔 철윤섭 박사의 연구실, 철 박사는 특강 원고를 정리하느라 여념이 없다. 특강은 국제유기화학회 연차총회 개회식에서 할 예정이다. 평생 유기화합물을 연구하여 유해환경정화물질 즉, 오염된 물을 정화하는 물질hoK-5, 오염된 공기를 정화하는 물질hoK-6, 방사능을 제거하는 물질 hoK-7을 합성해 낸 공로를 인정받아 노벨화학상을 수상하는 철 박사를 축하하는 데 초점을 맞춘 행사로, 철 박사가 몸담고 있는 국립이화학대학원대학교 학술의 전당에서 열릴 계획이다.

철 박사는 유기물질합성의 세계적 권위자이며 조국으로서는 열 번째의 노벨화학상 수상자이다. 철 박사의 연구실에는 세계 굴지의 연구기관이나 유명 대학에서 초청하는 메일이 하루에도 수십 통씩 날아든다. 국내외 각처에서 특강요청도 정신 못 차릴 정도로 쇄도하고 있다. 거기에다가 철 박사의 앞뒤 가리지 않는 단순한 성격 때문에 조수는 철 박사의 일정을 관리하느라 어려움이 매우 많다. 노벨상 수상 축하 잔치를 열어주겠다는 초등학교 친구들을 만나러 가기 위하여 대통령과의 만찬까지도 뒤로 미룰 정도이다.

고향에서 고등학교를 졸업하고 도청소재지에 있는 국립대학에서 화학을 전공한 철윤섭은 서울의 사립대학에 학사 편입하여 인체생리학을 더 공부했다. 특히 후각신경계에 대하여 깊이 파고들었다. 뇌의 3층 구조에서 감정의 뇌라 칭하는 대뇌변연계가 후각신경계와 어떻게 상호작용하는가를 끈질기게 연구하여 매우 중요한 사실을 밝혀냈다. 어떤 방향족화합물은 전혀 냄새를 느끼지 못하더라도 인간의 후각세포를 자극하여 의식과 행동에 변화를 일으킬 수 있다는 걸 밝혀낸 철윤섭의 연구는 권위를 자랑하는 국제학술지 네이처의 당해 연도 최우수 논문으로 선정되었다. 남달리 온후하고 동생들을 아끼던 철 박사의 큰누나는 서울 청년과 결혼하여 신촌의 한 아파트에 살고 있었다. 철윤섭은 그 아파트에 기거하면서 누나의 극진한 보살핌을 받았고, 마음껏 학업에 전념할 수 있었다. 그 아파트는 층간소음이 무척 심했다. 위층 집의 애들 들뛰는 소리가 보통 시끄러운 게 아니었는데도 누나는 매우 너그러웠다. 그러나 아래층에서 스며들어 오는 담배 냄새는 견디지를 못했다. 별것 아닌 것 같은데도 신경질을 내면서 그토록 비단결 같던 성질이 무섭게 표독스러워졌다. 결국 누나는 아래층 부부와 코피가 터지도록 싸웠고, 매형의 간곡한 만류에도 불구하고 다른 아파트 맨 아래층으로 이사를 했다. 그걸 보면서 착안한 것이 평생의 연구 주제가 되었다. 그렇게 학부 과정을 마친 철윤섭은 군에 입대하여 중동부 전선 최전방 중화기중대 위생병으로 군 복무를 마쳤고, 국립이화학대학원대학교 석박사 통합과정에서 박사학위를 받았다. 지도교수의 주선으로 미국 UC샌디애고에서 박사후과정을 수료했고, 현재는 모교의 석좌교수로 있으면서 새로운 물질로 새로운 사회를 건설할 수 있다는 혁신적인 신념을 간직한, 조금은 유별난 과학자이다. 심지어 철 박사는 인간의 습성이나 의식구조는 물론 행동이나 마음까지도 물질을 이용하여 조절할 수 있다고 장담한다. 이번 국제유기화학회 연차총회에서의 특강 요지도 바로 그런 내용이었다. 철 박사는 언제 어디서나 자신에 찬 목소리로 외치고 다닌다. **"방향족화합물로 인간의 정신세계를 지배할 수 있다!"**

스웨덴의 수도 스톡홀름시청에서 열린 노벨상 시상식에 참석하고 서둘러 만찬장을 빠져나온 철 박사 부부는 조국의 정부가 내어준 특별기에 올랐다. 철 박사는 귀국 이틀 후, 조국을 찾아온 전 세계의 유기화학자들을 대상으로 평소의 신념을 정리한 논문을 발표하기로 되어 있었다. 그다음 날은 고향 친구들이 벌리는 축하 잔치에 참석해야 한다. 철 박사는 특별기 좌석에 앉자마자 승무원이 건네주는 신문을 펼쳐 들었다. 영국 옥스퍼드대학인구문제연구소가 아이를 낳지 않아 지구상에서 가장 먼저 소멸하게 될 국가는 조국일 거라는 기사를 읽으면서 심기가 뒤틀리기 시작했다. 스톡홀름 국제공항에서 서울공항까지 마하 2의 속도로 6시간을 비행하는 동안 한잠도 자지 못하고 뒤척였다. 특별기가 서울공항 활주로에 안착할 때까지 철 박사의 가슴은 답답하고 심란했다. 고민 끝에 철 박사는 중대한 결심을 하나 해갖고 특별기에서 내린다. 앞으로 연구의 초점을 조국의 출산율 제고에 맞춘다는 결심이었는데, 그 요지는, 어디에서든 특강을 할 때마다 인구감소 문제를 거론하여 국민들에게 위기의식을 심어주는 거였다. 이제까지의 인구정책은 단순히 돈을 미끼로 하는 출산장려책에 지나지 않았다. 말하자면 이런 것—아이 하나 낳으면 아파트 입주권도 주고 격려금도 섭섭지 않게 줄 테니 우리 동네에 와서 살아라. 아니면, 아이가 하나 태어날 때마다 호봉을 하나씩 올려주고 셋 이상이면 일 계급 특진시켜 준다. 30년대 초반 어느 정부에서는 아이를 다섯 이상 낳아 모두 5세 이상 양육한 여성에게는 유치원 원장 자격증을 준다. 그것도 모자라 40년대 중반의 어느 정신 나간 정부는 자녀를 열 명 이상 생산한 부부에게는 한국은행이 발행한 백지수표를 준다. 그 당시 어느 유명 대학에서는, 물론 남학생들의 이의 제기가 만만치 않았지만, 재학 기간에 아이를 하나 출산하면 신청한 학점을 모두 A학점으로 인정하고 다음 학기 등록금을 전액 면제하며, 셋 이상 출산한 경우에는 출석일수에 무관하게 전공분야의 학사학위를 수여한다. 또한 대학원 석박사 통합과정에서 아이를 다섯 이상 출산하면 전공과 관계없이 철학박사 학위를 수여한다.—이다. 철 박사는 안전벨트를 풀고 자리에서 일어서며 중얼거린다. **"그런 미봉책으로는 아무것도 안 되지!"**

철 박사 부부는 여객터미널 입국장에 구름같이 모여든 보도진들 사이에 우뚝하게 서 있는 외아들을 발견하고는 비로소 조국에 다시 돌아왔음을 실감한다. 아들은 성큼성큼 걸어서 모친에게로 다가가 팔짱을 낀다. 벌써 서른다섯 살인데도 장가를 가지 않으려 갖은 수를 다 쓰며 방패막이하는 중이다. 그래도 아들이 이렇게 든든하고 대견하며 함함하게 보이기는 처음이다. 아들이 모는 쏘나타에 오르니 한결 마음이 놓인다. 두 모자가 주거니 받거니 이야기꽃을 피우는 동안, 철 박사는 또다시 조국의 인구문제로 고민하다가 잠에 곯아떨어진다. 코를 고는가 싶더니 잠꼬대를 한다. **"조국이 소멸한다면 노벨상의 영광도 억만장자의 재물도 아무런 의미가 없는 것 아닌가!"**

국제유기화학회 연차총회에서의 철 박사 특강은 매우 감동적이었다. 90분간의 특강이 모두 끝나자, 행사장의 모든 참석자는 일제히 기립하여 5분이 넘도록 박수를 보내며 철 박사를 환호했다. 어떤 사람은 어찌나 강렬하게 손뼉을 쳐댔는지 손바닥이 시뻘겋게 부르트기도 했고, 또 어떤 사람은 얼마나 크게 소리를 질러댔는지 목이 잠겨 며칠 동안 말조차 할 수가 없을 정도였다. 철 박사는 과연 노벨상 수상자다웠다. 거만하지 않았고, 현학적이지 않았으며, 경솔하지도 않았다. 어떠한 궤변도 찾아볼 수가 없었다. 특강은 기승전결이 명료했으며 논리가 비약적이지도 않았다. 철 박사의 이야기는 말끝마다 희망이 싱그러웠고, 애국심과 인간애가 넘쳐흘렀다. 우회적인 비판도 없었고, 책임 전가도 없었으며, 곡학아세도 전혀 없었다. 조국의 역사에서 가장 존경받고 있다는 율곡 선생이나 퇴계 선생 못지않게 선비다웠다. 그 실용주의적 태도는 정약용을 떠올리게 했다. 참으로 철 박사는 위대했다. 전 세계 내로라하는 3천여 명의 유기화학자들은 유스투스 폰 리비히나 알베르트 아인슈타인을 떠올리며 이구동성으로 외쳐댔다. **"인류의 평화는 우리들 유기화학자가 새로운 물질을 합성하여 기필코 완성하리라!"**

국제유기화학회 연차총회 다음 날 아침, 철 박사의 아파트로 박성덕 사장—철 박사와 가장 친한 초등학교 동창생—의 2080형 아슬란이 미끄러져 들어왔다. 박 사장이 운전하고 그 옆자리에는 철 박사가 앉았다. 두 사람은 고향의 초등학교동창회가 열어주는 노벨상 수상 축하 잔치에 그렇게 다녀왔다. 고향을 다녀오면서 철 박사는 두 가지 근심이 새로 생겼다. 첫째는 고향 동네와 모교가 없어질 거라는 것, 또 하나는 박 사장의 둘째 딸 혼사 문제를 어떻게 해결해 줄 것인가. 고향 동네 어디에서도 아이 울음소리를 듣지 못한지 10년도 더 되었고, 머지않아 모교가 없어지고 말 것이라는 고향 친구들의 이야기를 들으며 철 박사는 미치도록 괴로웠다. 박 사장은 딸만 셋을 두었는데 맏이는 마흔을 훌쩍 넘겨 겨우 지난봄에 시집을 갔고, 둘째는 40살이 다 되도록 독신을 고집하고 있다면서 하소연이었다. 철 박사의 외아들도 마찬가지였으니, 이심전심 철 박사와 박 사장의 고향길은 더없이 설레었으되, 귀경길은 비길 데 없이 무겁고 착잡했다. 아파트 앞에서 친구를 내려주면서 박 사장이 애걸 조로 말한다. "제자 중에 누구라도 좋으니 우리 둘째 년 짝이나 좀 찾아줘라. 너만 믿는다!" 철 박사가 잘 가라고 손을 흔들며 큰소리친다. **"너무 속 썩이지 마라! 목숨 걸고 노력하마. 어찌 됐든 딸 많은 네가 부럽다!"**

조국의 인구감소 문제, 그것은 조국의 운명과 직결되는 명제였다. 무엇인가 결단을 내리지 않으면 사랑하는 조국이 당장 큰일 나고 말 것이라는 우려와 공포가 철 박사를 불안에 떨게 하고 있었다. 조국과 고향은 철 박사의 전부였다. 인생의 모든 걸 걸어도 아깝지 않은 조국이요 고향이었다. 철 박사가 수준 높은 애국심과 애향심을 간직하게 된 것은 전적으로 중학교 때 담임선생님의 영향이었다. 한 학년이 18명밖에 안 되는 작은 시골 초등학교에서 읍내 중학교에 진학한 철윤섭은 워낙 걸물이었던 터라 학급실장에 임명됐다. 그 담임선생님의 고조부는 한국전쟁 당시 제1보병사단 보병소대 분대장으로 다부동전투에 참전하였고, 328고지에서 장렬하게 전사했다. 조국 정부는 그분에게 태극무공훈장을 뒤늦게 추서했다. 담임선생님은 거의 종례 때마다 조국을 위하여 죽을 각오로 싸웠던 고조부의 다부동전투 이야기를 들려주면서 어린 제자들에게 애국심을 심어주었다. 남달리 담임선생님의 총애를 받고 있던 철윤섭은 크게 감명받았고, 결심을 굳게 했었다. **'내 조국과 내 고향을 위하여 일생을 바치리라!'**

인구감소 문제를 해결하기 위하여 국가가 정책적으로 추진하는 방법들은 이미 소용이 없는 것으로 판명 난 지 오래였다. 연간 국가예산의 30% 이상을 인구정책에 쏟아붓고 있음에도 출산율은 계속 급감하고 있는 게 조국의 현실이었다. 합계출산율은 까마득한 옛날에 겨우 1% 정도였고, 이제는 0.3%마저도 무너져 가는 상황이었다. 문제는 도대체가 젊은이들이 결혼할 생각을 하지 않는 거였다. 먹고살기 힘들어서 결혼을 안 하는 게 아니라, 남녀가 뒤섞여 사는 것 자체를 번거롭게 여기는 젊은이가 가파르게 증가하고 있었다. 이미 어린 아기보다는 애완동물을 더 선호하는 풍조가 만연한 지 오래였다. 밤낮으로 연구실에 틀어박혀 조국의 출산율감소 문제와 치열하게 씨름하던 철 박사가 오른손을 들어 무릎을 내리쳤고, 두 눈에서는 광채가 무섭게 반짝였다. 머릿속을 번개처럼 지나가는 게 있었기 때문이다. 철 박사가 자리에서 벌떡 일어서며 소리친다. **"그렇다. 모든 게 마음의 문제다! 이성에게 매력을 느끼고 낭만을 즐기려는 마음, 아기가 귀엽고 또 아기를 갖고 싶은 마음, 그런 마음을 만들어주면 될 터이다!"**

철 박사는 그때까지 몰두하고 있던 사회환경정화물질—인간의 사기 근성을 억제하는 방향족화합물—연구를 중단하고 본격적으로 출산율 제고에 영향을 미치는 물질의 연구에 착수했다. 그러한 특성이 있는 방향족화합물의 합성은 철 박사로서는 그리 어렵지 않은 과제였다. 우선, 그 물질은 인체에 무해하고, 무색무취이며 휘발성이 강할뿐더러 확산속도가 거의 빛에 가까워야 한다. 그 물질이 인간의 후각을 자극하면 결혼 욕구가 생기고 어린애가 귀엽고 예뻐 보이는 그런 물질이다. 얼핏 생각하면 최음제나 흥분제일 것도 같지만, 그 물질은 본질적으로 그런 물질은 아니다. 굳이 이름을 붙인다면 결혼촉진제라고나 할까. 아니면 잉태욕구유발제라고나 할까. 철 박사는 한 달도 채 걸리지 않아 일차적인 시료를 합성해 냈다. 시료를 수석연구원에게 주어 생쥐를 대상으로 실험하도록 했다. 실험 결과는 성공적이었다. 수컷을 철저히 배척하던 암놈을 2주일도 채 지나지 않아 교배에 성공할 수 있게 만들었다. 그다음은 토끼를 이용하여 또다시 같은 실험을 반복했다. 토끼에서도 기대보다 훨씬 더 좋은 결과를 얻어냈다. 그다음은 인간과 비슷한 가임기를 갖고 있는 한우를 대상으로 유해성 유무를 검증했던바, 그 물질이 한우에게 전혀 해롭지 않다는 결론을 얻어냈다. 그 밖의 또 다른 부작용이 없는가를 살펴보기 위하여 다각도의 실험을 했고, 결과는 모두 대만족이었다. 철 박사의 가설을 충족하고도 남는 결과가 나왔던 것이다. 철 박사는 그 물질을 인간에게 사용해도 좋겠다는 결론에 도달했고, 인간을 상대로 마지막 단계의 실험을 단행하기로 결심했다. 사실 인간을 실험의 대상으로 삼는 것은 절대적인 금기사항이었으나, 조국의 미래가 걸려 있는 과업인 데다가 그 결과를 확신하고 있었기에 철 박사는 매우 가벼운 마음으로 실험을 계속할 수 있었다. 물론 이 모든 실험은 극비로 진행했다. 우선 독신을 고집하는 자녀를 둔 친구들을 떠올렸고, 박 사장이 제일 먼저 생각났다. 박성덕은 감자바위 촌놈이었으나 사업수완은 비상했다. 지금은 IT와 바이오케미컬 산업을 경영하고 있지만, 한때는 영유아 체험을 콘텐츠로 하는 회사를 운영했었다. 그 당시 박 사장이 운영하는 회사의 TV 광고 초기화면은, 눈을 동그랗게 뜨고 커다란 입을 벌리며 울어대는 아기의 모습이다. 배경음악은 갓 태어난 아기의 고고지성이었고, 그러면서 생동감 넘치는 자막이 튀어나온다. **—생후 3개월 아기를 1분씩이나 바라보는 데는 2만 원—아기의 손을 30초간 잡아 보는 데는 5만 원—아**

기를 5분 동안이나 장시간 안아 보는 데는 단돈 20만 원— 박 사장은 그렇게 해서 돈을 억수로 벌었다. 그걸 밑천으로 첨단 IT 회사를 차렸고, 바이오케미컬까지 진출하여 현재는 세계 백대재벌의 반열에 오르내리고 있다. 박 사장은 철 박사의 전화를 받자마자 연구실로 달려왔다. 철 박사는 친구에게 자신이 개발한 물질에 대하여 소상하게 설명했다. 박 사장은 과연 그게 가능할까도 싶었지만, 평소 허튼소리를 전혀 하지 않는 친구인지라 큰 희망을 품고 기꺼이 동의한다. **"알았네. 자네 말대로만 되면 자네 연구실에 발전기금 백억 내놓지!"**

박 사장의 둘째 딸은 벌써 사십을 넘겼다. 이유도 없이 독신을 고집하며 늙어가는 딸들을 생각하노라면 사는 게 사는 것 같지 않은 박 사장이었다. 그런 박 사장에게 철 박사의 제안은 그 제안 자체가 구세주였다. 박 사장은 철 박사가 건네준 작은 유리병을 아무도 모르게 둘째의 방 장롱 위 으슥한 곳에 올려놓고 병뚜껑을 열어놓았다. 부인에게도 그 사실을 비밀에 부쳤다. 한 달쯤 지나자, 둘째의 행동이 달라지기 시작했다. 옷차림이 화사해졌고 화장하는 시간이 길어졌으며 무엇보다도 거울을 들여다보는 빈도가 무척 늘어났다. 퇴근 시간도 아주 불규칙해졌다. 주말이면 항상 두문불출이었는데, 이런저런 핑계로 외출이 잦아졌다. 그러더니 느닷없이 결혼하고 싶다면서 남자친구를 인사시키겠다고 설레발을 치기에 이르렀다. 박 사장은 즉석에서 화답한다. **"당장 만나보자. 너 좋은 때 언제든지 데리고 오거라. 내 맘에 들면 너희 신혼여행 달나라로 보내주마!"**

박 사장은 그런 사실을 있는 그대로 철 박사에게 알려주었다. 마침내 박 사장의 둘째는 잘나가는 전자 회사 엔지니어와 늦가을 주말을 택하여 결혼식을 올렸다. 철 박사는 자신의 의도가 성공할 수 있다는 희열에 빠져 열일을 제치고 친구네 혼사에 참석하여 축사까지 해 주었다. 박 사장은 둘째가 달나라 신혼여행을 마치고 나로우주센터로 귀환하는 날, 철 박사를 찾아가 약속했던 백억 원을 내놓았다. 철 박사는 박 사장이 내놓은 절반을 박 사장의 이름으로 고향 모교에 다시 내놓았다. 박 사장은 둘째가 결혼식을 올린 지 채 5개월도 되지 않아 귀여운 외손녀를 안아 보게 되었다. 철 박사의 조국소멸방지프로젝트의 첫 결실이 햇빛을 보는 순간이었다.

철 박사가 개발한 방향족화합물은 그만하면 꿈의 물질이 확실했다. 인체에 유해하거나 미세한 부작용도 하나 없는 것으로 판명되었다. 마음 놓고 사용해도 문제될 게 전혀 없으리라는 결론을 내린 철 박사는, 그 신비의 물질을 hoK-8이라 명명했다. h는 hope, o는 of, K는 철 박사의 조국 Korea를 의미한다. 아라비아 숫자 8은 철 박사가 만들어 낸 여덟 번째의 물질을 뜻한다. K를 대문자로 표기한 것은 철 박사의 특별한 애국심의 발로였다. 철 박사는 단호한 어조로 조수에게 지시한다. **"오안여대 특강을**

간다고 하게!"

오안여대는 조국의 여성교육을 선도하는 대학이다. 여성과 관련된 모든 것이 오안여대에서 시작하여 마무리도 그곳에서였다. 이 땅의 여성들은 의상뿐만 아니라 언행도 그렇고 생활 풍조와 사고방식까지도 오안여대생들을 뒤따라 했다. 만혼 풍조도 거의 백 년 전 오안여대생들로부터 기인했다. 스물아홉 살 이전에 결혼하는 여성은 무슨 미개인처럼 여기기 시작한 게 만혼이 유행하게 된 계기였다. 늦게 결혼할수록 여성으로서 인간적인 대우를 받는 것으로 알게 만든 이들이 바로 오안여대 출신들이었다. 그렇게 해서 너도나도 오안여대를 따라 하다 보니 조국은 합계 출산율이 0.3%도 채 되지 않는 한심한 상황에 부닥치게 되었고, 그 결과 수많은 지역에서 아기 울음소리조차 들을 수 없는 삭막한 황무지로 변해가고 있었다. 지구상의 수백 개 국가 중에서 그렇게 해서 제일 먼저 소멸하는 국가가 조국이라니, 조국이라면, 그리고 고향이라면 죽고 못 사는 철 박사가 어찌 온전할 수 있겠는가. 철 박사에게 그것은 상상조차 어려운 비극이었다.

철 박사는 자율주행물차—유기화합물촉매를 사용하여 물을 수소와 산소로 분해하고 그 수소를 그 산소로 연소시켜 다시 물이 생길 때 나오는 에너지로 동력을 만들어 주행하는 자동차, 연료는 증류수—를 타고 오안여대에 갔다. 오안여대에는 생전 처음이었다. 조국에 그렇게 호화로운 대학이 있는 줄은 처음 알았다. 만 명에 가까운 전교생들이 동시에 들어갈 수 있는 종합공연장은 국립극장 메인홀보다 더 크고 더 현대적이며 더 화려했다. 그 어마어마한 홀에 여학생들이 입추의 여지도 없이 들어차 있었다. 너무 가벼운 표현일지 모르지만, 천만송이 장미가 만개한 지상의 낙원도 그렇게 싱그럽고 아름답지는 않으리라. 눈이 부시도록 아름다운 꽃밭 속에서 천하의 철 박사도 태연한 척하기가 어려웠다. 무엇인가 금방이라도 되살아날 것 같은 신비로운 기운이 감돌았고, 그 누구도 꺾기 어려운 강렬한 정기가 솟아오르는 걸 느꼈다. 그것은 생명이 소생하는 힘이었고, 새로운 생명을 창조해 내는 힘이었다. 그 힘은 잘만 모으면 무엇이든 못해낼 것이 없겠다는 생각에 철 박사는 크게 흥분하지 않을 수 없었고, 새로운 희망이 용솟음치는 걸 온몸으로 느꼈다. 특강을 시작하기 전, 철 박사는 노트북컴퓨터 케이스에 넣고 간, 작은 유리병 다섯 개를 연단 밑에 아무도 눈치채지 못하게 꺼내놓고 병마개를 열었다. 유리병 속에는 물질hoK-8이 가득 들어있었다. 무색무취의 물질hoK-8은 빛에 가까운 속도로 확산하여 순식간에 종합공연장 안을 가득 채웠다. 철 박사는 마음을 가다듬고 특강을 시작한다. **"인류의 흥망성쇠는 여성들의 의식구조가 좌우합니다. 나는 그래서 여성보다 위대한 존재는 이 세상 그 어디에도 없다고 확신합니다. 여러분은 여성이라는 그 자체만으로 이미 신의 경지에 도달한 위대한 존재입니다!"**

종합공연장을 가득 메운 여대생들은 철 박사의 첫 멘트에 크게 박수를 보내며 열렬히 환호했다. 철 박사는 '물질과 인간의 행동성향'이라는 주제로 정확하게 60분간 특강을 할 예정이었다. 여대생들은 웃기도 하고 정색하기도 하고 슬픔에 빠지기도 하고 허공을 쳐다보며 한숨을 쉬기도 하면서 한 사람도 자리를 뜨지 않고 철 박사의 특강을 경청했다. 상상도 못 했던 방향족화합물의 세계를 이야기하면서도 철 박사가 여대생들에게 정성을 다하여 심어주고자 하는 덕목은 가정의 중요성과 가족의 진정한 가치였다. 결혼의 필요성과 탄생의 위대성을 방향족화합물과 연결해 논리적으로, 그리고 재미있게 풀어나갔다. 오묘한 물질의 세계를 처음 접해보는 여대생들은 또 기상천외한 질문도 마다하지 않았다. 어떤 여학생이 철 박사의 의도를 눈치챈 듯 큰 소리로 질문한다. "결혼하고 싶은 생각이 들게 하는 것도 가능한가?" 철 박사는 자신 있게 대답한다. "내 이론대로라면 그것도 백 퍼센트 가능하다!" 박사과정에 있다는 늙수그레한 여학생이 질문한다. "그러한 물질을 만들어 낼 어떤 계획이라도 갖고 있는가?" 철 박사가 대답한다. "인류와 조국을 끔찍하게 사랑하는 그 누군가에 의하여 그런 물질은 반드시 합성될 것이다." 기상천외한 철 박사의 이야기에 홀을 가득 메운 여대생들은 큰 소리로 환호하며 손뼉을 치고 또 쳤다. 종합공연장 지붕이 들썩거릴 정도였다. 단 한 시간으로 예정했던 철 박사의 특강은 두 시간도 더 걸려서 겨우 끝낼 수 있었다. 철 박사가 마지막 멘트를 한다. **"마음이 끌리는 대로 행동하는 게 행복입니다. 특히 여성은 모성으로 무장되었을 때 최고의 행복을 느낍니다. 여러분, 모두 모두 행복하기를 바랍니다!"**

오안여대 특강을 마치고 연구실로 돌아온 철 박사는 오안여대 학생들의 변화를 관찰하도록 수석연구원에게 지시했다. 예상되는 변화는 몇 가지였는데, 첫째는 남학생들이 오안여대를 찾아오는 빈도가 예전에 비하여 어떻게 변화되는가, 둘째는 혼인하는 학생들이 어느 정도로 증감하는가, 셋째는 잉태했거나 영아를 데리고 등교하는 학생들은 어느 정도인가?철 박사의 가설은 명료했다. 수석연구원은 오안여대 학생처에 근무하는 대학후배와 함께 학생들을 면밀하게 관찰했다. 그로부터 6개월 후의 상황을 분석했고, 다시 6개월이 더 지난 후의 상황을 분석했으며, 또다시 6개월이 지난 시점의 상황을 분석했다. 학생들의 변화는 놀라울 정도였다. 상식적으로는 도저히 이해하기 어려울 정도로 급변하고 있었다. 세계 어느 대학에서도 그렇도록 경이로운 변화는 없었다. 혼인할 예정이거나 혼인을 한 학생이 그때까지의 평균치를 거의 아홉 배나 웃도는 기현상이 나타났다. 휴학생이 급증했고, 자퇴하는 학생 수도 꾸준히 증가했다. 잉태하여 배가 남산만 한 여학생들이 강의실을 가득 메웠고, 그런 학생들을 위하여 여러 가지 부속 시설을 마련해야 하는 학교 당국의 어려움은 날로 가중되고 있었다. 아기를 낳아 유모차에 태우고 등교하는 학생들도 정신 못 차릴 정도로 크게 많아지고 있었다. 대학 당국에서는 그야말로 난리가 났다. 총장은 학생복지예산을 확충하기 위하여 재단 이사장에게 머리를 아주 깊이 조아려야 했다. 돈 앞에 장사 없다는 말은 학문의 전당에서도 예외는 아니었다.

수석연구원의 오안여대 학생관찰보고서를 읽는 철 박사의 얼굴에는 더없이 행복한 미소가 감돌았다. 다시 한번 호흡을 가다듬은 철 박사는 본격적으로 작전에 돌입할 행동계획을 세웠고, 일차적으로 전국 각처에 산재해 있는 여자대학을 대상으로 특강에 나섰다. 철 박사의 특강은 언제나 어디서나 대환영이었다. 이어서 철 박사가 찾아간 곳은 여군훈련소와 간호사관학교였다. 마지막 단계로 철 박사는 규모가 큰 여자고등학교들을 순방하였다. 하루에도 세 곳이나 방문하여 특강을 할 정도로 강행군하는 날도 많았다. 오로지 사랑하는 조국을 위하여 온 정렬을 그 일에 쏟아부었다.

철 박사가 특강을 다녀간 집단에서는 여지없이 오안여대에서와 마찬가지의 변화가 나타났다. 훈련병 중에 군 복무를 포기하는 여군들이 급증했다. 정말 감당할 수 없는 변화는 여자고등학교에서 일어나고 말았다. 학교에 남학생들 출입이 크게 잦아지더니 급기야는 결혼을 위하여 휴학이나 자퇴하는 학생들이 속출했다. 학교는 교칙을 개정해야 했고, 영아를 대동하고 등교하는 여학생을 위하여 탁아소를 운영하지 않으면 안 되었다. 임신한 여학생을 위한 산부인과 진료소도 따로 만들어야 했다. 부녀자들은 오안여대생들을 따라 하느라 야단법석이었고, 생기발랄한 여성들의 영향을 받아 모든 사회분야가 크게 들먹거렸다. 그건 생동감이었고 활력이었으며 조국의 국운이었다.

인구가 감소하면 여러 가지 사회적인 문제점들이 생겨나고 부작용도 나타나겠지만, 한편 그동안 누적되었던 병폐와 불합리한 현상들을 치유하거나 통찰하고 반성하여 더 차원 높은 상태로 호전시키는 장점도 없지 않다는 걸 간과하지 말아야 한다. 그 대표적인 게 여성들의 가치문제이다. 한 나라의 인구문제는 여성들만이 풀 수 있는 문제임에도 인류는 유감스럽게도 여성을 무자비하게 홀대했고, 형편없이 저평가하여 왔다. 아무리 잘난 척하는 남성이라도 절대로 아이는 생산하지 못한다. 자궁이 있어야 수정란이 착상하고 발생과정을 거쳐 태아로 자라날 수 있는데 남자들은 자궁이 없지 않은가. 그렇다고 여자가 애 낳는 도구라는 뜻은 아니다. 새 생명을 자라나게 하는 자궁은 여자만의 전유물이기에 그렇다는 거다. 그런 점에서 세상의 여성들은 당연히 경배받아 마땅한 존재이고, 그 고귀한 가치를 제대로 평가해야 할 터이다. 그게 철 박사의 확고한 생각이었고, 그래서 언제 어디서나 목소리를 드높였다. **"그보다 더 고귀한 유기체가**

도대체 여자들 말고 또 무엇이 있단 말인가!"

철 박사가 노벨화학상을 받은 지 벌써 7년이 다 되어가고 있었다. 그동안 철 박사는 그 일에만 주력했다. 철 박사는 평소와 마찬가지로 6시쯤 기상하여 자택으로 배달된 조동일보를 들고 화장실로 들어간다. 그는 신문을 보며 더할 나위 없는 희열을 느낀다. 조동일보의 헤드라인은 조국의 출산율이 지속적으로 크게 증가한다는 기사때문이다. 조국의 거의 모든 지역에서 신생아 수가 많이 늘어나고 있는 현실을 그래프로 보여주고 있었다. 그 중에서도 단연 철 박사의 고향 동네는 산부인과 병원이 들어서야 할 정도로 많은 아기가 태어나고 있었다. 철 박사는 드디어 안심되는 듯 크게 소리친다. **"이제는 우리 모교가 문을 닫지 않아도 되겠구나!"**

출산율이 감소하고, 몇십 개의 지자체가 사라지고, 언젠가는 조국이 소멸할 것이라는 경고 앞에서, 조금의 애국심이 있는 사람들의 충격은 이만저만이 아니었다. 그런 결과로 조국은 아이의 소중함을 자각하게 되었고, 여성의 존귀함을 뼈저리게 느꼈으며, 더구나 잉태한 여성이야말로 그 어떤 인간보다도 고귀하고 아름답다는 인식이 들불처럼 번져나가고 있었다. 조국은 이제 잉태한 여성들의 천국이 되었고, 잉태한 여성이야말로 만사형통이었다. 잉태한 여성을 홀대했다가는 크게 경을 치고 마는 사회분위기가 무르익고 있었다. 급기야는 양성평등을 넘어 철저

한 여존남비의 현상들이 사회 도처에서 불거지기 시작했다. 여존남비의 사회였으니 독신의 남성들은 더욱더 홀대받아 마땅했다. 독신녀도 발붙일 곳이 없긴 마찬가지였다. 그래서 남편이 없어도 남편이 있는척하거나 부인이 없어도 부근 어디엔가 부인이 있는척하는 사람들도 생겨났다. 그 결과는 출산율의 증가였다. 출산율이 급격하게 증가하자 사회 모든 분야에서 예상도 못했던 변화들이 일어났다. 무엇보다도 바람직한 변화는 결혼은 반드시 해야 하고, 넷 이상의 아이는 필수라는 풍조가 정착되었다는 점이다. 결혼을 서두르는 사람들이 많아지면서 조혼이 미덕이라는 말까지 유행을 타기 시작했다. 잉태한 모습이 가장 아름답고 성스럽기까지 하다는 조동일보의 사설이 나가고부터는 잉태한 척 위장하는 여성들이 급증했고, 그 수요를 맞추기 위하여 임신기간에 따라 크기와 모양을 조절할 수 있는 복대 제조회사가 우후죽순처럼 생겨났다. 사실 그건 고질병과도 같은 인간의 사기 근성이 창궐하는 징조였다. 지금은 좀 덜하지만, 꽤 오래전 사기꾼들이 득시글거리던 시대가 있었다. 아마도 반세기 전쯤일 것 같은데, 그 당시는 사기를 치는 건, 인간의 또 하나의 능력이고 기술이라는 풍조가 만연했었다. 마술과 사기가 다른 게 무엇인가로부터 시작된 사기옹호론자들은 결국 마술가가 TV에 출연하여 인기를 누리는 것 이상으로 사기꾼들이 인기를 누리게 만들어 놓았다. 사기꾼이라는 용어가 고상하지 못하다하여 사기사로 그 명칭을 바꾸어야 한다는 여론이 들끓었고, 결국 그렇게 되었다. 그런가 하면 인기 사기사 아무개라는 명함을 자랑스럽게 내미는가 하면, 장래 희망을 훌륭한 사기사로 정하고 사기사 양성학원에 등록하는 청소년들이 정말이지 많았다. 어떤 법관은 학창시절부터 교묘한 부정행위로 성적을 올리더니, 기발한 커닝으로 변호사시험을 합격하고, 학위논문표절과 위장전입을 여러 번 했으면서도 훗날 인사청문회를 무난하게 통과하여 대법관이 될 정도로 사기 풍조가 위세를 떨쳤었다. 그게 그 당시 조국의 현실이었다. 아무리 그렇다 해도 사기는 결국 인류를 피폐하게 만드는 악행 중의 악행이라는 소신을 견지하고 있던 철 박사는 틈나는 대로 외쳐댔다. **"내 반드시 사기 근성을 소멸시키는 유기물질을 만들어 내고 말 것이다!"**

급격한 출산율의 증가는 그대로 인구의 고속 증가로 이어졌다. 인구가 급증함에 따라 산업의 변화는 더 급격했고, 의외였다. 파리만 날리고 있던 분유생산공장과 유아용품생산공장, 동화책출판사 등등은 생산시설을 크게 확충하고 인력을 대폭 증원해야 했다. 산부인과 의사를 크게 늘려야 했고, 보건당국은 산부인과 전문의를 양성하기 위하여 특단의 대책을 마련하느라 고심에 고심을 거듭해야 했다. 의료계는 산부인과 수련의 과정을 크게 늘렸고, 폐사 위기에 처했던 산부인과학이 보란 듯 되살아나게 되었으며, 산부인과 전문의는 가장 주목받는 의사로 인기를 누리게 되었다. 산부인과의사회는 그 여세를 몰아 원주혁신도시 치악산기슭에 10층짜리 산부인과의사회관을 건립했다. 그러나 정신과 의사는 남아돌았고, 발 빠른 정신과 전문의들은 재빨리 산부인과나 소아청소년과 수련을 따로 받아 시골 마을을 찾아가 병원을 열었다. 그뿐만 아니라 어린이집과 유치원 시설도 확충하지 않으면 안 되었다. 그렇게 세상은 어린이들 천국이었다. 어린이들 천국은 결국 모든 사람의 천국으로 발전할 터였다. 조국의 출산율 증가로 인하여 산업의 전방연관효과와 후방연관효과는 상상을 초월했고, 고용률이 98%를 상회하면서 가계소득은 대폭 증가했다. 사람들은 이 강토가 이렇게도 생동감 있게 돌아가던 시대는 일찍이 없었노라고 흥분했다. 나들이하는 사람들의 걸음걸이는 너나없이 경쾌했고, 말소리에는 생기가 넘쳐났으며, 모든 가정에서는 웃음꽃이 만발했다. 명실상부 조국은 살맛 나는 세상이었다. 철 박사 덕분에 우리의 금수강산은 유토피아가 실현되고 있었다. 철 박사는 물질hoK-8의 지식재산권을 포기하고 모든 학술적인 이론을 공개하여 누구나 자유롭게 활용할 수 있도록 했다. 그 결과 조국과 유사한 상황의 수많은 국가가 철 박사의 조언을 받아 기사회생할 수 있게 되었다. NYT와 CNN을 비롯한 가디언, 빌트, NHK 등과 같은 유력일간지들과 전파 매체들은 앞다투어 철 박사의 특집을 내보냈고, 인구문제와 환경문제에 대한 현안이 산적해 있는 국가에서는 자문을 요청하는 메일이 쇄도했다. 철 박사는 이것저것 따지지 않고 한 걸음에 달려가 그들에게 도움을 주었다.

모처럼의 주말 거의 점심때가 다 되어갈 무렵, 철 박사는 아지랑이 너머로 개나리가 만발한 앞동산을 바라보며 상념에 빠져있었다. 바로 그때 박 사장이 전화를 걸어왔다. "철 박사! 이러다가 노벨평화상도 받을 것 같다! 신문이고 방송이고 모두 철윤섭이다!" 철 박사가 뒤늦게 잠에서 깨어나 쫓기듯 화장실로 향하는 외아들을 힐끔거리며 큰 소리로 전화를 받는다. "그럼 뭘 하냐? 내 새낀 저러고 있는데!" 박 사장이 망설이지도 않고 말한다. "철 박사, 그러지 말고 우리 사돈 맺자. 우리 막내 건강하고 복스럽다." 철 박사가 화답한다. "그거 좋겠다. 나도 찬성이다. 다음 주말에 우리 두 가족 친목모임하자!" 박 사장은 더 신나게 화답한다. "대찬성이다! 장소는 다도해 우리 별장에서 1박 2일로 하자. 무슨 수를 써서라도 우리 딸 끌고 갈 테니, 아들은 꼭 데리고 나와라!" 철 박사가 의미 있는 미소를 지으며 화답한다. **"그렇게 하자. 다른 건 내가 다 준비하마!"**

드디어 노벨평화상위원회는 그 공로를 인정하여 철 박사에게 노벨상을 수여하기로 했다. 그 과정에서 철 박사가 합성한 유해환경정화물질 hoK-5, hoK-6, hoK-7도 진가를 발휘했다. 철 박사의 노벨평화상 수상은 화학상을 받은 지 꼭 10년 만이었다. 조국의 인구는 이미 2050년대 이전의 수준이었다. 조국 정부는 노벨평화상을 받으러 가는 철 박사 부부를 위하여 노르웨이 오슬로까지 마하 3의 특별기를 내주었고, 축하사절로 국무총리 부부를 동행하게 했다. 노벨평화상을 수상하고 귀국한 다음 날, 미루고 미루다가 10년이나 미루던 대통령과의 만찬이 드디어 성사되었다. 그다음 날은 외아들의 결혼식이었다. 신부는 당연히 박사장의 막내딸이었다. 외아들에게 짝을 찾아주는 일은 참으로 힘들었다. 그 일은 아마도 노벨상 타는 것보다 훨씬 더 힘든 철 박사 인생의 최고 난제였지 싶다. 결국 물질hoK-8의 힘을 빌릴 수밖에 다른 방도가 없었다. 물론 박 사장도 물질hoK-8의 힘을 빌려야만 했다. 그러는 과정에서 두 친구는 머리가 빠질 정도로 궁리하고 발바닥이 닳도록 협력했다. 앞으로도 두 친구는 그런 정으로 여생을 살아갈 것이었다. 철 박사와 박 사장의 혼사에는 경향각지의 초등학교 동창들이 가족과 함께 대거 참석했다. 철 박사에게 그토록 즐겁고 기분 좋은 날은 일찍이 없었다. 화사한 드레스를 입고 있는 신부의 복부는 꽤 두리두리 했다. 잉태한 지 일곱 달은 더 되어 보였다. 이제 신부는 그렇게 보이는 게 더 자연스럽고 아름답다고 모든 하객이 입을 모았다. 신혼우주여행은 신부의 출산 후로 무기한 연기됐다. 그 대신 한반도의 동쪽 고성에서 출발하여 강릉과 부산과 목포와 군산을 거쳐 인천까지 해안선을 따라 4박 5일간 자율주행물차를 타고 드라이브하면서 태아에게 자랑스럽고 위대한 조국의 정기를 불어넣어 주기로 했다. 그건 전적으로 철 박사의 아이디어였다.

그렇게 인생의 가장 어려운 과제를 해결하고, 하루의 휴식도 없이 국립이화학대학원대학교로 출근한 철 박사는 유익종의 '사랑하는 그대에게'를 흥얼거리며 연구실 출입문을 열고 들어간다. 철 박사의 머릿속에서는 이미 인간의 사기 근성을 없애버리는 유기화합물질hoK-9의 분자구조가 거의 틀을 잡아가는 중이었다. 물질hoK-9는 인간의 후각세포를 자극하여 양심에 따라 행동할 수 있도록 강렬한 용기를 북돋게 하는 방향족화합물이다. 머지않아 조국은 또 한 차례 거대한 물결이 휩쓸고 지나갈 것이고, 정직한 사람만이 신명나게 살아가는 지상낙원으로 거듭날 터이다. 사실 철윤섭 박사는 소멸 위기의 조국을 되살려낸 분으로 역대 국가원수보다 더 상석에 모셔놓는 게 마땅하다.

아주
씁쓸한 승리

먼 옛날, 그곳은 아기자기한 구릉이었다. 장엄하고도 숲이 울창한 산이 저 멀리 동쪽으로 바라보이는 곳, 그 산자락에서 샘솟은 물줄기는 돌고 돌아 제법 강다운 강이 되어 구릉을 적셔놓고 서쪽으로 흐르고 있었다. 부드러운 모래와 자갈돌이 뒤섞인 강가에는 철 따라 온갖 야생화가 피어났고, 습지 갈대밭에서는 하루 종일 개개비가 신나게 울어댔다. 사람들은 비옥한 구릉을 파헤쳐 길을 닦고 가로등을 세웠으며 고층아파트와 상점 건물과 공장을 새로 지었다. 아파트에는 단지마다 경로당과 어린이집이 들어섰다. 아름드리 굴참나무와 허리 굽은 노송들은 무자비하게 뽑혀 나갔지만, 그 자리에는 대왕참나무와 느티나무와 은행나무와 왕벚나무를 다시 심어 중앙공원을 그럴듯하게 가꾸었다. 이팝나무와 산딸나무 가로수가 아담한 도로에는 조팝나무까지 빼곡하게 심어놓았다. 군데군데 무궁화나무라도 몇 그루 눈에 띄게 조경했더라면 금상첨화였을 텐데…, 아쉽다면 그것이 아쉬웠다.

산의 부드러운 능선과 각종 수목의 하늘거리는 이파리와 강의 은빛 물결을 좋아하는 사람들이 각처에서 그리로 몰려들었다. 매연과 소음을 싫어하는 이들도 굴뚝 없는 그곳의 공장을 찾아들었다. 젊은이들은 낮에는 공장에서 구슬땀을 흘렸고, 밤에는 고층아파트 아늑한 침실에서 열정을 다해 사랑을 나누며 왕성하게 아기를 낳고 또 낳았다. 성급하게 문을 연 초등학교는 교실이 비좁아 증축을 서둘러야 했고, 노인네들은 손자 손녀를 보살피기 위하여 터 잡아 살던 곳에 아쉬움을 묻어놓고 그리로 가야 했다. 그렇게 그곳은 마을의 면모를 빠르게 갖추어 가고 있었다. 철 노인은 평생을 살던 집을 과감하게 정리한 후, 뒷동산 부모님 산소에 올라 큰절을 두 번 하고는 그곳에 사는 막내아들과 합쳤다. 곱상하게 생긴 노파도 외손자를 돌보기 위하여 맞벌이 하는 외동딸과 뒤늦게 합류했다.

철 노인이 새로 지은 아파트단지에 입주한지 거의 일 년의 세월이 흘러갔다. 급하게 조경을 한 듯 어설프기만 했던 수목과 화초들이 이제는 뿌리를 제대로 내려 제법 전원도시다워지고 있었다. 공원을 산책하다 보면 눈에 익은 얼굴들도 하루가 다르게 늘어났다. 공인중개사 사무실은 입주가 시작되기 전부터 성업 중이었다. 보습학원과 태권도장도 앞다퉈 문을 열었다. 교육열이 하늘을 찌르는 젊은 엄마들은 우리말도 제대로 못 하는 어린 애들을 잡아끌고 이 영어학원 저 수학학원을 기웃거리느라 바빴다. 아파트단지마다 어린이집도 시설을 갖추어 일제히 문을 열었지만, 시설이 협소하여 10킬로가 넘는 시내 중심가의 어린이집까지 가야 하는 애들도 있었다. 피트니스센터도 온갖 운동기구를 다 들여놓았고, 실내골프연습장과 키즈카페도 영업을 시작했다. 최근에는 애견 카페와 강아지유치원까지 생겨 성업 중이었다. 그렇게 그곳은 대도시 중심가에 자리 잡은 아파트단지 못지않게 쾌적하면서도 역동적인 생활공간이 되어가고 있었다.

얼마 전에는 자그마한 도서관도 개관했다. 철 노인은 그 도서관에 줄잡아 5백 권이 훨씬 넘는 책을 기증했다. 은퇴 전에 보던 책도 있었고, 애들과 손자들이 보던 책도 있었다. 그러나 하루 종일 복작거리는 어린이집과는 대조적으로 어린이집 바로 길 건너편에 위치한 경로당 건물은 아직도 간판만 덩그런 채 을씨년스럽게 방치되어 있었다. 철 노인은 경로당 건물 앞을 지날 때마다 곁눈질로 건물 안을 살피는 버릇이 생겼다. 이야기라도 나눌 또래가 거기에 있었으면 좋을 것 같아서였다.

철 노인은 손녀 경선이의 앙증맞은 손을 잡고 어린이집으로 향했다. 오늘도 어린이집은 활기가 넘쳐나고 있었다. 젊은 엄마들은 유모차에 어린애를 태우고 와서 보모에게 맡겼다. 보모는 유모차에서 어린애를 번쩍 들어 올려 가슴에 안고 건물 안으로 들어갔다. 포대기로 어린애를 업고 와서 보모에게 넘겨주는 엄마도 있었다. 819동 대표를 맡고 있는 젊은 여인도 서너 살쯤 되어 보이는 어린애를 보모에게 인계하고 유모차를 밀고 되돌아갔다. 곱상하게 생긴 노파도 보모에게 외손자를 넘겨주고 종종걸음으로 되돌아가 집안 청소를 하고 세탁기를 돌렸다. 직장에 나가지 않아도 되는 어떤 엄마들은 피트니스센터에서 체력을 단련하거나 삼삼오오 인근 상가의 카페에 모여앉아 다과를 즐기느라 시간 가는 줄 몰랐다.

어린이집 안으로 들어간 애들은 넓은 방 안에서 보모들의 극진한 보살핌을 받았다. 방마다 CCTV가 보모들의 일거수일투족을 노려보고 있었다. 이제는 어린애의 털끝 하나라도 섣불리 건드리면 그 바닥에서는 살아남지 못했다. 어린애는 신줏단지보다 더 위해야 하는 보물이었다. 어린이집 영유아들은 가끔 아파트 단지 안에 설치된 놀이터에서 바깥바람을 쐬고 간식도 맛있게 먹으면서 무럭무럭 자라나고 있었다. 바로 그 어린이집 맞은편에 경로당 건물이 자리 잡고 있었다. 경로당은 오늘도 한산했다. 철 노인은 손녀를 어린이집에 맡기며 늘 그랬던 것처럼 보모에게 허리 굽혀 인사를 했다.

"선생님 우리 경선이 잘 부탁합니다!"

보모는 철 노인은 쳐다보지도 않고 경선이 손을 거칠게 잡아 끌고 들어갔다. 조금 전 젊은 엄마가 데리고 온 어린애를 받아들이던 태도와는 판이했다. 그때는 만면에 웃음을 띠며 젊은 엄마에게 한껏 아양을 떨던 보모였다. 철 노인은 머쓱한 심정으로 뒤돌아서서 집으로 향했다. 집으로 돌아가는 길에 늘 그렇게 했듯이 쇼윈도 같은 유리창을 통하여 경로당 안을 들여다보았다. 가운데 넓은 홀에는 싱크대와 냉장고가 설치되어 있고 한쪽 구석에는 가죽 소파도 놓여있었다. 벽에는 화면이 매우 커다란 TV도 걸려 있는 게 누군가가 시청해 주기를 학수고대하는 듯 보였다. 집으로 발길을 향하는 철 노인의 마음은 착잡하고 무거웠다. 그런데 경로당 출입구에서 금테 안경을 낀 노파가 무엇인가를 열심히 들여다보고 있었다. 중앙공원 산책길에서 마주쳤던 중절모를 쓴 노인과 백발의 노파 부부도 엉거주춤 서서 그쪽을 힐끔거리고 있었다. 철 노인은 다시 발길을 돌려 그들의 어깨너머로 경로당 출입구 쪽을 살펴보았다. 거기에는 A4용지의 게시물이 한 장 덩그렇게 붙어 있었다. 내용인 즉, 금일 오후 세 시에 아파트 노인회 결성을 위한 임시모임을 경로당에서 갖는다는 아파트입주자대표회장과 관리소장의 공고문이었다. 그러고 보니 그런 게시물은 엘리베이터 내벽에도 동대표 회의 임시총회를 한다는 게시물과 함께 붙어 있었고, 실내 방송으로도 여러 번 송출된 적이 있었다.

"여기서는 늙은이가 완전 뒷전이야! 싸가지 없는 것들!"

금테 안경을 낀 노파가 혼잣말처럼 투덜거리며 뒤를 돌아다보았다. 중절모를 쓴 노인과 백발의 노파 부부가 고개를 끄덕였다. 철 노인은 별생각 없이 다시 발길을 돌려 집으로 향했다. 철 노인이 긴 경사로를 따라 걸어가고 있을 때 검정색 뿔테 안경을 쓴 노인이 바쁜 걸음으로 다가왔다. 같은 통로에 살긴 했으나 아직 통성명도 한 적이 없는 인간이었다. 검정색 뿔테 안경을 쓴 노인은 평소와 달리 반갑게 웃는 얼굴로 철 노인에게 먼저 인사를 건넸다. 철 노인은 그냥 지나칠 수 없어, 그냥 묵례로써 답례했다.

"세 시에 경로당에서 뵙겠습니다!"

경로당 모임에 반드시 나와야 한다고 강조하는 말투였다. 철 노인은 가지가 무성한 계수나무 밑에 나뒹구는 담배꽁초와 라면 봉지를 주워 들고 819동으로 향했다. 819동 현관에서 엘리베이터에 올랐다. 엘리베이터에는 동대표를 맡고 있는 젊은 여인이 타고 있었다. 그녀는 유모차에 앉은 간난 아기를 어르다 말고 아주 공손하게 머리 숙여 묵례했다. 철 노인은 부드럽고 인자한 표정으로 답례하고 엘리베이터 벽에 붙어 있는 게시물을 다시 한번 찬찬히 살펴보았다. 노인회 결성을 위한 임시모임은 금일 오후 세 시였고, 동대표 회의 임시총회는 저녁 일곱 시 반이었다.

철 노인은 점심을 일찌감치 먹고 오후 세 시가 되기를 기다려 경로당으로 향했다. 돌아오는 길에 어린이집에서 손녀를 찾아 데리고 올 요량이었다. 경로당에는 생전 처음이었다. 수십 년 전 선친 장례를 치르고 고향마을 노인정을 방문하여 생전의 부모님 친지들에게 위로의 인사를 하러 갔을 때를 빼놓고는 이제까지 경로당은 근처에도 가본 적이 없는 철 노인이었다. 벌써 경로당 출입문은 활짝 열려있었다. 철 노인은 출입구에 서서 안쪽을 들여다보았다. 이미 여러 명의 노인이 나와 있었다. 얼마나 기다리던 경로당인가….

철 노인은 쭈뼛거리며 경로당 안으로 들어갔다. 텁텁하고 시든 냄새가 풍겼다. 아침나절 어린이집 현관에서 풍기던 냄새는 참으로 상큼했는데. 먼저 와 있던 인간들이 엉거주춤 일어나 어설프게 인사를 했다. 재빨리 손을 내밀어 악수를 청하는 인간도 있었다. 눈에 들어오는 인간들 여남은 명은 대부분이 노파들이었다. 낮에 만났던 금테 안경을 낀 노파와 백발의 노파도 보였다. 어린이집과 중앙공원 산책길에서 가끔 조우하는 곱상하게 생긴 노파도 한쪽 구석에 다소곳이 앉아 있었다. 남자들은 별로 눈에 띄지 않았다. 많은 노파와 뒤섞일 용기가 없었던 철 노인은 되돌아 나갈까 하다가 다시 방안을 살펴보았다. 기다란 소파 옆 구석 자리에 고령의 남정네들이 네댓 쭈그리고 앉아 벽에 높이 걸려 있는 TV를 시청하느라 정신없었다. TV 화면에서는 공직 후보자 인사청문회가 중개되고 있었다. 어느 당 국회의원인지는 모르지만, 공직후보자에게 신랄하게 따지고 들었다.

"후보자의 학위논문에는 표절한 흔적이 많고, 학창 시절에는 시험을 볼 때마다 커닝을 일삼았다는 증인도 있는데, 그 사실을 인정하는가?"

TV 화면에서 눈길을 떼지 못하고 있는 노인 하나는 중절모를 쓰고 있고, 깡마른 노인은 매우 신경질적으로 보였다. 수염을 길게 기른 노인도 있고, 머리를 군인처럼 짧게 깎은 노인도 눈에 띄었다. 잠시 후 검정색 뿔테 안경을 쓴 노인이 어떤 생글거리는 노파와 함께 들어왔다. 노파들은 벌써 서로 친해졌는지 한껏 웃고 떠들며 경로당의 분위기를 압도하고 있었다. 그 중심에 몸집이 두리두리 한 노파가 자리하고 있었다. 검정색 뿔테 안경을 쓴 노인은 철 노인을 보자 또다시 반갑게 미소를 보냈다.

세 시가 훨씬 넘어서 아파트입주자대표회장과 관리소장이 젊은 여인과 함께 나타났다. 젊은 여인은 철 노인이 낮에 엘리베이터에서 본 819동 동대표였다. 입주자대표회장이 먼저 자기소개를 하고 이어서 관리소장과 젊은 여인을 소개했다. 그 여인은 입주자대표회 감사를 겸하고 있었다. 그녀는 아이를 넷이나 기르는 전업주부라고 자기소개를 했다.

"큰 애는 초등학교 병설 유치원에 다니고, 그 밑에 두 남매는 어린이집에 다니는 데, 큰 애는 여기 자리가 없어 시내 어린이집에 다닙니다. 막내는 엊그제 백일이 막 지났습니다."

경로당에 모인 노인들이 무척이나 대견한 듯 손뼉을 쳐댔다. 819동 젊은 동대표는 공손히 머리를 숙여 박수에 답례했다. 막내며느리보다 더 살림꾼 같다고 생각하면서 철 노인은 다시 한 번 젊은 동대표를 바라보았다. 철 노인과 눈이 마주치자, 그녀는 미소 가득한 얼굴로 가볍게 묵례했다.

입주자대표회장의 첫마디는 경로당 문을 이제야 열게 된 사유였다. 몇 마디 말도 이어지지 않았는데 몸집이 두리두리 한 노파가 벌떡 일어나더니 걸걸한 목소리로 따지고 들었다.

"일 년도 넘었는데 노인들을 방치한 이유가 단지 그거요? 그렇게 노인들을 홀대해도 된단 말이오!"

입주자대표회장이 처음부터 저간의 사정을 다시 설명하려고 이야기를 시작했으나 숨도 돌리기 전에 백발의 노파가 정색하며 입주자대표회장에게 대들었다.

"이웃 단지의 아파트는 몇 달 전부터 경로당 문을 열어 놓았는데 해도 너무 하네요! 그래가지고 이 아파트가 살기 좋은 아파트라고 할 수 있을까요!"

그 말을 받아 여기저기서 노파들이 저마다 한마디씩 내뱉느라 경로당 안은 크게 웅성거렸다. 철 노인은 잘난 척 지껄이는 노파들에게로 고개를 돌려 살펴보았다. 그 중심에는 금테 안경을 낀 노파가 있었다. 금테 안경을 낀 노파는 이 사람 저 사람을 번갈아 돌아보면서 무엇인가를 선동질하느라 쉴 틈이 없었다. 곱상하게 생긴 노파만 사색에 젖은 듯 단정하게 앉아 있었다. 언제 어디에서나 분위기를 선도하는 인간은 있게 마련이었다. 그런 인간 한둘만 있으면 나머지들은 실속도 없이 이리저리 끌려다닐 수밖에 없었다. 요즈음 세상은 그런 세상이었다. 촛불을 따라 불나비처럼 모여들고, 깃발만 바라보며 정처도 없이 따라가는 그런 세상이었다. 듣다 못 한 관리소장이 알아듣기 쉽게 보충설명을 하기 시작했다. 관리소장이 본론을 이야기하기도 전에 몸집이 두리두리 한 노파가 다시 또 끼어들었다.

"오늘 모임의 목적은 참석한 회원들의 상견례와 노인회 임원을 선출하는 것인데 지금 무슨 딴소리를 하는 거요?"

그러자 어떤 노인은 그게 옳다는 듯 고개를 끄덕였고, 또 어떤 노인은 관심 없다는 듯 창밖을 내다보기만 했다. 또 어떤 노인은 오로지 TV만 시청하고 있었다. 철 노인은 관리소장의 다음 이야기에 귀를 기울이고 있었다. 관리소장은 이야기를 진행하지 못하고 머뭇거리기만 했다. 안타깝다는 듯 819동 젊은 동대표가 한 발짝 앞으로 나서서 아주 상냥한 목소리로 부연 설명을 하기 시작했다. 경로당 안에 있는 모든 노인들이 젊은 여인을 주시하며 열심히 경청하는 듯 보였다. 철 노인은 그녀가 아주 설득력 있게 설명을 잘하고 있다고 생각했다. 그런데 갑자기 커다란 목소리가 경로당 안을 울렸다.

"도대체 당신은 누구요?"

젊은 동대표를 주시하고 있던 노인들이 일제히 소리 나는 쪽으로 고개를 돌렸다. 가죽 소파 가장자리에 말없이 앉아 있던 중절모를 쓴 노인이었다. 819동 젊은 동대표는 황당한 표정으로 자기를 또다시 소개했다. 아이를 넷이나 키우는 전업주부임을 다시 한번 더 강조하고, 결혼 전에는 도청소재지에 있는 시중은행에서 대출업무를 담당했었노라고 덧붙였다. 그 말에 노인들은 또 손뼉을 크게 쳐댔고, 젊은 여인은 또다시 머리를 숙여 공손하게 답례했다. 그녀의 자기소개가 끝나자마자 다시 거칠고 커다란 목소리가 들렸다. 이번에는 손목에 금팔찌를 낀 노파였다.

"그렇다면 이제까지 뭣들 했다는 거야! 그동안 자빠져 잠만 잤는가?"

참으로 입담이 거친 노파인 것 같았다. 철 노인의 눈에는 그녀가 마귀처럼 보였고, 그런 인간의 남편이 아닌 게 천복이라는 생각이 들었다. 도저히 안 되겠다 싶었는지 관리소장이 공손한 태도로 다시 나섰다. 한창 이야기를 잘 풀어가고 있는데 이번에는 구석에 앉아서 창밖만 내다보고 있던 수염을 길게 기른 노인이 벌떡 일어섰다.

"관리소장 본 김에 이야긴데, 쓰레기 분리수거장 악취가 지독한 건 왜 그대로 방치하는 거요?"

관리소장은 하던 이야기를 잠시 멈추고 그 노인의 불평 사항에 대하여 알아듣게 설명하느라 안간힘을 쓰기 시작했다. 관리소장의 자상한 설명을 들은 그 노인은 고개를 끄덕였다. 관리소장은 흡족한 얼굴로 하던 이야기를 계속하기 시작했다. 그런데 또 이번에는 머리를 군인처럼 짧게 깎은 노인이 할 말이 있다고 손을 번쩍 들었다. 젊은 시절 연대장이나 대대장쯤은 해본 것 같은 태도의 인간이었다. 허리는 좀 굽었으나 눈매는 예리하고 목소리는 절도가 넘쳐났다. 관리소장은 하던 이야기를 또다시 멈추고 그 노인을 바라보았다.

"모든 노인정에 가보면 바둑판과 장기판도 있고 화투장도 비치되어 있던데…. 그런 것들은 언제 사줄 거요?"

관리소장이 얼굴에 미소를 띠고 머리를 조아리며 아주 공손하게 대답했다.

"노인회가 정식으로 결성되면 곧 마련해 드리겠습니다. 어르신!"

관리소장이 하던 이야기를 또다시 계속하려는 순간, 금테 안경을 낀 노파가 발딱 일어나더니 철 노인을 가리키며 노인회장을 맡아달라고 말했다.

"누구신지는 모르지만, 여러모로 우리 노인회를 잘 이끌어 가실 분 같습니다. 저희가 잘 협조할 테니 회장을 맡아주시기를 바랍니다!"

금테 안경을 낀 노파는 마치 경로당에 모인 인간들의 대표라도 되는 듯한 말투였다. 철 노인은 그런 걸 하라고 하면 경로당에는 나오지 않을 거라며 손사래를 치며 극구 사양했다. 그 말을 기다렸다는 듯 금테 안경을 낀 노파는 어떤 인간을 지목하며 노인회장을 시키자고 아양 떠는 말투로 말했다. 모두가 금테 안경을 낀 노파가 가리키는 쪽으로 고개를 돌렸다. 거기에는 검정색 뿔테 안경을 쓴 노인이 한껏 위엄을 갖추고 의젓하게 앉아 있었다. 사전에 서로 입을 맞추었는지 몇몇 노파들이 좋아요! 소리를 지르며 손뼉을 쳤다. 처음에 검정색 뿔테 안경을 쓴 노인은 생업 때문에 곤란하다고 발뺌을 하는 척했으나 그 모두가 짜고 치는 고스톱이었다. 곧바로 몸집이 두리두리 한 노파가 특유의 걸걸한 목소리로 박수를 유도했다.

"우리 모두 박수로 이분을 노인회장으로 추대합시다!"

모든 참석자가 몸집이 두리두리 한 노파를 따라 손뼉을 쳐댔다. 입주자대표회장과 관리소장도 덩달아 박수를 치고 있었다. 철 노인의 손도 그들을 따라 손뼉을 치고 있었다. 마치 길 가던 당나귀들이 따라서 오줌 싸듯이 옆 인간을 따라서 모두 손뼉을 쳐댔다. 하지만 곱상하게 생긴 노파는 미동도 없이 홀로 사색에 젖어 창밖만 내다보고 있었다. 819동 젊은 동대표도 손뼉은 치지 않고 매우 심각한 표정으로 경로당 안을 이리저리 살피고 있었다.

그렇게 해서 노인회장이 선출되었다. 그런데, 느닷없이 중절모를 쓴 노인이 정식으로 투표를 해서 노인회장을 뽑아야 한다고 우겼다. 노인회장은 할 일도 많고 특히 선거철만 되면 주민들의 여론 형성에 결정적인 영향을 미치는 자리인데, 두루뭉술하게 누가 누군지도 모르는 인간이 노인회장이 되면 곤란하다는 거였다. 순간 검정색 뿔테안경을 쓴 노인의 표정이 싸늘하게 일그러지기 시작했다. 그러자 노인회장을 추천했던 금테 안경을 낀 노파가 노기 가득한 얼굴로 무섭게 내뱉었다.

“회장은 이미 선출했는데 무슨 소리야요! 그럴 거면 우리가 모두 박수를 치기 전에 의견을 냈어야지. 당신, 정신 나갔어요!”

평소 여자의 말이라면 쪽을 쓰지 못하는 습관이 있었는지 정식투표 운운하던 중절모를 쓴 노인은 찍소리도 못하고 입을 다물었다. 금방 꿀 먹은 벙어리가 되어버렸다. 언제 어디서나 이 땅의 여인들은 위력이 대단하다고 철 노인은 생각했다. 이 땅의 미래는 저리도 억척스러운 여인들에 의해서 결정될 게 분명할 거라는 느낌도 들었다. 매사에 열정적이고 사려 깊기는 남성들의 추종을 불허하는 이 땅의 여성들이었다. 그래서 이 땅은 희망의 땅이고 활기가 넘쳐나는 땅으로 거듭날 터였다. 철 노인이 잠시 그런 환상에 빠져있는 사이 금테 안경을 낀 노파의 카랑카랑한 목소리가 또 귀를 울렸다. 회장으로 선출된 검정색 뿔테 안경을 쓴 노인을 다그쳤다.

"회장 수락 인사를 해야지요! 어서 일어나세요!"

검정색 뿔테 안경을 쓴 노인은 생업 때문에 곤란하다더니 기다렸다는 듯 벌떡 일어났다. 미리 준비한 듯 주머니를 뒤적거려 종이쪽지를 꺼내 들고 메모한 것을 들여다보면서 장황하게 인사말을 했다. 어느 아파트보다 더 화기애애하고 생산적인 노인회가 되도록 잘해보겠다는 게 수락 인사의 요지였다. 수락 인사가 다 끝나지도 않았는데 중절모를 쓴 노인이 회장에게 할 말이 있다고 일어섰다. 그는 금테 안경을 낀 노파를 힐끔거리며 한껏 부드러운 목소리로 말했다.

"관리소 직원들이 매우 불손하니 우리 노인회장이 따끔하게 야단을 쳐야 할 것 같아요!"

그 소리를 들은 관리소장의 얼굴이 미세하게 붉어지기 시작했다. 회장으로 선출된 노인이 그건 내 소관이 아니라 입주자대표회장이 나서야 한다고 단호하게 발뺌을 했다. 그러자 입주자대표회장은 곧바로 그건 관리소장의 책임이라고 맞받아쳤다. 관리소장의 얼굴이 흉물스럽게 일그러지고 있었다. 가까스로 노인회장이 수락 인사를 끝내고 자리에 앉으려는 순간, 머리를 군인처럼 짧게 깎은 노인이 노인회장을 불러 세웠다.

"회장님! 장기판과 바둑판은 언제 사다 놓을 거요?"

그는 장기나 바둑을 무척 잘 두거나 장기나 바둑밖에 다른 취미가 없는 인간이 분명했다.

"노인회가 결성되고 필요한 물건들을 요청하시면 그때 사드리겠습니다!"

관리소장이 일그러진 얼굴을 애써 감추고 한껏 공손한 태도로 또다시 말했다. 머리를 군인처럼 짧게 깎은 노인이 퉁명스럽게 또다시 호령하듯 소리를 질렀다.

"요청은 무슨 요청, 알아서 미리 사놔요!"

딱하다는 듯 이번에는 입주자대표회장이 나섰다.

"최대한 빨리 어르신들이 불편하지 않도록 필요한 모든 걸 해드리겠습니다!"

구석에 앉아서 입을 오물거리고만 있던 노인이, 그 노인은 수염을 길게 기르고 있었는데, 다짜고짜로 나섰다.

"그런데 이 아파트 젊은 애들은 노인을 보고도 인사를 잘 안 해요. 입주자대표회장이 좀 나서서 예의범절이 올바른 아파트를 만들어 보세요. 내가 서울 강남에서 20년을 넘게 아파트 생활을 하다 왔는데, 서울에서는 엘리베이터에서도 인사 안 하는 젊은이는 하나도 없었어요. 여긴 촌놈들이라 무식해서 그런가?"

참다못한 819동 젊은 동대표가 이번에는 두 눈을 똥그랗게 뜨고 싸늘한 표정으로 대들었다. 목소리는 무척 날카로웠다.

"어르신 그렇게 말씀하시면 곤란합니다. 촌놈이란 표현은 좀 듣기 거북합니다만….”

수염을 길게 기른 노인이 삿대질까지 해대며 노발대발했다.

“듣기 싫으면 인사들이나 똑바로 해! 그래가지고 어린애들이 무얼 배우겠어?”

819동 젊은 동대표도 물러서지 않았다. 목소리는 한 톤 높아졌고 입에는 한껏 힘이 들어가 있었다.

“어르신들도 저희에게 모범을 보여주시기를 바랍니다!”

수염을 길게 기른 노인이 더 거칠고 더 커다란 목소리로 되받아쳤다.

“무엇이 어쩌고 어째? 너 어느 동 동대표야? 당장 갈아치워 버릴 거야!”

“마음대로 하세요! 누군들 동대표 하고 싶어서 하는 줄 아세요!”

819동 젊은 동대표는 결코 호락호락한 인간은 아니었다. 칼날처럼 날카롭게 내뱉은 그녀는 무섭게 찬바람을 일으키며 경로당 문을 박차고 나가버렸다. 이상하리만치 차가운 바람이 경로당 안을 휘몰아치기 시작했다.

“입주자대표회장! 저년 당장 갈아치우시오! 저런 게 동대표라고? 버르장머리가 없는 년 같으니라고!”

수염을 길게 기른 노인이 분을 못 이겨 떨리는 목소리로 소리쳤다. 입주자대표회장은 대답할 거리도 안 된다는 듯 먼 산만 바라보았고, 관리소장의 얼굴은 점점 더 일그러지고 있었다. 수염을 길게 기른 노인은 흥분이 극에 달한 듯 씩둑거렸고, 다른 노인들은 사태의 심각성을 파악한 듯 입을 굳게 다물고 겁에 질린 어린애처럼 눈만 껌벅거렸다. 무거운 정적이 잠깐 흘렀고, 노인회장이 입주자대표회장과 관리소장을 잡아끌고 옆방으로 자리를 옮겨 갔다. 무슨 대책이라도 강구하려는 듯….

노인회장이 다시 돌아올 때까지 노인들은 말없이 서로를 쳐다보거나 벽에 걸려있는 TV를 힐끔거리고 있을 뿐이었다. 잠시 후 관리소장은 온다간다 인사도 없이 경로당에서 나가버렸고, 노인회장은 심각한 표정으로 노인들 앞에 섰다. 입주자대표회장은 그 옆에 서서 애꿎은 천장만 쳐다보고 있었다. 드디어 노인회장이 무엇인가 이야기를 시작하려는 순간 수염을 길게 기른 노인이 또 소리를 질렀다.

"입주자대표회장! 저 무례하기 짝이 없는 관리소장 당장 갈아치우시오! 인사도 없이 제멋대로 가버려? 못된 놈!"

입주자대표회장은 수염을 길게 기른 노인의 말이 말 같지 않다는 듯 아무 대답도 하지 않고 창밖을 내다보며 한숨만 쉬었다. 무엇인가 말을 할 듯 말듯 머뭇거리던 노인회장이 마침내 떠듬거리며 입을 열었다.

"관리소장을 그런 이유로 경질할 수는 없지요! 그리고 이래서는 우리 아파트 노인회는 제대로 되기 어려울 거 같습니다. 노인회 운영을 전적으로 내게 맡기겠습니까? 아니면 계속 이러겠습니까?"

잔뜩 주눅이 들어 심각하게 굳어 있던 노인들의 표정이 서서히 풀리면서 또 제각각 떠들어대기 시작했다. 젊어 소싯적에 한가닥 해 본 말투들이었다.

"회장이 알아서 하시오!"

"임원진들이 잘 논의해서 하면 돼요!"

"어떤 안건이 나오면 전체 회의에서 다수결로 결정합시다!"

또다시 크게 웅성거렸다. 그 와중에서도 수염을 길게 기른 노인은 더욱 거칠게 숨을 헐떡거리며 불경스러운 젊은이들을 성토하고 있었다.

"어찌 됐든 요즘 젊은 애들은 싸가지가 없어요. 회장은 그것부터 고쳐놓도록 하시오!"

그러자 머리를 군인처럼 짧게 깎은 노인이 또 나섰다.

"장기판과 바둑판부터 사 놓도록 합시다!"

더 이상 대책이 없다는 생각이 들었던지 노인회장이 발을 몇 차례 탕탕 구르더니 비장한 목소리로 소리쳤다.

"잘들 해 보시오. 나는 노인회장이고 뭐고 이 경로당에는 다시는 나오지 않을 거요! 사람이 곱게 늙어야지 당신들처럼 하면 평생 대우 못 받아요!"

그러자 이제까지 아무런 말도 없이 TV 화면만 바라보고 있던 깡마른 노인이 노인회장에게 큰 소리로 대들었다.

"뭣이라! 당신들처럼? 너 몇 살이나 됐다고 당신들이야! 여기 너보다 고령이 얼마나 더 많은 줄 알고 입을 함부로 놀려!"

있는 대로 얼굴을 찌푸린 노인회장이 깡마른 노인을 한참 동안 노려보다가 기가 막힌 듯 껄껄 웃으며 또다시 소리쳤다.

"이보시오! 나이 많은 게 무슨 계급장이라도 되는 줄 아시오! 함부로 반말하다간 제명에 못 죽는 게 요즘 세상이라는 거 모르시오? 당신은 그 말버릇부터 고치시오!"

그렇게 내뱉고는 노인회장은 경로당 출입문을 쥐어박으며 나가버렸다. 깡마른 노인은 더 이상 입을 열지 못하고 분을 삭이느라 부들부들 떨고 있었다. 검정색 뿔테 안경을 쓴 노인이 나가버리자 생글거리는 노파와 금테 안경을 낀 노파가 따라 나갔고, 곧바로 몸집이 두리두리 한 노파도 그 뒤를 따랐다. 엉거주춤한 자세로 안절부절못하고 있던 입주자대표회장도 슬그머니 경로당에서 빠져나갔다. 하지만 누구 하나 그들을 만류하는 이는 없었다. 그냥 경로당 안은 잠시 무거운 침묵이 흐를 뿐이었다. 경로당 안의 침묵은 오래가지 않았다. 중절모를 쓴 노인이 벌떡 일어나 TV 볼륨을 크게 높였다. 공직자 인사청문회는 계속되고 있었다. 공직후보자가 아주 당당하게 답변을 하는 소리가 경로당 안에 울려 퍼졌다.

"그건 지금으로서는 위법일지 모르지만, 그 당시의 관례였습니다! 관례대로 한 것도 흠이 됩니까?"

머리를 군인처럼 짧게 깎은 노인이 소리를 질렀다.

"저런 미친놈! 저런 놈들이 꺼떡거리고 있으니…. 관례는 무슨 얼어 죽을 관례!"

그 소리는 아무런 울림도 주지 못했다. 어떤 노인은 담배를 피워 물었고, 어떤 노파는 다른 노파와 무슨 이야기를 하고 있었는지 깔깔거리며 웃었다. 그렇게 아파트 노인회 결성은 완전히 물 건너가고 말았다. 철 노인은 그들을 뒤로하고 무거운 발걸음으로 경로당을 나섰다. 잘 가라는 이도 없었고 먼저 간다는 인사도 하지 않았다. 철 노인이 자리를 뜨자 곱상하게 생긴 노파도 자리에서 일어났다.

경로당 밖은 상쾌했다. 아파트 단지 옆구리에 길게 뻗은 야산으로 태양이 기울고 있었다. 노을이 붉게 물들어 가는 하늘은 벅차도록 아름다웠지만, 때아닌 냉기가 경로당 건물을 휘감아 회색의 돌담을 기어오르고 있었다. 오늘 경로당에서 보았던 얼굴들 누구도 마음을 터놓고 친교를 나누면 좋을 거라는 기대를 말끔하게 떨쳐버린 철 노인은 길 건너편에 있는 어린이집으로 향했다. 곱상하게 생긴 노파도 철 노인을 따라 어린이집으로 발길을 옮겼다. 어린애들 재잘거리는 소리가 즐겁게 귀를 울렸다. 그 소리는 언제 들어도 싱그러웠고 듣기 좋았다. 손녀가 철 노인을 보자 두 팔을 벌리고 달려와 품에 안겼다. 철 노인은 손녀를 번쩍 들어 품에 안았다. 손녀가 있는 대로 재롱을 떨었다.

"하부 많이 보고 싶었어. 하부는 나 얼마나 보고 싶었어?"

"그래. 하부도 우리 경선이 많이 보고 싶었지. 놀이터에 가서 그네 탈까?"

손녀는 양 갈래로 묶은 머리를 찰랑거리며 앞장서 놀이터 쪽으로 달려갔다. 철 노인은 걸음을 빨리하여 손녀의 뒤를 따랐다. 곱상하게 생긴 노파도 외손자의 손을 잡고 종종걸음으로 그 뒤를 따랐다. 그네는 모두 비어 있었고 그네 옆에는 기다란 나무의자가 놓여있었다. 철 노인의 손녀가 먼저 그네에 올라탔다. 곱상하게 생긴 노파의 외손자도 그네에 올라탔다. 두 어린애는 신나게 그네를 타며 곧바로 그들만의 천진난만한 세계로 빠져들었다. 철 노인은 그네 타는 손녀를 바라보며 나무 의자 한쪽 끝에 털썩 주저앉았다. 곱상하게 생긴 노파도 나무 의자의 다른 끝 빈자리에 조심스럽게 걸터앉았다. 기다란 나무 의자 양 끝에 앉아있는 두 노인의 옷깃 속으로 해 질 녘 회색빛 냉기가 스며들고 있었다. 그것은 819동 젊은 동대표가 경로당 문을 박차고 나가면서 일으켜 놓은 찬바람이었다.

"안내 방송 드리겠습니다. 금일 오후 일곱 시 반, 관리사무소 회의실에서 동대표 회의 임시총회의가 있으니 관심 있는 주민은 공청하여 주시기를 바랍니다! 다시 한번 말씀드리겠습니다. 금일 오후 일곱 시 반….”

일찌감치 저녁 식사를 하고 손녀와 함께 TV 채널을 이리저리 돌리던 철 노인은 막내며느리가 사준 구스다운을 걸치고 집을 나섰다. 관리사무소 회의실에는 아파트를 진정으로 사랑하는 인간들이 초만원을 이루고 있었다. 중절모를 쓴 노인도 있었고, 머리를 군인처럼 짧게 깎은 노인도 보였다. 생글거리는 노파와 곱상하게 생긴 노파도 눈에 띄었다. 금테 안경을 쓴 노파와 깡마른 노인은 동 대표석에 앉아 있었다. 물론 819동 젊은 동대표도 당당하게 앉아있었다. 그러나 검정색 뿔테 안경을 쓴 노인은 보이지 않았다. 늙은이보다는 젊은이들이 훨씬 더 많았다. 그건 이 도시의 특징이었다. 남자보다는 여자가 서너 배는 더 많은 것으로 보였다. 철 노인은 여성 천하가 거의 완성되어 가고 있다는 느낌을 받으며 뒤쪽 빈 의자에 자리를 잡고 앉았다. 아는 체하는 이는 아무도 없었다.

동대표 회의 간사인 관리소장이 회의안건에 대하여 설명을 시작했다. 안건은 경로당을 어린이집으로 전환 운영하는 건이었다. 그 이유는 웃기면서도 단순했다. 어린이집이 협소하여 백 명이 넘는 어린이가 대기하고 있거나 인근의 또 다른 어린이집으로 가야만 한다는 것, 경로당은 앞으로 문을 연다고 해도 활용 인원이 별로 많지 않으리라는 것, 거기에 드나드는 노인들조차도 민화투 아니면 장기나 바둑을 두면서 잡담으로 소일하는 등 비생산적일 것이라는 것, 특히 며느리 흉질이나 일삼고 좋지 못한 소문을 퍼뜨려 아파트 이미지를 크게 실추시켜 집값에도 악영향을 줄 것이라는 것 등등…. 특히 독극물을 투입한 음료수를 마시고 죽어 나간 어떤 노인정의 사건을 들먹이며 경로당이 필요 없다고 열변을 토하고 있었다. 동대표 자격으로 참석한 금테 안경을 쓴 노파와 깡마른 노인이 나서서 경로당을 없애면 절대로 안 된다는 항변을 할 법도 한데 그 인간들은 눈만 껌벅거릴 뿐이었다. 가장 강력하게 주장하는 인간은 아이를 넷이나 키운다는 819동 젊은 동대표였다. 그녀는 경로당에서의 앙금이 아직도 가라앉지 않은 듯 말끝마다 힘을 주면서 앙칼진 어조로 또박또박 핏대를 올렸다.

"오늘 오후에 경로당에서 노인회 결성을 위한 임시회의가 있었습니다. 저는 동대표 자격으로 회의 광경을 참관했었는데, 실망을 금치 못했습니다. 우리 아파트 노인들이 그렇게 저질일 줄은 상상도 못 했습니다. 고령자들은 절대로 한곳에 모아 놓으면 안 되겠다는 결론을 얻었습니다. 미래를 위하여 어린이집으로 전환하는 게 최선입니다! 애들 잘 키우는 일 말고 더 중요한 게 뭣이…."

그녀의 발언이 끝나기도 전에 중절모를 쓴 노인이 다짜고짜 일어나더니 악을 쓰며 소리를 질렀다.

"뭐야? 너 지금 뭐라고 씨부렸어! 뭐? 우리 아파트 노인들이 저질이라고! 너 이년 노인들 모독행위로 고소해 버릴 거야! 당장 사과해! 이 미친년 같으니라고! 경로당은 절대로 못 없애!"

819동 젊은 동대표가 또다시 발딱 일어나더니 더욱더 상기된 얼굴로 열변을 토했다.

"자 여러분 보십시오! 이게 바로 우리 아파트 노인들의 수준입니다! 여러분은 저질의 실상을 지금 적나라하게 보고 계십니다. 이래도 경로당을 운영하면서 우리가 낸 관리비를 축내야 하겠습니까?"

많은 젊은이가 고개를 끄덕이며 공감을 표하고 있었다. 어떤 젊은이는 노골적으로 손뼉까지 쳐댔다. 분위기를 파악한 듯 아파트입주자대표회장이 참석자들을 둘러보며 말했다.

"경로당을 어린이집으로 전환해야 한다는 의견이 절대적으로 우세한 것 같습니다. 그래도 다수결로 결정하도록 하겠습니다!"

철 노인은 두고만 볼 수 없었다. 기가 막힌 상황이 전개되고 있다는 생각에 자리를 박차고 벌떡 일어났다. 철 노인은 입주자대표회장을 노려보다가 근엄한 목소리로 좌우를 둘러보며 물었다.

"여러분! 이 늙은이가 말 한마디 해도 되겠습니까?"

"어르신 말씀하십시오!"

입주자대표회장이 선심을 쓰듯 거만한 말투로 철 노인에게 발언권을 주었다.

"고맙소! 나는 819동 2702호에 사는 철광석이라는 늙은이올시다. 먼저 819동 젊은 동대표님, 어린애를 넷이나 낳아 키우며 우리 아파트를 위하여 밤낮으로 노력하는 것 고맙고 갸륵하게 생각하오. 그 집 애들을 가끔 엘리베이터에서 본 적이 있는데, 참으로 총명하고 준수하게 잘 생겼습디다. 장차 큰 인물로 성장할 것 같다는 느낌을 받았어요."

철 노인은 잠시 말을 멈추고 젊은 여인을 살펴보았다. 고개를 반짝 치켜들고 철 노인을 쏘아보던 819동 젊은 동대표는 어느새 고개를 숙이고 있었다. 철 노인은 하던 이야기를 계속했다.

"나는 딸 셋, 아들 셋에 손자·손녀가 모두 열넷이요. 큰아들은 고향에서 선산을 지키며 시설원예를 하고 있고, 둘째는 전라도 광주 국립대학병원 앞에서 약국을 하고 있어요. 막내아들은 말똥 두 개를 달고 이곳 향토사단 보병대대장이오! 딸 하나는 도청소재지 대학병원 외과 의사고, 또 하나는 서울에서 고등학교 선생이오. 큰딸은 전업주부인데 사위는 H그룹 중앙전산실 시스템 분석가요. 내가 도청소재지에서 이리로 온 건 막내아들네 애들을 돌봐주기 위해서요. 손자요? 제일 큰놈은 지금 경찰대학 3학년 올라갔고, 그다음 녀석은 올봄에 의예과에 들어갔고…."

제각각 웅성거리던 참석자들이 자세를 바로잡기 시작했다.

철 노인은 헛기침을 한번 하고는 이야기를 이어갔다.

"애들 이야기는 이쯤 하고…, 내가 젊어서 뭘 했는가도 궁금할 것 같아서 하는 말인데…, 평생을 애들 가르치는 일을 했어요. 교장은 못해봤지만, 고3 졸업반 담임을 스물네 번이나 했는데, 내가 대입 원서를 써준 애들 중에는, 사관학교를 나와 별을 딴 녀석이 열한 명이고 그중에는 대장도 두 명 있어요. 박사와 의사가 스물을 넘고, 국회의원 한 애가 셋이고, 시장·군수가 여섯이오. 경찰청장도 있고 세무서장도 있어요. 현직 판검사가 아홉이고, 개업한 변호사만도 열세 명이오. 장관도 셋이나 있고, 대학 총학장도 여럿이오. 인기가 하늘을 찌르는 연예인도 꽤 여럿이오. 요즘 시청률이 40%에 육박하는 주말 드라마 '무위온'의 남자 주인공도 내가 아끼는 제자요. 저 강 건너 마을에서 돼지를 3만 마리나 키우면서 그 동네 리장하는 애도 내 제자고, 옆 동네 군수도 내 제자요! 지금 이 도시의 교육청장하는 녀석도 그렇고, 지지난번 이곳 시장을 하면서 이 도시 주거환경을 크게 업그레이드시켜 논 애도 학창 시절 커닝하다가 내게 들켜서 하루 종일 무릎 꿇고 벌 받은 녀석이요. 요즘 한창 이 도시를 시끄럽게 하는 동강상류파 조폭의 보스도 나한테 종아리 맞았어요. 그 녀석은 지금이라도 내가 보고 싶다고 하면 똘마니들 수십 명 거느리고 달려올 거요…. 내 말이 미심쩍으면 지금 당장 확인해 보시오!"

관리소장이 재빨리 옆 동네 군청에 전화를 걸어 군수의 비서에게 물었다.

"군수님이 철광석 선생님의 제자가 맞는지 알아봐 주시오!"

잠시 후 관리소장의 스마트폰으로 문자가 도착했다.

"철광석 선생님은 우리 군수님의 고교 졸업반 담임선생님이십니다. 군수님께서 조만간 찾아뵙겠답니다. 훌륭하신 분이니 각별히 보살펴주시기를 바란답니다!"

관리소장이 스마트폰의 문자를 공개하자 참석자들이 크게 술렁이기 시작했다. 철 노인은 다시 한번 헛기침을 크게 하고는 하던 이야기를 계속했다.

"내가 이제까지 한 말은 조금 전 우리 819동 젊은 동대표가 이 아파트에 사는 늙은이들은 저질이라는 말을 듣고 너무 기가 막혀서 한 소리요. 희수를 바라보는 나이에 내 막내딸보다 더 어린 인간에게 저질이라는 질책을 받다 보니 인생을 헛살았다는 자괴감으로 몸 둘 바를 몰랐어요. 그리고 억울한 생각도 들었고요. 그래서 집으로 돌아가는 대로 검찰청에 있는 내 제자에게 공개석상에서 노인을 싸잡아 저질이니 뭐니 하는 언동이 명예훼손은 아닌지 물어볼 작정이오. 그리고 공동주택 노인복지시설의 용도변경을 동대표 임시회의에서 다수결로 결정해도 법적 하자는 없는지도 알아볼 것이오. 어린이집 시설이 부족하다면 예산을 마련하여 증축하든가, 제2 제3 어린이집을 더 지을 생각을 해야지, 살날도 얼마 남지 않은 늙은이들 것을 가로채 전국에서 유일하게 경로당 없는 아파트단지를 만들면 이 아파트값이 천정부지로 치솟을 것 같소? 우리 아파트 젊은이들 좀 더 신중할 필요가 있어요! 고령자들에게 적대감 느끼지 않았으면 좋겠어요! 그런 비인간적인 생각일랑은 버리고 시간을 아껴 공부들 좀 더 하시오! 끊임없이 심신을 수양하여 훗날 지금, 이 아파트 늙은이들처럼 저질이라는 수모를 당하지 않도록 하시오! 나이 들면 다 늙은이 되거늘…."

철 노인은 더 하고 싶은 이야기가 있었으나 그만두고 의자에 주저앉았다. 참석자들은 크게 동요하기 시작했다.

"그러면 안건에 대하여 표결할까요?"

입주자대표회장이 동대표들에게 의견을 물었다.

고개를 숙이고 생각에 잠겨 있던 819동 젊은 동대표가 손을 들고 말했다.

"긴급 제안 있습니다!"

"말씀하세요!"

입주자대표회장이 819동 젊은 동대표에게 발언권을 주었다.

"조금 전 어르신 말씀을 들으니, 저희가 잘못 생각한 게 많다는 걸 느꼈습니다. 사려 깊지 못한 처사였습니다. 이 자리에서 우리 아파트 어르신들께 무조건 사과드리겠습니다."

819동 젊은 동대표는 의자에서 일어나 맨바닥에 무릎을 꿇고 앉았다.

“사과드립니다. 우리 아파트 노인을 저질이라고 한 저의 망언을 진심으로 사과드립니다. 용서하여주시기를 바랍니다. 그리고 제가 발의한 경로당을 어린이집으로 전환하자는 안건은 취소하여 주시기 바랍니다.”

819동 젊은 동대표는 무릎을 꿇은 채로 울먹였다. 참석자들은 숨을 죽이고 철 노인 쪽을 힐끔거렸다. 철 노인은 곱상하게 생긴 노파를 바라보았다. 곱상하게 생긴 노파는 그윽한 눈길로 미소를 띠고 있었다.

“저도 아파트입주자대표회장으로서 어르신들께 깊이 사과드립니다. 앞으로 우리 아파트의 경로효친 풍토가 잘 조성되도록 최선을 다하겠습니다. 부디 노여움을 푸시고 어리석은 저희를 잘 이끌어 주시기를 바랍니다. 그리고 경로당을 어린이집으로 전환하자는 안건은 회장 직권으로 취소하겠습니다!”

입주자대표회장이 낮은 목소리로 말하며 주위를 둘러보았다. 아무도 이의를 다는 인간이 없었다.

“그러면 여기서 동대표 회의 임시총회를 마치는 걸로 하겠습니다. 밤이 깊었으니 살펴 돌아가시기를 바랍니다.”

입주자대표회장이 폐회를 선언했다. 철 노인은 의자에서 일어나 느린 걸음으로 출입문을 향했다. 입주자대표회장과 819동 젊은 동대표와 관리소장이 부리나케 철 노인 앞으로 다가가 허리를 굽혔다.

"저희가 잘못했습니다. 다시 한번 사과드립니다. 제발 노여움을 푸시기를 바랍니다!"

철 노인은 말없이 회의실 출입문을 나섰다. 아주 씁쓸한 심정으로 819동을 향해 걸어갔다. 유례없이 발걸음이 무거웠다. 곱상하게 생긴 노파가 슬며시 다가와 철 노인의 손을 잡았다. 그녀의 손은 주부습진이 성한 듯 아주 거칠었으나 여리고 따뜻했다.

가장완장
家長腕章

완성국, 섬강 완씨 호반공파6대종손, 그는 꽤 잘나가는 유명 기업의 상무로 은퇴했다. 그래서 사람들은 그를 완 상무라 불렀고, 그는 상무라는 칭호를 들으면 낮잠을 자다가도 벌떡 일어날 정도로 자신이 상무라는 걸 자랑스럽게 여겼다. 세상에 널려 있는 게 사장이요 회장이고 선생님인데, 상무라는 칭호는 희소가치의 측면에서도 그럴듯하다는 생각이 짙었다. 지방 사립대를 나온 완성국은 연줄이나 배경이 별로였는데도, 평생을 뼛골이 빠지게 일한 덕분에 기업의 별이라고 하는 상무이사까지 승진할 수 있었다. 입사 동기가 서른두 명이었는데, 부사장까지 출세한 동기가 딱 한 명 있긴 하지만, 다른 동기들은 기껏해야 부장이나 차장에서 마침표를 찍었다. 그렇게 밤낮으로 일에 매진하면서도 틈틈이 철명숙을 열정적으로 품어준 탓에 딸 둘에 아들 둘을 낳았다. 아들 하나는 급성폐렴에 걸려 첫돌 잔치도 못 해 먹고 저세상으로 가버렸지만…. 철명숙은 홍천 철씨 오안공파9대손의 가문에서 3남 2녀 중 맏딸로 태어나 가정교육을 착실하게 받은 처자로 완성국과는 중매로 결혼했다. 물론 아이를 더 많이 생산할 수도 있었지만, 그녀가 복강경수술을 해버리는 바람에 거기서 끝내야 했다. 완성국은 섬강 완씨의 후손들을 더 늘어나게 할 기회를 상실한 아쉬움을 달래며, 그 대신 애들은 부족함 없이 뒷바라지해 주었다. 마누라에게 옷이나 화장품, 또는 액세서리 같은 소품을 사주는 건 발발 떨면서도, 애들에게는 과외도 하고 싶다는 대로 시켜줬고, 방학을 이용하여 해외여행도 세 번씩이나 데리고 다녔다. 예체능교육과 어학연수도 남 못지않게 해주었다. 그걸 낙으로 삼고, 그러는 것이 가장의 책무라 여기며 혼신의 힘을 기울였다. 그렇게 키워서 큰딸은 완성국이 상무로 승진하던 해 남해안 항구도시의 김해 허씨 가문으로 시집을 보냈다. 잘나가는 상무이사의 혼사여선지는 몰라도 하객이 구름 같았고, 부조금도 예상보다 훨씬 많이 들어왔다. 작은딸은 올해 고등학교 졸업반이었다. 외아들은 대학을 졸업하고 군대를 갔다 와서 취업 준비를 하고 있는데, 벌써 두 번이나 낙방했다. 취업해야 장가도 보내고 손자도 볼 것인데, 부지하세월이었다. 완성국은 불만이라면 그게 불만이었다. 그렇지만 그보다 더 살맛 나지 않게 하는 게 또 하나 있었다. 그건 생각할수록 열불 나게 하는 것이었다.

그것은 가볍게 넘길 사안은 절대로 아니었다. 도대체가 가장으로서의 권위가 먹히지 않는 것에 대하여 유야무야할 가장은 이 세상에 아무도 없지 않은가. 분명히 가장은 가장이로되, 모든 게 철명숙을 중심으로 돌아가는 게 완성국으로서는 영 걸쩍지근했다. 이 나라는 분명 부계중심사회인데도 모계중심사회와 다를 바 없다는 생각이 점점 짙어지는 완성국이었다. 일간지 한 부 더 보는 것조차도 철명숙의 승낙을 받아야 했고, 가족 외식 메뉴도 전적으로 그녀가 결정했다. 심지어는 TV 채널 선택권도 행사하지 못하는 가장이었다. 그는 그저 평범한, 아니 그보다 하 못한 말단 가원에 불과했다. 거의 모든 경우에 애들보다 한참이나 뒷전이었고 말발도 먹히지 않았다. 스스로 결행할 수 있는 게 하나도 없었다. 그래도 현직에 있을 땐, 백 명이 넘는 사원들이 굽실거리며 머리를 조아리던 상무이사였는데…. 완성국은 그 일만 생각하면 자다가도 울화통이 터지는 것이었다. 밤중에 일어나 정수기에서 냉수를 뽑아 마신 적도 있었다. 그것도 세 컵씩이나….

그날은 가장으로서 정말 쪽팔리는 날이었다. 적어도 완성국의 생각은 그랬다. 한 가정의 어엿한 가장의 입장에서 보면 그래서는 절대로 안 되는 거였다. 큰딸이 오랜만에 유치원에 다니는 외손녀를 데리고 친정에 왔다. 작년 이맘때 왔다 갔으니 일 년 만에 온 것이었다. 친정 부모의 생일상을 차려주려고 열차와 버스를 갈아타고 왔었다. 사위는 바이어와 긴한 상담이 있어 자리를 비울 수 없다나 뭐라나 하면서 핑계 아닌 핑계를 대고 나타나지 않았다. 완성국과 철명숙은 동갑내기로 생일도 일주일 간격이었다. 그런데 작년에도 그러더니 올해도 완성국의 생일 날짜에 맞춰서 생일상을 차리는 게 아니라, 철명숙의 생일 날짜에 맞춰 온 식구들이 만찬을 하게 되었다. 매우 탐탁지 못한 현상이었으나 가장의 너그러운 심정으로 그 점에 대해서는 이의를 달지 않았다. 그건 그렇다 치고, 만찬의 메뉴를 정하는 순서에서는 가장으로서의 자존심까지 상하는 걸 억지로 참았다. 사실 완성국은 민어탕이나 조기찜이 주메뉴인 전통 한식을 즐겨 먹는데, 큰딸은 그런 친정아버지의 취향은 완전히 무시하고 친정엄마가 좋아한다는 이유로 소갈비찜이 주메뉴인 음식을 주문하는 거였다. 더 울화통이 터진 것은 술도 한 잔 못 마셨다는 것, 한창 자라나는 애들 앞에서 음주하는 모습을 보이는 것은 교육상 좋지 않다는 철명숙의 말 한마디로 술은 구경조차 할 수가 없었다. 명색이 생일 만찬인데 당사자가 마시고 싶다면 술 한 잔쯤은 마시게 해주는 게 상식 아닐까. 완성국은 저녁 내내 가족들로부터 철저하게 무시당하고 있다는 기분을 지울 수가 없었다. 그래도 거기까지는 이를 악물고 참아냈다. 사건은 만찬을 마치고 귀가하는 버스 안에서 터져버렸다. 외아들은 만찬이 끝나자마자 스터디카페로 달려갔고, 작은딸은 국어학원으로 달려갔다. 귀갓길, 완성국은 콜택시를 타자고 했다. 그런데 철명숙이 막아섰다. 시내버스를 타면 될 것을 쓸데없이 낭비할 필요가 없다는 거였다. 큰딸도 택시를 탔으면 하는 눈치였으나 친정엄마가 워낙 단호하게 나오니까 내색을 못 하고 있었다. 철명숙이 한번 의견을 내면 그 집에서는 거의 철칙이었다. 섣불리 이의를 달았다가는 불똥이 어떻게 튈지 몰랐다. 입 다물고 있는 게 상책이었다. 그러는 사이 철명숙이 손녀의 손을 잡아끌고 버스에 올라탔다. 그 뒤를 따라 큰딸이 올라탔다. 완성국도 버스에 오르지 않을 수 없었다. 승객은 많지 않았다. 그러나 빈 좌석 또한 보이지 않았다. 완성국은 두 다리에 힘을 주고 엉거주춤 서서 손잡이를 움켜잡고 이리저리 흔들리는 몸으로 창밖을 내다보며 끌탕을 하고 있었다. 그 사이 큰딸이 빈 좌석을 하나 찾아내어 소리쳤다.

"엄마, 여기 자리에 앉으세요!"

철명숙은 큰딸이 잡아준 좌석에 냉큼 앉았다. 키가 구 척 같아서 머리통이 버스 천장에 닿을 것 같은 남편에게 좌석을 양보하면 좋으련만…. 누가 보아도 완성국은 큰딸이나 부인의 안중에서 멀리 있었다. 그 순간 완성국은 생각했다. '큰딸도 완전히 아비를 무시하는구나. 가장으로서의 존재감이 하나도 없구나. 이제까지 인생을 헛살았구나….' 그런저런 생각을 하면서 흔들리는 몸을 가누느라 안간힘을 쓰고 있을 때, 빈 좌석이 하나 눈에 들어왔다. 다음 정거장에서 하차할 사람이 미리 일어선 것이었다. 그 좌석을 향해 완성국이 몸을 움직이려는 순간, 큰딸은 재빨리 유치원에 다니는 손녀를 끌어다 거기에 앉혔다. 완성국의 낙심은 이만저만이 아니었다. 버스 안에 있는 모든 사람이 자신을 비웃는 것 같은 느낌이 엄습했다. 도대체가 어떤 가장이기에 그런 대우를 받는가 하는 눈초리들이었다. 창피해서 고개를 들 수가 없었다. 완성국은 고개를 숙이고 버스 밑바닥만 내려다보고 있었다. '그렇다!' 어느 순간 퍼뜩 정신이 들었다. 단호한 생각이 들었다. '이건 그냥 지나칠 일이 아니다! 무엇인가 짚고 넘어가야 한다! 더 이상 사람들의 비웃음을 사지 말아야 한다!' 생각이 거기까지 미치는가 싶더니 자신도 모르게 청천벽력 같은 소리가 튀어나왔다.

"너 이년! 해도 너무한다. 아비는 완전히 뒷전이냐? 늙은 아비가, 명색이 가장인데, 유치원 다니는 어린애만치도 못하단 말이냐!"

버스 안에 있던 사람들 모두가 놀란 눈으로 완성국을 향해 몸을 돌렸다. 그걸 보면서 완성국은 자신의 목소리에 사람들이 귀를 기울여주는가 싶었다. 그렇게 생각하니 은근히 신바람이 났다. 더 큰 목소리로 고래고래 소리를 질러댔다.

"내 더러워서 이차 더 이상 못 타겠다! 운저기사 차 세워! 차 세우라고! 내릴 거니까, 어서 차 세워!"

버스 운전기사가 백미러로 완성국을 한참 노려보더니 급하게 버스를 세웠다. 버스가 급정거하는 바람에 완성국은 하마터면 버스 바닥으로 고꾸라질 뻔했다. 가까스로 몸을 바로잡고 그는 버스에서 하차했다. 아무도 그를 따라 내리는 이는 없었다. 큰딸조차도 그냥 보고만 있었다. 버스는 완성국을 내버리고 가던 길을 달려갔다. 완성국은 길가에 주저앉아 한참 동안 한숨을 쉬다가 사방을 두리번거리며 일어났다. 완성국은 어둠이 짙은 길을 걷기 시작했다. 갈 곳은 그곳밖에 없었다. 발걸음은 저절로 그곳으로 향하고 있었다. 30분을 넘게 걸어 아파트에 도착했다. 집안에 들어서니 아무도 아는 체를 안 했다. 현관 전실의 목제 의자에 앉아 구두끈을 풀고 있는데 외손녀가 달려 나와 외할아버지의 중절모를 벗기며 물었다.

"할아버지! 다리 안 아파?"

완성국이 퉁명스럽게 대답했다.

"할아버지는 아직은 건강하다!"

외손녀가 또 물었다.

"할아버지는 술도 안 마셨는데 왜 술주정했어?"

완성국이 짜증스럽게 되물었다.

"내가 언제 술주정했는데?"

외손녀가 단호하게 말했다.

"아까 버스 안에서 운전기사 아저씨에게 소리를 질렀잖아! 성난 사자보다 더 무서웠어! 우리 할아버지 같지 않았어!"

순간, 완성국은 어린애까지도 자신을 하찮게 여긴다는 생각이 들었다. 약이 올랐다. 저절로 고함이 터져 나왔다.

"시끄러워! 너 이년, 입 다물어!"

악에 치받친 완성국은 외손녀가 들고 있는 중절모를 거칠게 낚아채며 외손녀의 등가죽을 후려갈겼다. 외손녀는 현관 바닥에 고꾸라졌고, 울음을 터뜨렸다. 울음소리가 온 집안을 휘돌아 열린 창문을 통해 아파트단지 전체로 퍼져나갔다. 완성국은 현관 타일바닥에 쓰러져 울고 있는 외손녀를 거들떠보지도 않고 거실로 들어갔다. 큰딸이 아이 울음소리를 듣고 황급히 현관으로 달려 나오다가 친정아버지와 부딪힐 뻔했다. 완성국은 있는 대로 얼굴을 찌푸리며 화장실로 향했다. 아무리 곱씹어 봐도 섬강 완씨 호반공파6대종손의 체면을 완전하게 구긴 하루였다. 완성국은 용변을 보고도 화장실에서 30분도 더 앉아 있었다. 억지로 마음을 추스르고 화장실에서 나오니 큰딸은 여행용 트렁크를 들고 외손녀와 함께 현관문을 나서고 있었다. 현관문을 나서는 큰딸의 뒤에서 친정엄마의 목소리가 애절하게 울려 퍼졌다.

"조심해 가거라! 도착하면 새벽이라도 전화해다오!"

그동안 가장으로서 부족함이 없었다는 것을 식구들이 모르지 않을 터, 그래서 그걸 긍지로 여기며 살아왔는데…. 남보다 못하지 않게 벌어왔고, 남보다 못하지 않게 식구들의 울타리가 되어 주었으며, 완성국의 아내이고 완성국의 자제라는 것을 자랑해도 부끄럽지 않도록 사회적 지위도 그럴듯했는데…. 더구나 처남들과 처제의 대학 등록금도 섭섭지 않게 보태줬는데…. 그런데, 요즈음은 이빨도 발톱도 모두 빠져버린 호랑이 신세였다. 취준생으로서 제 코가 석 자인 외아들은 식구 같지도 않고, 출가한 큰딸은 평소에는 살갑게 안부 전화 한번 걸어주지 않는다. 여고 졸업반 작은딸조차도 늘 아비를 개 쳐다보듯 한다. 어쩌다 밥상머리에서도 어미의 말에는 귀를 기울이며 추파까지 던지지만, 아비의 말에는 어느 집 개가 짖는가이다. 적어도 완성국의 눈에는 그렇게 보였다. 그래서 완성국은 무엇인가 혁신적인 변화를 주어야 가장으로서의 권위를 회복하고, 대우도 받을 수 있다는 생각이 솟구치는 것이었다. 시간이 흐를수록 그 생각은 확고해지는 것이었다. 혁신적인 변화를 어떻게 줄 것인가? 뭐 기발한 게 없을까? 자나 깨나 궁리를 거듭하는 중이지만 영 묘책이 떠오르지를 않아서 고민이었다. 누군가의 도움을 받아야겠는데, 그 누군가도 쉽게 떠오르지 않는 것이었다. 그러다가 드디어 생각을 해냈다. '그래, 그 친구라면 내 고민을 풀어줄 거야….' 그는 나름대로 가장 친한 친구라고 확신하는 박혁규를 떠올렸다. 박혁규는 밀양 박씨 문도공파 후손으로 자기의 몸속에 신라를 건국한 박혁거세의 피가 흐르는 걸 입버릇처럼 내세우는 친구로, 100% 신뢰할 수 있는 인물은 아니지만, 기가 찰 정도로 아이디어가 반짝이는 친구였다. 완성국은 휴대폰의 단축키 79번을 눌렀다. 한참을 신호가 간 끝에 박혁규의 목소리가 들렸다.

"뭔 일 있냐?"

눈치 빠른 박혁규가 넘겨짚었다.

"시간 있으면 우리 맥주나 한잔하자!"

완성국이 거두절미하고 말했다.

"아무리 바빠도 맥주 마실 시간은 있다!"

박혁규는 무척 반기는 눈치였다. 그로부터 두 시간 후, 완성국과 박혁규는 달포 전에 만났던 생맥줏집에서 마주 앉았다.

"그런 문제라면 해답은 간단하다. 완장을 차면 된다. 고급스럽게 제작하여 밤낮없이 차고 있어라!"

박혁규는 자신만만하게 방안을 제시했다.

"너도 그렇게 하냐?"

완성국이 긴가민가하여 물었다.

"나야 아직 그런 정도는 아니니까…. 그런 느낌이 오면 가차 없이 그렇게 하려고 마음은 먹고 있다."

여전히 박혁규는 자신만만했다.

"그런 완장은 어디서 만들 수 있냐?"

완성국은 그 방법이 그럴듯해 보였다.

"네가 원한다면 내가 만들어 주마. 아주 멋지게 만들어 줄 테니 술이나 한잔 거하게 사라!"

박혁규는 계속 귀에 솔깃한 말만 했다.

"그렇게 하자! 만들어 놓고 전화해라!"

완성국은 문제가 하나 해결되었다는 느낌에 마음이 후련했다.

그로부터 3일 후 박혁규가 완성국에게 전화를 걸었다.

"완장이 준비됐다. 어떻게 할까?"

"지난번 만났던 생맥줏집에서 보자!"

완성국이 약간은 주저하는 목소리로 전화를 받았다.

"그 정도 갖고는 안 된다. 거하게 내야 한다. 네가 가장으로서의 권위를 회복하는데 결정적인 물건을 전달하는 역사적인 이벤트를 그렇게 하면 효력 떨어진다!"

박혁규는 농담 반 진담 반, 그러나 단호하게 말했다.

"그렇다면 포석정에서 만나자! 오늘 저녁 6시 30분이다."

포석정은 그 도시 최고급 요정이었다. 완성국은 이미 머릿속에서 컴퓨터를 돌려 보고 얻은 결론이었다. '효력만 확실하다면 그 정도야 아까울 게 없지….'

두 친구는 그날 저녁 포석정에서 만났다. 박혁규는 잘 포장된 꾸러미를 하나 들고 나타났다. 그는 완성국을 보자마자 양주를 마시고 싶다 했다. 그날 만찬은 상다리가 휠 정도였다. 상어지느러미 접시가 거의 바닥이 드러나고, 스카치위스키 15년산 병이 텅 비어갈 무렵 박혁규가 옹알거리며 꾸러미를 끌렀다. 꾸러미 속에서는 울긋불긋 요란하게 생긴 완장이 하나 나왔다. 황금색 바탕에 적색 선이 세 가닥 처져있고 새까만 글씨로 家長이라고 새겨져 있었다. 그렇게 요란하게 생긴 완장은 처음이었다. 권력의 서슬이 시퍼렇던 5공 시절에도 그렇게 화려하고 위엄 넘치는 완장은 찾아볼 수 없었다.

"팔을 내밀어라! 내가 채워줄 테니…."

박혁규는 명령조였다. 완성국은 주춤거리며 오른팔을 내밀었다.

"야! 무식하게 누가 완장을 오른팔에 차고 다니더냐! 왼팔 내밀어라!"

박혁규가 핀잔을 주었다.

완성국은 재빨리 왼팔을 내밀었다. 박혁규는 친구의 왼팔에 완장을 채웠다. 완성국의 왼팔이 한결 굵고 강인해 보였다. 박혁규는 아주 빠른 속도로 친구의 완장 찬 모습을 촬영했다. 그러고는 스마트폰을 친구에게 내밀었다. 그 짧은 시간에 다섯 컷이나 촬영했다. 완성국은 위엄이 넘쳐흐르는 자기 모습에 만족했고,

묘한 자부심이 엄습하는 걸 느꼈다.

"잘 봐라. 위엄이 뚝뚝 떨어진다!"

박혁규가 만면에 웃음을 띠고 소리쳤다. 완성국이 보기에도 그럴듯했다. 무엇인가 씨가 먹힐 것 같다는 생각에 기분이 째질 것 같았다.

"고맙다. 친구!"

완성국은 박혁규의 두 손을 잡으며 고마움을 표했다. 그리고 완장을 벗으려고 했다. 박혁규는 그걸 말렸다.

"벗지 마라! 이제부터 완장은 절대로 벗지 마라! 집에서도 밖에서도 너는 한 가정의 가장이다. 항상 차고 살아야 한다! 가장이 기강을 바로 세우기 위해 가장완장을 차고 다니는 건 당연하다. 한 가정의 가장이라는 긍지와 자부심을 내려놓아서는 절대로 안 된다!"

박혁규가 신신당부 했다. 듣고 보니 그건 맞는 말이었다. 완성국은 마음속으로 다짐했다. 절대로 이 완장은 내 몸에서 떼지 않기로…. 그는 고맙다는 뜻으로 고급 양주 한 병을 더 주문했다. 어차피 한 병을 대접한다는 것은 자신이 반은 마시는 것이니까 크게 억울한 것도 없었다. 박혁규는 너무 취하여서 되는 말인지 안 되는 말인지 구분도 안 되는 소리를 끊임없이 씨부렁거렸다. 거의 인사불성이 된 상태에서 포석정 종업원까지 나서서 승용차에 태웠다. 물론 대리운전이었다. 대리운전 비용은 완성국이

지불했다. 완성국도 대리운전을 불렀다.

"존경하는 가장님! 다 왔습니다. 8만 원입니다!"

아파트 지하주차장에 주차하고 대리운전기사가 소리쳤다. 완성국은 뒷주머니의 지갑에서 사임당권 두 장을 꺼내어 대리운전기사에 내밀었다. 지갑에 넣어뒀던 포석정 술값 영수증이 흘러나와 주차장 바닥에 떨어졌다. 결제금액은 936,900원이었다.

"존경하는 가장님! 파이팅하세요!"

대리운전기사가 지폐 두 장을 낚아채며 소리쳤다.

"거스름돈은 필요 없소!"

완성국은 가장완장을 오른손으로 쓰다듬으며 호쾌하게 소리쳤다. 그리고 생각했다. '드디어 내가 가장이라는 것을 세상이 알아주는구나!'

완성국은 거의 자정이 다 될 무렵 아파트 현관의 초인종을 눌렀다. 그러나 식구들 누구도 문을 열어주지 않았다. 한 번 더 초인종을 눌렀으나 이번에도 허사였다. 완성국은 늘 그랬던 것처럼 스마트 도어락의 여섯 자리 비밀번호를 누르고 현관문을 열었다. 집안은 조용했다. 가장이 가장완장까지 차고 귀가했음에도 모든 식구가 내다보지도 않는다니…. 기분이 살짝 뒤틀리기 시작했다. 중문을 거칠게 열고 거실로 들어섰다. 거실에는 아무도 없었다. 약이 올랐다. 가장완장의 위력을 보여주고 말겠다는 생각이 솟구쳤다. 완성국은 거실 마룻바닥을 텅텅 구르며 소리소리 질렀다. 아무리 소리를 질러도 나타나는 식구들은 없었다. 완성국은 외아들 방문을 열고 더 크게 소리를 질렀다. 아들은 그 방에 없었다. 그건 당연했다. 아들은 아직 귀가하지 않았다. 대학을 졸업하고서도 벌써 3년째 스터디카페에서 취직 공부를 하는 중이었으니, 새벽 두시는 되어야 귀가할 것이었다. 이번에는 작은딸 방문을 열고 소리를 질렀다. 작은딸은 책상머리에 앉아 열심히 공부하고 있었다. 흐트러짐이 없었다. 수능을 한 달 남짓 앞둔 시점이었다. 그런 작은딸의 뒷모습을 보면서 완성국은 정신이 번쩍 들었다. 아무 소리도 못 하고 슬그머니 방문을 닫았다. 술기운이 무서운 속도로 빠져나가고 있었다. 주방으로 가서 정수기에서 냉수를 한 컵 뽑아마셨다. 주방은 매우 정갈했다. 식탁에는 밥상이 차려져 있었고, 식탁보가 덮여 있었다. 완성국은 안방 문을 열었다. 안방에는 아무도 없었다. 철명숙이 거기에 있어야 했다. 완성국은 서재로 들어갔다. 서재의 실내등은 소등상태였고, LED 스탠드만 홀로 그녀의 부스스한 머리를 비추고 있었다. 철명숙은 책상에 엎어진 채로 곤하게 잠들어 있었고, 머리맡에는 가계부가 나뒹굴고 있었다. 완성국은 정신을 가다듬고 가계부를 들여다보았다. 깨알 같은 글씨로 그날 장을 본 내력이 기록되어 있었다. 두부 한 모 2,425원, 콩나물 한 봉지 1,565원, 국 멸치 200그램 5,045원…, 등등, 지출 합계 36,575원, 그날 저녁 박혁규와의 술값은 그보다 90만 원이나 더 많았다. 대리운전 비용까지 합하면 100만 원을 상회하는 금액을 하룻저녁 술값으로 날린 거였다. 가계부 여백에는 철명숙의 볼펜 글씨가 또렷했다. '더 아껴야 한다. 이러다 큰일 나겠다. 더 절약하여 그이가 하고 싶다는 걸 해드려야 할 텐데…. 참으로 안타깝다. 3개월에 한 번씩 하던 파마를 이제부턴 5개월에 한 번씩 해야겠다!'

완성국은 갑자기 가슴이 먹먹해지며 머리가 휑해지는 걸 느꼈다. 비척거리며 뒷걸음질로 서재를 빠져나왔다. 재빨리 화장실로 들어갔다. 소변을 보면서 거울을 들여다보았다. 거울 속에는 시궁창에서 방금 건져 올린 광대보다 더 요상한 또 다른 완성국이 서 있었다. 그 모습은 참으로 가관이었다. 부끄러웠다. 그는 오른손에 온 힘을 모아 왼 팔뚝에 차고 있는 완장을 풀어냈다. 그러고는 치약을 아주 많이 짜서 양치질하고 찬물로 세수를 했다. 그 사이 술기운은 완전히 사라졌다. 그는 가장완장을 꾸겨 들고 안방으로 들어갔다. 안방은 여전히 텅 비어있었고, 구석진 곳 허름한 옷걸이에는 철명숙의 빛바랜 외출복이 한 벌 걸려 있었다. 10년 전 도혼식을 기념하여 처음으로 아내에게 선물한 투피스였다. 철명숙은 친정에 갈 때나 중요한 행사에 참석할 때면 그 옷만 입었다. 다른 변변한 옷이 없으니 그럴 수밖에 없었다. 완성국은 그 옷 왼쪽 소매에 가장완장을 채우고 옷핀으로 단단히 고정했다. 가장완장이 달린 그녀의 투피스는 한결 아름다워 보였다. 그는 기분이 좋았다. 콧노래를 흥얼거리며 거실로 나갔다. 역시 거실에는 아무도 없었다. 무언가 할 일이 있을 것 같았다. 그 순간 냉장고가 눈에 들어왔다. 냉장고 문을 열었다. 작은딸이 즐겨 마시는 파인애플주스를 한 컵 가득 따랐다. 그러고는 작은딸 방문을 열었다. 그러나 작은딸은 그새 잠자리에 들어 곤하게 자고 있었다. 작은딸의 숨소리가 귀엽고 사랑스럽게, 싱그럽고 힘차게 방안을 가득 채우고 있었다.

한낮의
까치소리

"오늘은 인간답지 않은 인간을 살펴보자!"

아주 늦은 아침제누리 무렵, 엄마까치가 막내딸까치에게 말했다.

"우리가 담당하는 인간이 과연 인간다운 인간인가, 인간답지 않은 인간인가를 구분하는 것은 참으로 중요하다!"

"철 박사네 식구들과 비교해서 그와 같지 않으면 인간답지 않다고 하셨잖아요! 뭐 더 좋은 방법이 있는 건가요?"

막내딸까치가 머리를 갸우뚱거렸다. 철 박사네 식구들은 막내딸까치가 담당하는 인간들이었다. 세상의 까치들은 인간을 한 가족씩 맡아 평생을 관리하게 되어 있는데, 그건 까치가 조물주에게서 부여받은 생태적 소명이었다.

“너에게 인간답지 않은 인간의 현장을 보여주려고 한다. 그런 인간의 말로가 어떤지도 보여주마!”

엄마까치는 애정 어린 눈으로 막내딸까치를 바라보았다.

“자, 나를 따라오너라!”

엄마까치는 무겁게 날갯짓하여 효자골 목백합나무 둥지를 날아올랐다. 막내딸까치는 엄마까치를 따라나섰다. 엄마까치의 날갯짓이 무척 힘겨워 보였다.

“막내야, 우리 약사천에서 물잠자리 한 마리씩 잡자!”

엄마까치가 갑자기 약사천 숲길에 내려앉으며 소리쳤다. 까치 모녀는 약사천 물가 풀숲에 앉아있는 물잠자리를 한 마리씩 낚아챘다. 물잠자리를 입에 문 까치 모녀는 힘껏 날개를 휘저어 봉의산 북쪽 기슭 기와집 골 중턱 백 살도 더 됨직한 은행나무에 내려앉았다. 은행나무 밑에는 폐허가 다된 기와집이 한 채 웅크리고 있었다. 기와는 여기저기 깨져 있었고 안마당에는 잡초가 무성했다. 그 기와집 주변에는 고층 아파트가 숲을 이루고 있었다. 그 틈바구니에서 기와집은 숨도 제대로 못 쉬고 빠르게 허물어져 가고 있었다.

“저 집은 내 친구가 담당하는 인간의 집이란다. 아마도 안채에 인간이 하나 살고 있을 거다. 내 친구는 그 인간 때문에 속을 썩이다가 병이 들어 지금은 거동도 잘 못하고 있단다.”

엄마까치가 주변을 살피며 낮은 목소리로 말했다.

"엄마 친구는 제가 거의 다 알고 있어요. 누구 말씀이세요?"

막내딸까치가 의아한 듯 물었다.

"너도 어릴 때 엄마를 따라 한두 번 와 봤을 거다. 왜 그 입이 거친 아줌마 말이다. 너희가 욕쟁이 아줌마라고 무서워하지 않았느냐? 꼬리를 살랑살랑 흔들어서 모두 기와집골 살랑이라고 부른단다."

엄마까치가 날개를 한차례 휘저었다.

"아, 그 욕쟁이 아줌마! 아직 살아 계시나요?"

막내딸까치의 눈이 반짝였다.

"저 아래 헛간 같은 둥지가 보이지 않니? 아마도 거기 있지 싶다. 부근에 사는 큰딸이 가끔 먹이는 갖다주는 것 같더라만…."

엄마까치는 말끝을 흐렸다.

"매끼 가져다드려야지, 가끔 갖다주면 어떻게 해요? 그건 자식 된 도리가 아니잖아요! 차라리 요양원으로 모시는 게 좋지 않을까요?"

막내딸까치는 자못 흥분한 말투였다. 실제로 모든 동물이 나이가 들어 기력이 쇠약해지면 시설로 가는 게 불문율이었다. 자의로 가는 경우도 있었지만, 대개는 젊은것들에게 이끌려서 억지로 갔다. 그런 기발한 수법은 짐승들이 인간의 소행을 보고 배웠다. 인간의 속성을 천착할 정도로 영특한 까치들은 그렇게 하는 것이 제일이라는 걸 일찌감치 깨닫고 있었다. 그래서 늙으면 군말 없이 시설에 들어가는 걸 당연지사로 알고 있었다. 더러 숨을 거두는 순간까지 수발을 드는 인간의 효성을 흉내 내는 까치도 없지는 않았다. 그런 효조는 열에 하나쯤 있을까 말까였는데, 그마저도 인간세계와 거의 비슷한 현상이었다.

"모르겠다. 이유는 알 수 없지만 막무가내로 여기를 고집한다. 무슨 말 못 할 사정이 있는 것도 같은데…. 내게도 속 시원하게 말을 하지 않는다. 어찌 되었든 그 친구가 저 집의 내력을 소상히 알고 있으니 직접 들어 보거라! 내가 보기에 인간 말종의 박물관처럼 보이는 집이다."

엄마까치는 연신 은행나무 아래쪽을 힐끔거리며 말했다. 막내딸까치는 주변을 두리번거리며 엄마까치의 말씀에 귀를 기울이고 있었다.

"살랑이가 둥지 안에 있는 것 같다. 가보자."

엄마까치는 은행나무 아래쪽 헛간 같은 둥지로 날아갔다. 막내딸까치도 그 뒤를 따랐다. 대낮임에도 둥지주변은 어두컴컴했다. 엄마까치는 둥지 입구에서 은밀한 소리로 친구를 불렀다.

"살랑아! 기와집골 살랑아!"

"누구? 목백합나무 마나님?"

둥지에서 힘겨운 소리가 들려왔다.

"그래! 나야! 잠깐 나와 봐!"

엄마까치가 살랑이까치를 불러냈다. 한참을 기다리니 살랑이까치가 한쪽 다리를 절룩거리며 나왔다. 몰골이 말이 아니었다. 깃털은 헝클어져 있었고, 두 눈에서는 진물이 질질 흘렀다. 그래도 꼬리는 여전히 살랑거렸다. 엄마까치는 살랑이까치 앞에 물잠자리를 내려놓았다. 막내딸까치도 엄마까치를 따라 물잠자리를 내려놓았다.

"이거 먹어라! 약사천에서 방금 잡은 거다."

엄마까치가 물잠자리를 살랑이까치 앞으로 밀어놓았다. 살랑이까치는 엄마까치를 힐끗 쳐다보더니 물잠자리를 게걸스럽게 먹어 치웠다. 살랑이까치는 적어도 사흘은 족히 굶어 보였다.

"그것도 마저 먹어!"

엄마까치가 물잠자리를 가리켰다. 살랑이까치는 이번에는 막내딸까치를 힐끗 쳐다보더니 재빨리 물잠자리를 먹어 치웠다.

"친구, 잘 먹었다. 고맙다! 그런데 얜 누구야? 네 막내?"

살랑이까치가 막내딸까치를 바라보며 물었다.

"맞아. 우리 막내 긴꼬리. 어려서 네가 무척 귀여워했잖아!"

막내딸까치는 꼬리가 다른 까치들보다 두 치는 더 길었다. 그래서 별호가 긴꼬리였다.

"긴꼬리는 작년에 원주기업도시로 시집갔잖아. 그런데 무슨 일로?"

살랑이까치의 꼬리가 활발하게 까딱거렸다. 병색이 완연했지만 의외로 총기는 좋아 보였다.

"시집을 빨리 가는 바람에 생존 훈련을 제대로 못 시켜줬어. 그래서…."

엄마까치는 말끝을 흐렸다.

"넌 참 새끼들에게 지극정성이다! 그러니 새끼들도 잘되고, 네가 맡은 인간들도 잘되는가 보다. 참으로 부럽다! 나는 모든 게 뒤틀려 버렸다. 속상하고 억울하다. 깍깍! 깍깍깍! 깎깍!"

살랑이까치는 갑자기 울음을 터뜨렸다.

"얘, 살랑아! 너무 자책하지 마. 지금 나이가 들어서 그렇지. 그래도 젊어서는 누가 너만큼 신나게 살았겠니? 솔직히 나는 자유분방한 네가 부러웠다."

엄마까치가 친구를 위로했다.

"나 위로하려 들지 마! 이 흙수저를 너 같은 금수저가 부러워할 게 뭐 있냐? 난 요즈음 후회가 많아. 핑계 같지만, 조물주가 부여한 내 소임에 충실하지 않았어. 담당하는 인간들에게 시기적절하게 경고하는 일이 우리의 소임이잖아. 그런데 내가 담당한 인간은 아무리 좋게 보려고 해도 역겹더라고! 상대조차 하기 싫은 거야. 그래서 어느 순간부터 외면하게 되더라고. 될 대로 되라는 식으로 말이야. 사실 그러면 안 되는 거잖아. 결국 난 까치답지 않은 까치가 되었고, 그 인간들도 수렁으로 더 깊숙이 빠져버렸어. 우리 집은 다 그 모양이야. 큰오빠도 그렇고 우리 딸들도 그래. 모두가 인간답지 않은 인간을 담당하는 팔자를 타고났나 봐. 아마도 우리 조부가 못된 짓을 한 업보일 거야. 난, 그게 억울하다는 거야. 너희처럼 금수저를 물고 태어났어야 하는 건데…. 깍깍! 깍깍깍! 깎깍!"

살랑이까치는 계속 울먹였다.

"살랑아, 이제 그런 소리 그만하자. 다 부질없다. 다 팔자려니 여기는 수밖에…. 네 말마따나 소임을 다하는 건 무엇보다 중요하다는 거 나도 같은 생각이다. 그래서 말인데, 오늘 우리 막내한테 인간답지 않은 인간에 대하여 이야기를 좀 해주면 좋겠다!"

엄마까치가 살랑이까치에게 애원 조로 말했다.

살랑이까치는 울음을 그치고 엄마까치에게로 바짝 다가앉았다. 병색이 짙어 보였지만 목소리에는 생기가 돌기 시작했다. 무엇인가 할 일이 생긴 것을 신나 하는 눈치였다.

"그야 어려울 게 없지. 이 집에 살던 인간들을 그대로 보여주면 되겠네. 내가 활동사진처럼 실감 나게 보여 주지!"

살랑이까치는 한참을 뜸을 들이더니 입을 열기 시작했다.

"이 집은 원래 임금님에게서 하사받은 고대광실이었다. 이 집의 조상이라 할 수 있는 고관대작이 이곳 봉의산 밑에, 여기는 두 줄기의 강물이 흘러들어오는 명당이란다. 여기서도 보이지 않니? 왼쪽의 강은 화천 쪽에서 흘러들어오고, 오른쪽의 강은 인제 쪽에서 흘러들어오는 지점이다. 북쪽과 동쪽에서 물을 받아 서남쪽으로 쏟아내는 형국이다. 이런 명당은 세상 어디에도 없단다. 이런 천하의 명당을 차지할 정도의 인간이니 얼마나 권세가 막강했으리라는 건 너도 짐작할 수 있겠지?"

살랑이까치는 막내딸까치를 빤히 바라보았다. 막내딸까치는 살짝 고개를 끄덕였다. 엄마까치는 살랑이까치의 둥지를 청소하기 시작했다. 엄마까치는 어딜 가나 지저분한 것은 두고 못 넘기는 성미였다. 서 있을 때는 털이개로 먼지를 털어냈고, 앉아 있을 때는 빗자루와 걸레로 온갖 것을 쓸고 닦았다. 그래서 그런지 엄마까치가 있는 곳은 항상 가슴이 뻥 뚫릴 정도로 정결했다.

"그 고관대작은 단지 아들만 하나 두었는데, 그놈은 온갖 망나니짓은 도맡아 했단다. 핏속에 흐르던 악행의 씨앗이 싹이 튼 것일 게지…."

살랑이까치가 말끝을 흐렸다.

"악행의 씨앗이라니요?"

막내딸까치가 살랑이까치를 쳐다보며 의아한 표정을 지었다.

"그 인간은 약관의 나이에, 참 너는 약관이라는 걸 모르지? 스무 살 난 남자의 나이를 유식한 말로 약관이라 한단다. 그러니까 그자는 20세에 과거에 급제하여 지방정부와 중앙정부의 요직이란 요직은 거의 다 거쳤고 공훈도 많이 세웠지만, 못된 짓도 많이 한 인간이었어. 지방정부에서 요직을 맡고 있을 때는 그 지방의 주민들 재산을 무자비하게 강탈했고, 심지어는 부하의 여편네가 예쁘장하면 온갖 술수를 다 동원하여 자기의 첩으로 만들어 버렸어. 교묘하게 경쟁 관계에 있는 동료에게 누명을 씌워 재기할 수조차 없을 정도로 망가뜨린 적도 있었단다. 이 나라에 역사상 유례없는 무역전쟁이 발발했을 때라고 하던데…, 만 2년이나 계속됐던 무역전쟁에서 이 나라가 대승을 거뒀는데, 그 무역전쟁을 최 일선에서 진두지휘한 동료를 교묘하게 특정경제범죄가중처벌법 범법자로 죄를 뒤집어씌워 매장했고, 그 공적을 가로채 훈장까지 받았다 하더라. 그렇게 재물을 긁어모으고, 그렇게 경쟁자를 모함하며, 주색잡기를 밥 먹듯 하면서 여기저기 씨는 많이 뿌렸지만, 정작 정실부인에게서는 소생이 하나도 없는지라, 그자의 아내는 전국 명산대찰을 찾아다니며 불공을 드릴 수밖에 없었고, 천신만고 끝에 아들 하나를 얻긴 했는데…."

살랑이까치가 약하게 숨을 몰아쉬었다. 일사천리로 말을 계속하다 보니 힘이 많이 드는 모양이었다. 어느새 꼬리는 축 늘어져 있었다.

"그 아들은 어떻게 되었나요?"

막내딸까치가 살랑이까치에게 바짝 다가앉으며 물었다.

"그놈은 천하의 망나니였대. 그 인간은 어려서부터 온갖 말썽이란 말씀은 다 부렸다더구나. 집안의 노비는 그 인간의 분풀이 대상이었고 노리개였어. 동네 어른이나 아이 할 것 없이 그 인간에게 쌍욕을 안 먹어본 이가 없고, 손찌검을 안 당해본 이가 없었으며, 금품을 안 빼앗겨 본 인간이 없었다더라. 그러나 워낙 그 애비의 권세가 하늘을 찌르는지라 누구 하나 하소연도 못 하고 그 억울함을 참아내야 했다더라. 여기까지는 우리 조모님한테서 들은 이야기다. 이제부터 하는 이야기는 우리 친정 모친에게서 들은 이야기란다."

살랑이까치는 꼬리를 힘없이 몇 번 흔들더니 온몸을 부르르 떨었다. 잠시 후, 살랑이까치는 가쁜 숨을 몰아쉬며 이야기를 계속했다.

"그 인간은 그렇게 성장하여 결혼했다더라. 결혼하는 과정도 인간답지 않았다고 하더라. 사채를 상환하지 못하고 있던 집의 외동딸을, 그 사채를 탕감해 주는 조건으로 빼앗다시피 하여 결혼시켰다더라. 워낙 망나니라 누구도 그 인간에게 시집을 가려는 여식이 없었으니까. 그렇게 결혼을 해 놓고는 끊임없이 마누라를 구박하면서 오입질을 일삼았다더라. 첩도 여럿 두었는데, 모두가 도박 빚으로 잡은 도박꾼의 여편네였다고 하더라."

살랑이까치는 조금씩 목소리에 감정이 실리고 있었다.

"이제부터는 내가 직접 보고 들은 것들이야. 그렇게 하면서 자식은 겨우 남매를 두었는데, 둘 다 아비를 닮아 보통 망나니가 아니었다. 그 당시, 우리 친정엄마를 큰오빠가 강제로 양로원에 집어넣었고, 시설에는 가지 않겠다고 버티던 친정엄마는 거기서 한 2년쯤 버티다가 돌아가셨어. 아주 쓸쓸히…. 난, 그때 이 집 인간들의 망나니짓 하는 거 신경 쓰느라 친정엄마 임종도 못 했단다. 그게 지금까지도 부끄럽고 가슴 아파! 깍깍! 깍깍깍! 깍깍!"

살랑이까치는 훌쩍거렸다. 모정에 대한 그리움의 샘물은 나이가 들어도 마르지 않는 법, 어느새 살랑이까치는 어깨까지 들먹거리며 흐느끼고 있었다. 모친을 그런 비참한 시설에서 죽게 했다는 죄책감이 되살아났을 것이고, 현재의 자기 처지에 대한 설움이 커서였으리라. 까치 모녀는 살랑이까치가 제 설움을 이겨낼 때까지 말없이 기다려 주었다. 그 시간은 오래 걸리지 않았다. 흐느끼는 소리가 잦아들면서 살랑이까치는 꼬리를 격렬하게 흔들더니 온몸을 부르르 떨었다. 그리고 길게 한숨을 내쉬었다. 그건 마음의 평정을 찾았다는 살랑이까치의 몸짓이었다. 막내딸까치가 조심스럽게 입을 열었다.

"그렇다면 두 남매는 시집장가도 못 갔겠네요?"

살랑이까치가 다시 또 길게 한숨을 내쉬었다.

"아니다! 그 인간들의 모친이 사망하기 3년쯤 전 딸년은 출가시켰지. 그때 남동생은 가출하여 행방이 묘연했어. 그래서 그 집 재산의 반을 준다는 조건으로 데릴사위를 들였는데, 그 데릴사위도 여간내기가 아니었다. 춘천서부시장을 장악하고 있는 타이거파 깡패 부두목이었어. 별이 네 개나 되는 폭력전과자야. 얼굴은 유순해 보였는데 성질은 개떡 같았지. 그 인간은 주는 거 없이 이상하게 구역질이 나더라. 잘 나가다가도 장모와 여편네에게 행패를 부리기 시작하면 아무도 못 말렸어. 그렇게 속을 썩다가 모친이 저세상으로 갔어. 인간답지 않은 삶을 살다가 나름대로 한을 안고 생을 마감한 거지. 망나니 남편 앞에서도 견뎌냈던 삶을 깡패 사위 앞에서는 버티지 못했던 거야. 저길 봐!"

살랑이까치가 은행나무 아래쪽을 가리켰다. 거기에는 꽤 굵은 가지가 산만하게 늘어져 있었다.

"바로 저 가지에다 새끼줄을 매고 목을 걸었어. 그렇게 흉측한 모습으로 가버렸단다."

살랑이까치의 목소리에는 회한 비슷한 것이 묻어나고 있었다.

"그래도 그 인간은 나하고 무척 잘 지냈었는데…. 그 인간의 장례는 깡패 사위가 주선해서 치러줬어. 아마도 이 땅의 깡패란 깡패는 다 모였지 싶었어. 여기 기와집골 인간들은 무서워서 얼씬도 못 했지. 삼우제를 끝내고 집으로 돌아와서 잠깐 숨을 돌리고 있을 때였어. 바로 그때, 집을 나갔던 남동생이 돌아온 거야. 그날 오전에 만기 출소했다나 뭐라나. 별을 다섯 개나 단 전과자가 됐다고 하더라. 그래서 원수 칭호를 받아도 마땅하다고 그러던데….”

살랑이까치는 말끝을 흐렸다. 까치 모녀는 듣고만 있었다. 살랑이까치는 이야기를 계속했다.

“이제 그 집에 남은 인간이라고는 두 남매와 깡패 하나였어. 그날 밤 깡패가 별이 다섯 개나 되는 전과자 처남에게 재산 문제를 해결하자고 했어.”

“재산의 반을 당장 내놓으라고 했겠지?”

엄마까치가 끼어들었다.

“그렇게만 했어도 아마 그리되지는 않았을 것 같아. 원래 데릴사위로 들어서면서 받기로 했던 전 재산의 반에다, 유산으로 나머지의 반을 내놔야 한다고 우겼지. 그렇게 되면 그 집 아들은 재산의 4분지 1밖에 안 돌아가잖아….”

“큰 싸움이 벌어졌겠네요?”

이번에는 막내딸까치가 끼어들었다.

“물론이지. 내가 먼발치서 그 광경을 지켜보고 있었는데 갑자기 전과자 처남이 깡패의 아구통을 주먹으로 날리더라고. 아, 사투리를 써서 미안한데, 실은 우리 조상의 고향이 경상도라 나도 모르게 아구통이라는 사투리가 튀어나왔네. 좀 부끄러운 우리의 가족사이긴 한데…. 역사적인 사실이니 감춘다고 그게 숨겨지겠나? 내가 아는 바로는 서라벌 안압지 부근에서 사시던 우리 조부께서 취해서는 안 되는 것에 욕심을 부리다가 추방당했고, 정처 없이 떠돌다가 여기 기와집골 이 은행나무에 둥지를 틀게 되었거든. 그건 그렇고…. 얻어맞고 가만히 있을 깡패가 아니잖아. 타이거파 깡패 부두목에다 태권도가 3단이나 되는데, 돌려차기 한 방으로 처남은 나가떨어졌지. 바로 저 대청마루에서 그랬어. 나가떨어져서 허우적거리던 전과자 처남이 정신을 차리고 비실비실 기어나가는가 싶더니 부엌으로 들어가서 식도를 꼬나들고 나오더군. 그걸 보자 깡패는 줄행랑을 쳤는데, 갈 곳이 어디 있겠어? 패거리들이 모여 있는 서부시장의 타이거파 깡패소굴로 도망을 갈 수밖에…. 전과자 처남은 그 뒤를 쫓아가서 방심하고 있던 깡패의 등가죽을 일격 했고, 그자는 그 자리에서 죽고 말았어. 전과자 처남은 거기서 그치지 않고 그를 말리던 깡패들을 둘이나 더 찔렀고, 결국 그들도 죽고 말았어. 끝내는 깡패들에게 죽기 직전까지 몰매를 맞다가 현행범으로 체포되어 사형 언도를 받았지. 아마도 옥살이를 3, 4년은 했을 걸…. 결국은 형장의 이슬로 사라지고 말았지만…."

살랑이까치는 목을 끼룩거리며 온몸을 부르르 떨었다.

"그렇게 위세가 당당하던 집안이 달랑 여인 하나만 남았네요."

막내딸까치가 친정엄마를 바라보며 안쓰러운 표정을 지었다.

"맞아! 그 인간 저 안채에 두문불출하고 있어. 하루에 한 차례씩 나하고 이야기 몇 마디 나누는 게 다야. 고집이 얼마나 센지

내 충고도 듣지를 않아. 내가 그 인간 하나 때문에 여기도 못 떠나고 있어. 내 팔자가 그런가 봐. 속상해 죽겠어….”

“그 인간은 왜 이런 유령 소굴에서 벗어날 줄 모르냐?”

엄마까치가 물었다.

“그것도 이야기하자면 길어. 결론만 말한다면, 똥고집 부리다 그렇게 됐지. 여기 기와집골이 재개발됐잖아. 그래서 저렇게 현대식 고층 건물이 들어섰고, 그 재개발인가 뭔가를 할 때 홀로 버틴 거야. 뭐 조상의 고택을 없앨 수 없다나 뭐라나 하면서. 말은 그렇게 했지만, 보상조건이 마음에 안 들었던 거지. 그때 이 동네 시장까지 와서 애걸하는 걸 내 눈으로 똑바로 봤는데, 시장도 두 손을 들고 말았어. 결국은 저렇게 되고 만 거야.”

“그 인간 건강은 괜찮나?”

엄마까치가 또 물었다.

“괜찮을 리가 있겠어? 아마도 올해를 넘기지 못할 거야. 그 인간이 빨리 가야 나도 홀가분하게 갈 텐데….”

살랑이까치의 목소리가 떨리고 있었다.

“그 인간도 인간답지 않은 조상의 피를 그대로 이어받았나 보네.”

엄마까치가 또 관심을 보였다. 사실 엄마까치는 이 기회에 더 많은 인간답지 않은 인간의 사례를 막내딸까치에게 알려주려는 의도가 있었다.

"말도 말아. 몹쓸 짓은 안 한 게 하나도 없다니까!"

살랑이까치가 치를 떨었다.

"그래도 서방질은 안 했잖아?"

엄마까치가 은근히 말머리를 자극했다.

"안 하긴! 깡패 남편이 살아 있을 때도 심심하면 그 짓하는 걸 내 두 눈으로 똑똑히 봤어. 심지어는 머슴하고도 그 짓을 하더라니까. 그런 광경을 보면서 나는 생각했어. 저러다 천벌을 받고 말지…."

살랑이까치가 머리를 좌우로 흔들었다.

"깡패 남편 죽고부터는 더 했겠네?"

엄마까치가 관심의 강도를 높였다.

"아마도 거쳐 간 사내가 한 트럭은 될 거야. 그런데 이상한 것은 그 인간과 바람을 피웠던 인간들은 얼마 못 가서 하나같이 뒤져버리더라고. 병들어 죽거나 사고가 나서 죽거나 아니면 맞아 죽거나…. 벼락을 맞아 죽은 놈도 있었어. 그 인간은 딱 한 번 정식으로 재혼했어. 전실 자식이 하나 있는 인간인데…. 그자는 열차 기관사였어. 꽤 괜찮은 인간으로 보이더라고. 열차가 뒤집히는 바람에 죽고 말았지만…. 그때 보상금을 억대도 넘게 받았다나 봐."

살랑이까치는 과거를 회상하는 듯 눈을 지그시 감았다.

"그 전실 자식은 어떻게 됐나요?"

막내딸까치가 긴꼬리를 치켜올리며 물었다.

"그 애는 그 아비가 죽기 전에 불구가 돼버렸어. 어떻게 된 거냐 하면? 기관사가 일을 나간 사이, 그러니까 기관사는 일을 나가면 보통은 사흘 만에 집으로 돌아오더라고. 몹시 추운 겨울이었는데, 그때 나는 이 은행나무 중간가지에 앉아 내려다보고 있었어. 어린 게 속을 썩인다는 이유로 벌을 세웠는데, 어떻게 벌을 세웠냐 하면? 커다란 고무대야를 뒤뜰에 갖다 놓고 찬 우물물을 길어다 채우더니 그 애를 발가벗겨서 거기에 세워 놓더라. 그러면서 소리치는 거야. 내가 올 때까지 꼼짝 말고 이 속에 있어! 그 애는 그때부터 울기 시작했어. 나는 우는 걸 보고 큰오빠네 볼일이 있어 갔었지. 저녁때 돌아와 보니까 그 애는 고무대야 속에 엎어져 있더라. 나는 악을 쓰고 짖어댔어. 하도 큰 소리로 오랫동안 짖어대는데도 그 인간은 코빼기도 안 비치더라. 나는 고무대야에 엎어져 있는 애 머리맡에 올라서서 계속 짖어댔지. 그러자 기와집골에 사는 인간들이 구름처럼 모여들었고, 어떤 청년 하나가 애를 들러업고 병원으로 달려갔어. 요 앞 고등학교 건너편에 병원 있잖아. 찬물에 너무 오랫동안 발을 담그고 있었기 때문에 결국은 두 다리를 못 쓰게 돼버렸어. 무릎 밑을 절단하고 의족을 끼웠다니까. 그 기관사도 새끼가 그렇게 되자 제정신이 아닌 상태로 기관차 운전을 하다가 사고를 냈던 거야. 불구가 된 그 애는 계모로부터 친권을 빼앗아 복지시설에 수용됐지.

참 똑똑하고 잘 생겼는데…. 물론 그 인간은 아동학대죄로 2년 징역에 3년 6개월 집행유예를 받았어. 그런데도 고개를 바짝 세우고 나돌아 다니더라. 지금은 완전히 폐인이 돼서 저렇게 방구석에 틀어박혀 있지만….”

살랑이까치는 안채 쪽을 힐끔거리며 부리를 딱딱거렸다.

“참으로 악독하고 괴팍스러운 인간이네요.”

막내딸까치도 부리를 딱딱거렸다.

“한번은 이 집 대문 앞을 지나가는 골목길을 막아버렸어. 어디서 갖고 왔는지 집채만 한 바윗돌로 길 입구를 막아버린 거야. 동네가 난리가 났지. 그 골목이 아니면 한참을 돌아다녀야 했거든. 그 인간의 주장은 자기 땅이라는 거지. 그러니 통행료를 내라는 거야. 결국은 시청에서 기준시가의 두 배를 주고 매입하면서 해결이 났어. 그 인간 심보가 그렇다니까!”

살랑이까치는 머리를 좌우로 흔들었다.

“어쩜 그렇게 무서운 인간이 있어요? 인간이라고 할 수도 없을 것 같아요!”

막내딸까치가 온몸을 부르르 떨면서 긴꼬리를 빠르게 까딱거렸다.

“사노라면 무슨 짓인들 못 하겠어. 이토록 험악한 세상에서 살아남기 위해서라면…. 그런데, 아무리 그렇더라도 패륜적 만행이라든가, 자기만의 욕구나 쾌락을 위한 짓거리는 절대로 용납할 수 없잖아. 말하자면 부모를 학대 구박한다든가, 심신이 미약한 자를 우롱하고 이용해 먹는다든가, 타인을 중상 모략하여 함정에 빠뜨린다든가, 특히 배우자가 버젓한데도 불구하고 바람을 피운다든가…. 그런 것들은 결국은 평화의 근원을 말살하는 악행이잖아. 그보다 더 악질적이고 비인간적인 짓거리가 뭐 또 있을까? 인간답지 않은 인간을 담당하면서 평생 속을 썩이다 보니 알겠더라고! 그런 것들은 그냥 내버려 두면 절대로 안 될 것 같아. 단호하게 척결하고 아예 씨를 말려버려야 해! 가만두면 그것들이 자꾸 새끼를 쳐서 온 세상이 그런 것들로 뒤덮이고 말겠지. 그럼 안 되잖아! 긴꼬리 너, 내 딸보다 더 믿음직스럽고 더 예뻐서 그러는데, 아줌마가 딱 두 가지만 당부하마!"

살랑이까치가 막내딸까치를 위아래로 훑어보았다. 막내딸까치는 두 눈을 크게 뜨고 자세를 꼿꼿하게 고쳐 앉았다.

"네가 평생토록 행복하고, 너의 후손들이 크게 번창하기를 염원하기 때문에 하는 말이다. 첫째, 식구 팽개치고 가출하지 마라. 집을 도망쳐 나간다는 건 그 집과 인연을 끊겠다는 것 아니겠니? 둘째, 절대로 바람만은 피지 마라. 수컷이건 암컷이건 바람을 피웠다 하면 그 집은 그걸로 조자리 난다는 거 깊이 명심해라! 내말 알아듣겠니?"

살랑이까치가 막내딸까치를 뚫어지게 바라보았다.

"네, 명심하겠습니다. 저희 부모님께서도 항상 그 말씀을 하십니다. 감사합니다."

막내딸까치는 두 날개를 크게 퍼덕이며 고마움을 표했다.

"그랬구나. 역시 네 친정 부모님은 부모 중의 부모시다. 특히 네 친정엄마는 흠잡을 게 하나도 없는 분이다. 인간들이 자주 쓰는 용어를 빌리자면, 네 친정엄마는 최고의 현모양처다. 내가 알기로, 네 친정엄마는 언행이 일치하지 않은 적이 단 한 번도 없었고, 약속을 어긴 적도 전혀 없었다. 말 사이에 낀 적도 없었고, 건방지다거나 불손하다는 소리도 안 들었다. 누구 험담도 절대 안 하고, 언제나 쓸 말만 하신다. 그래서 그런지 누구도 네 친정엄마한테는 함부로 대하지 못하더라. 세상천지에 그렇게 착하고 올곧은 이는 네 친정엄마밖에 없지 싶다. 그래도 인정이 많아서 네 친정엄마 주변에는 늘 와글와글한다. 어떤 분쟁에 휘말린 적도 없었고, 손가락질도 한번 안 당해 본 분이 바로 네 친정엄마다. 법 없이도 사는 동물 경연대회가 있다면 네 친정엄마가 단연 일등일 거다. 그러니 너는 모든 걸 네 친정엄마처럼만 해라. 결코 쉽지는 않겠지만…."

살랑이까치의 엄마까치 찬양은 끝이 없었다.

"네, 잘 알겠습니다. 감사합니다."

막내딸까치는 또 두 날개를 크게 퍼덕였다.

"살랑이, 너 자꾸 쓸데없는 소리 하는구나. 너무 그러면 우리 긴꼬리 헷갈린다. 난 그렇게 대단한 어미는 못 된다. 다만, 철 박사 사모님을 열심히 흉내 냈을 뿐이다. 우리 막내도 철 박사네 식구들을 관리해 드리니까….” 엄마까치는 상당히 겸연쩍은 듯 온몸을 웅크렸다.

“그 사실은 나도 잘 알고 있지. 인간들 모두가 철 박사네 식구들과 같아야 하는데, 점점 더 저기 안채에 틀어박혀 있는 인간처럼 허접하게 되어가는 것 같아서 큰일이다. 그건 그렇고, 뭐 내가 없는 말 했냐? 평생 너의 친구로 살면서 보고 느낀 대로 말한 것뿐이다. 친구지만 난 너를 존경한다. 네가 내 친구였기에, 인간답지 않은 인간을 담당하면서도 이날 이때까지 버텨낼 수 있었다. 그러면서 행복했고…. 오늘에야 이실직고하는데, 목백합나무 마나님! 정말로 고마웠다. 이건 진심이다!”

살랑이까치는 천천히 꼬리를 살랑거렸다.

“너, 허튼소리 제발 하지 마라! 친구 사이에 고맙고 미안하고가 어데 있냐? 더군다나 존경이라는 단어는 아무 때나 쓰는 것 아니다. 나도 너의 그 자유분방하고 정직하며 공정한 태도를 존경했던 것 같다. 적어도 우리 사이에는 가식이 없었잖아. 크건 작건 서로 따지고 비교하고 부러워하거나 우쭐대지도 않았잖아. 함께하면 그냥 무조건 좋았잖아. 그렇게 친구를 의지하고 별 탈 없이 여기까지 왔잖아. 고마운 걸로 치면 내가 더 고맙지!”

엄마까치도 천천히 꼬리를 흔들었다.

“그건 친구 말이 맞아. 주변에서 다들 그랬어. 성격도 태생도 생김도 완연히 다른 너와 내가 어떻게 그렇게 짝패가 되었는지 불가사의하다고…. 가끔은 그 이유를 생각해 봤는데, 결론은 친구의 그 고결한 성품이었어. 나도 모르게 거기에 빠져버린 것 같아! 그나저나, 이 인간이 나타날 때가 지났는데 왜 감감무소식이지?"

살랑이까치는 근심스러운 표정으로 안채 쪽을 기웃거렸다.

"긴꼬리! 네가 한번 가보고 오거라!"

엄마까치가 막내딸까치를 돌아보았다. 막내딸까치는 안채 쪽으로 날아가서 찢어진 문창호지 틈으로 방안을 들여다보았다. 마치 쓰레기장과도 같은 방안에는 누더기 이불이 펴져 있었고, 이불 속에는 머리가 헝클어진 인간이 하나 누워있었다. 막내딸까치가 소리를 질렀다.

"이봐요! 일어나 보세요!"

이불 속의 인간은 전혀 반응이 없었다. 미동도 하지 않았다. 막내딸까치는 문 창호지를 뚫고 방 안으로 들어갔다. 방안은 돼지우리보다 더 지저분했고 완전히 냉골이었다. 그 인간의 머리맡에서 또 소리쳤다. 그 인간은 여전히 반응이 없었다. 베개 위에 올라앉아서 코 가까이에 귀를 가져갔다. 숨소리가 하나도 들리지 않았다. 온기도 하나 없었고 몸은 굳어있었다. 그 인간은 죽은 게 확실했다. 막내딸까치는 그 인간의 머리맡에 앉아서 명복을 빌어주었다. 그리고는 재빨리 은행나무 둥지로 날아갔다.

"그 인간, 아직도 자고 있더냐?"

엄마까치가 물었다.

"죽었어요. 몸이 완전히 굳어있어요!"

막내딸까치가 무덤덤하게 말했다.

"내 그럴 줄 알았네. 그 인간, 결국 말로가 그렇게 되는군."

살랑이까치는 천천히 꼬리를 까딱거리며 힘없이 중얼거렸다.

"그럼 어떻게 되는 거지?"

엄마까치가 살랑이까치를 돌아보았다.

"남은 게 시설에 있는 의붓자식 하나니까 모든 게 거기로 가겠지. 피도 한 방울 안 섞인 엉뚱한 데로 가고 마는 거지. 인간답지 않게 이룩한 것들은 결국은 아무것도 아니라는 거겠지. 그 사실을 인간들은 망각하고 있는 것 같아. 그게 중요한데 말이야. 그나저나 나는 거동도 잘할 수 없으니, 친구가 효자골 목백합나무 둥지로 돌아가는 길에 요 앞 파출소나 동사무소에 가서 여기 기와집골 폐가에 인간 하나가 죽어있다고 소리나 한번 질러주고 가게나."

살랑이까치는 무척 미안해하는 눈치였다.

"알았어. 그렇게 하지. 친구도 이젠 부담이 소멸됐으니, 자식들과 합치든가 요양원으로 들어가던지 양단간에 결단을 해! 나도 자주 못 와 볼 것 같아. 깍깍깍! 깍깍깍!"

엄마까치가 살랑이까치의 깃털을 어루만지며 울먹였다.

"고맙다. 그렇지만, 오라는 자식도 없고 가고 싶은 시설도 없으니 그게 문젠데…. 이젠 나도 모르겠어. 여기서 꺼꾸러질 것도 같고…. 시간이 해결하겠지, 뭐, 그래도 끝까지 남은 친구는 목백합나무 마나님 너밖에 없구나. 고맙고 부럽다. 잘 가라! 깍깍! 깍깍! 깍깍!"

살랑이까치는 서럽게 울먹이면서도 날갯짓을 하느라 힘들어했다. 그런데도 꼬리는 연신 살랑거렸다.

"아줌마, 이야기 잘 들었어요. 많은 가르침 잘 받았어요. 고마워요. 안녕히 계셔요!"

막내딸까치가 살랑이까치에게 정중하게 인사를 했다.

까치 모녀는 살랑이까치를 뒤로하고 효자골 목백합나무 둥지를 향해 날아올랐다. 평생의 친구를 당장이라도 무너져 내릴 것 같은 둥지에 홀로 남겨두는 게 영 마음에 걸리는 듯, 엄마까치는 수없이 기와집골 쪽을 뒤돌아보면서 무척 슬프게 울어댔다.

"깍깍깍! 깍깍! 깍깍깍! 깍깍!"

엄마까치의 울음소리에 답례라도 하는 듯 살랑이까치의 울음소리가 아련하게 들려왔다. 그 울음소리는 너무도 애절하고 서글펐다.

"깍깍깍! 깍! 깍깍깍! 깍!"

기와집골 초입에 파출소가 보였다. 까치 모녀는 파출소 현관 앞에 있는 벚나무 가지에 내려앉으며 크게 소리쳤다.

"기와집골 폐가에 인간이 죽어있어! 인간이 하나 죽어있단 말이야!"

아무리 소리를 질러도 파출소 안에서는 아무런 반응이 없었다. 막내딸까치가 파출소 현관 앞마당으로 뛰어내렸다. 마침 관내 순찰을 돌고 오던 경찰관 하나가 뒷짐을 지고 느릿느릿 파출소 안으로 들어서고 있었다. 막내딸까치가 재빠르게 경찰관 앞으로 다가가 크게 소리쳤다.

"기와집골 폐가에 인간이 죽어있어! 인간이 죽어있다고!"

그러나 경찰관은 막내딸까치를 슬쩍 바라볼 뿐이었다. 막내딸까치는 더 크게 소리를 질렀다.

"기와집골 폐가에 인간이 하나 죽어 있다니까. 어서 빨리 가 봐!"

아무리 소리소리 질러도 경찰관은 아랑곳하지 않고 멍청하게 서서 담배를 한 대 피우고는 파출소 안으로 들어가는 것이었다. 막내딸까치는 참으로 답답했다. 막내딸까치는 파출소 앞마당을 박차고 오르며 온 힘을 부리에 모아 파출소 안으로 들어가는 경찰관의 목덜미를 쪼아버렸다. 갑자기 막내딸까치의 공격을 받은 경찰관은 겁에 질려 파출소 안으로 뛰어 들어가 버렸다. 막내딸까치는 더 이상 어찌할 수가 없었다. 벚나무 가지로 날아가 엄마까치에게 말했다.

"엄마, 이제 그만 집으로 가서 점심이나 먹어요."

까치 모녀는 다시 날아올라 효자골 목백합나무 둥지로 향했다. 막내딸까치는 엄마까치의 꽁무니를 바짝 따라 날았다. 엄마까치의 날갯짓은 거의 탈진한 상태였다. 숨소리는 당장이라도 끊어질 듯 헐떡거렸다. 기와집골 폐가 안채 쓰레기장 같은 방안에 버려져 있던 인간, 그런 인간을 평생토록 담당하는 살랑이까치, 그리고 사력을 다해 날갯짓을 하는 엄마까치의 애처로운 모습, 이 세상을 힘겹게 살아냈던 유기체들의 끝 무렵은 다 그런가? 그래도 그걸 거름이라 할 것인가? 왜 그렇게 막을 내려야 하는가? 꽃처럼 아름다울 수는 없는가? 막내딸까치는 가슴이 울컥해지면서 눈물이 쏟아져 내렸다. 갑자기 설움이 북받쳤다. 막내딸까치는 주둥이를 크게 벌리고 있는 힘을 다해 울부짖었다.

"깍깍깍! 깍깍! 깍깍깍! 깍깍!"

그 소리는 허공으로 울려 퍼졌다. 그건 대상도 없는 항변이었다. 까치의 울음소리는 한낮의 효자골 상공을 아주 잠깐 맴돌 뿐이었다.

그녀의
바이러스

1

밤 11시가 가까워진 무렵의 서울오안병원 격리병실, 철진기 박사는 TV 모니터에 시선을 고정한 채 집 생각에 잠겨있었다. 평소에는 아들을 재워놓고 그녀와 나란히 앉아 일일 연속드라마를 시청하며 사랑의 담소를 나누고 있을 시간이었다. 생각할수록 심란했다. 화면에는 그녀와 아들의 얼굴만 어른거렸다. 리모컨의 OFF 버튼을 누르려는 순간 자막이 스쳤다. —잠시 후 11시부터 완만권 지사의 무르스 관련 기자회견이 있을 예정입니다. 강력한 대권 후보로 거론되는 완만권 지사의 기자회견을 많이 시청하여 주시기를 바랍니다!

철진기 박사는 TV의 볼륨을 높이고 자세를 고쳐 앉았다. 비장한 운율의 음악이 흘러나와 우중충한 격리병실 회색빛 벽에 반사되어 듣기에 따라서는 장엄하게도, 울적하게도, 한편으로는 절망적으로 귓속을 파고들었다. 음악은 끝 모르게 반복적으로 귀를 울리며 조금씩 격랑 속으로 몰고 가는 느낌을 주었다. 아마도 그 채널에 시선을 고정하고 있는 모든 이들의 심정도 철진기 박사와 다르지 않을 터, 그 순간 음악이 갑자기 끊기며 특이한 모양의 방독마스크가 부착된, 보기에도 무시무시한 방호복으로 무장한 사나이들이 떼 지어 등장했다. 완만권 지사와 그 똘마니들이었다. 그 모양새는 만인의 시선을 끌 만했고, 무엇인가 호기심을 불러일으키기에 안성맞춤이었다. 마이크를 거머잡은 완만권 지사의 두 눈은 이글거렸다. 그자가 눈독을 들인 먹잇감을 향해 으르렁거리고 있는 배경의 화면은 철진기 박사의 인물사진과 병이 들었다 하면 누구나 가고 싶어 하는 서울오안병원과, 방호복을 입고 분주하게 움직이는 의료진들과, 노란 색깔의 작업복을 걸치고 분주하게 돌아치는 위정자들과, 무르스 때문에 겁에 질려있는 군상들이었다. 우매한 시청자들에게 억하심정과 공포 분위기를 조성하기에는 그보다 더 좋은 영상은 없을 터였다. 그자는 거두절미하고 사방을 한차례 휘둘러 본 다음, 마치 성난 호랑이처럼 포효하기 시작했다. ―서울오안병원의 유명 의사라는 인간이 무르스 증상이 의심되는데도 그 가족과 함께 천오백석이 넘는 오페라극장에서 뮤지컬 '진정한 인간의 외출'을 관람하였고, 무기력한 이 정부는 그 사실을 알고도 적절한 조치를 취하지 않았습니다. 그 대책 없는 의사가 바로 철진기 박사인데, 그와 한 공간에서 뮤지컬을 관람하던 다수의 무고한 시민들이 무르스에 걸릴 위험에 빠져있는 실정입니다. 한심스러운 중앙정부를 신뢰할 수 없어 이 지역의 무르스는 본관이 책임지고 퇴치할 작정입니다. 나, 완만권이 책임지고 있는 지역에서는 무르스, 아니 무르스의 할아비도 얼씬 못하도록 해 놓을 것입니다. 아무리 고명하더라도 철진기 박사와 같은 양식 없는 의사는 발도 못붙이게 해 놓을 것입니다. 이 완만권과 뜻을 같이하는 애국시민 여러분의 적극적인 협조와 성원을 당부합니다!

남달리 교육열이 강한 부모님 슬하에서 어렵게 태어났지만, 세계 최고의 쾌적한 교육환경에서 교육수요자를 하늘처럼 떠받드는 교육공급자들로부터 소위 참교육이라는 것을 받은 후, 취미와 적성에 딱 맞아떨어지는 직장에 초빙되어 CEO보다 더 좋은 대우를 받으며 하루 근무 시간을 억지로 채우고, 신나게 휘파람을 불며 서둘러 귀가하여 비주얼이 그럴듯한 밀키트로 저녁을 때운 다음, 그렇게도 흥미진진하다는 일일 연속드라마를 시청하려던 그 나라 국민들, 마치 갈대와도 같은 시민들은 학수고

대하던 드라마는 구경도 못 하고 얼떨결에 완만권의 기자회견을 시청해야 했다. 그 기자회견을 시청하며 그네들의 심장은 요동쳤고, 끝내 그네들은 핏대를 올리며 투덜거렸다. ―하는 꼬락서니라니. 저런 자가 무슨 고명한 의사라고!

그 시간, 심영철 교수는 감염내과 국제학술지에 게재할 원고의 최종 검토를 마치고 TV 앞에 다가앉았다. 부인은 심영철 교수가 즐겨 마시는 대추차를 두 잔 들고 와서 한 잔을 남편에게 건네주고 그 옆에 나란히 앉았다. 그들도 일일 연속드라마 시청이 하루의 낙이었다. 그러나 아무리 기다려도 드라마는 방영되지 않았고, 평생의 사랑하는 수제자가 변명도 한마디 못하고 고스란히 수모를 당하는 장면을 적나라하게 보고 말았다. 심영철 교수는 두 손을 부들부들 떨면서 자리에서 벌떡 일어섰다. 한참을 신들린 듯 온 거실 안을 서성거리더니 들고 있던 머그잔을 베란다 창문으로 내던졌다. 그러지 않고는 참을 수가 없었다. 쨍그랑! 창문은 박살이 났고, 그는 두 발을 탕탕 구르며 온 동네가 떠나갈 듯 고래고래 소리를 질러댔다. ―저런 못된 놈, 저런 망할 놈, 저런 죽일 놈이 다 있나!

그와 때를 같이하여 TV 화면을 뚫어지게 바라보던 철진기 박사는 옆에 있던 리모컨을 집어 던졌다. 퍽! 화면이 박살 나는 소리가 병동 구석구석에 울려 퍼졌다. 동시에 철진기 박사는 그 자리에 쓰러지고 말았다. 당직 의사가 격리병동으로 달려왔다. 철진기 박사는 말도 한마디 못 하고 숨만 몰아쉴 뿐이었다. 그 시간, 한인숙은 아빠를 찾으며 칭얼거리는 아들을 억지로 재우고 침실에 있는 TV를 켰다. 평소 남편과 시청하는 일일 연속드라마를 볼 요량이었다. 그녀의 눈에도 연속드라마 대신 완만권의 기자회견 실황이 그대로 들어왔다. 그녀는 기상천외하고도 황당한 완만권의 목소리를 들으며 목덜미가 뻣뻣할 정도로 혈압이 오르는 걸 느꼈다. 참으로 기가 막혔다. 억울하고 치가 떨렸다. 그러나 당장 어쩔 도리가 없었다. 남편이 저 악질적인 장면을 제발 보지 않기를 기원하는 것 말고는 할 수 있는 게 아무것도 없었다. 그녀는 잠자리에 들지도 못하고 밤새도록 온 방 안을 돌아다니며 복수의 칼을 갈았다. ―네 놈은 내가 절대로 가만두지 않을 거다! 인간답지 않은 자의 말로가 어떤지를 이 한인숙이가 온 천지에 보여줄 것이다!

2

한인숙에게 지난 일 년은 악몽 그 자체였다. 60킬로그램이 넘던 체중은 이제 50킬로그램을 밑돌아, 입고 있는 원피스가 마치 남의 옷을 얻어 입은 것처럼 느껴졌다. 그날도 치가 떨려 아침 식사도 제대로 못했다. 친정어머니가 심혈을 기울여 만들어

주는 요리들, 예전엔 그렇게도 맛있던 반찬들도 냄새부터가 코를 괴롭혔고, 어떤 음식이든 씹는 것조차 거추장스럽고 모래알 같았다. 언제 사다 놓았는지 모르는 쾌변 두유 한 팩과 껍질이 새까맣게 변해버린 바나나 반 조각으로 겨우 조반을 대신했다. 외손자의 재롱을 즐기다 말고 친정어머니가 그녀를 돌아보며 채근했다. —인제 그만 잊어버리고 정신 좀 차리거라!

최근의 각종 여론조사에서 그녀가 의도하는 대로 변화가 오는 것을 보면서, 한인숙의 얼굴에는 비로소 엷은 미소가 감돌고 있었다. 그것은 한인숙이 벼른 복수의 칼이 완만권의 심장을 향해 제대로 날아가고 있다는 걸 여실히 보여주는 것이었다. 완만권 후보에 대한 유권자들의 지지율이 바닥까지 떨어졌다는 걸 두 눈으로 확인하면서 그녀는 가늘게 안도의 한숨을 몰아쉬었다. 그 예상 밖의 현상을 설득력 있게 해석하는 언론이나 여론조사기관이 아직 없는 것을 보면, 그녀의 바이러스가 기대 이상으로 활동하고 있는 게 틀림없다는 생각에 그녀는 흥분을 감출 수 없었다. 다만 보수우파를 대변한다고 자처하는 〈삼한일보〉만이 너무 독선적이고 극좌 편향적인 완만권 후보의 행보에 다수의 유권자들이 등을 돌리는 것은 아닌지 모른다는 추측 기사를 내보냈다. 그녀에게 그런 것들은 아무런 의미가 없었다. 그녀는 베란다 창문을 열며 중얼거렸다. —누구도 내가 누군지 모를걸. 아마도….

드디어 대선 투표일이 되었다. 이상하게도 투표하는 날은 시간이 너무도 느리게 흐른다. 빨리 해가 지고, 그러면 투표가 마감되고, 개표가 끝나야 사색이 된 완만권의 꼬락서니를 볼 수 있을 텐데…, 시간은 여느 때의 서너 배도 더 느리게 흐르는 것 같았다. 그렇게 일분일초가 길게 느껴지기는 생전 처음이라고 생각하며 한인숙은 출입문 쪽 벽시계를 쳐다보았다. 이제 겨우 12시 50분이다. 점심은 식빵을 한 조각 구워 딸기잼을 발라 먹었다. 아침보다 입맛이 좀 돌아온 듯 남기지 않고 다 먹었다. 예상외로 투표율이 낮게 나온다는 TV 화면의 자막이 조금은 식욕을 자극한 것일까. 투표율이 저조하다는 것은 모든 게 잘되고 있다는 증거이기에…. 그녀는 다시 주먹을 불끈 감아쥐었다. 투표 마감과 동시에 발표한 공중파의 합동 출구조사 결과도 완만권의 당선 가능성이 매우 희박한 것으로 나타났다. 그녀는 누가 듣거나 말거나 크게 소리쳤다. —그럼 그렇지. 내가 만든 바이러스가 제대로 증식했어!

한인숙은 그녀가 의도하는 대로 활동할 새로운 바이러스를 만들어 내기 위하여 밤낮을 가리지 않고 꼬박 여덟 달이나 매달렸다. 플로우차트를 그리면서 복수심은 전쟁터의 화염방사기 불꽃보다 더 무섭게 타올랐다. 시스템분석을 하고 시스템설계를 하는 동안, 복수의 칼날은 거대한 바윗돌도, 아무리 두꺼운 강철

판도, 그 어떤 적군도, 단칼에 베어버릴 만큼 날카로워졌다. 소름이 끼칠 정도로 예리한 그녀의 칼날은 완만권의 심장을 향하여 조금씩 다가가고 있었고, 그녀의 핏발선 두 눈에서는 피눈물이 방울져 떨어지고 있었다. 그렇게 그녀의 가슴은 피멍이 들어 있었고 적대감은 극에 달해 있었다.

이 세상을 그 누구보다 선량하게, 그리고 원칙을 향해, 하는 일에 정성을 다하면서 살아온, 또 앞으로도 그렇게 살아갈 철진기 박사가 아니던가. 허울만 좋은, 그저 이름뿐인 뭇 천사들보다 몇십 배는 더 착하게 살아온 철진기 박사를 미끼 삼아 그 더러운 정치적 야욕을 채우고자 모함하고 조작하고 그것도 모자라 선동질까지 일삼고 있는 완만권이라는 작자를 어찌 그대로 두고만 보고 있어야 하는가. 만에 하나 당신이 그녀의 입장이라면? 아마도 그녀보다 수십 배는 더 독기 어린 마음을 품었을 것이다. 누군가가 그런 인간 같지 않은 완만권을 응징하고 천벌이라도 내려줘야 하는데 이 세상 어디에도 그럴만한 위인은 없었다. 설사 다른 그 누군가가 그 일을 대신한들 그게 무슨 소용이며 의미겠는가. 그래서 그녀는 누구의 도움 하나 없이 그자를 응징하기로 각오를 다지는 것이었다. —반드시 내가 해내고 말 거야!

요즈음 이 세상이 돌아가는 걸 보면 참으로 가관이다. 도무지 질서라곤 없다. 위도 없고 아래도 없으며 더구나 횡적인 정렬은 그야말로 중구난방이다. 따지고 보면 사단四端이고 칠정七情이고 헝클어진 지 무척이나 오래된 세상이 이 세상이다. 슬퍼해야 할 곳에서 시시덕거리고, 더럽고 치사한 것을 아름답고 정의롭다고 추켜세우며 알랑거리기 일쑤다. 삼라만상의 숭배를 받으며 불가능이란 있을 수 없다는 신들은 도무지 위력을 발휘하지 못하는 것 같고, 전지전능하다는 하느님조차 무엇 때문인지 모르지만, 또 다른 어떤 실체의 눈치를 보고 있는 것 같은 세상이 바로 이 세상이다. 신이라는 게 건재하다면 저 컴컴한 땅 밑에서 겨우 꿈틀거리는 지렁이 같은 하등동물들이 봐도 웃지 않을 수 없는 이러한 세상을 그대로 방치하겠는가. 그래도 선과 정의가 그 기력을 아직 잃지 않고 있다는 것을 유기체들이 느끼게 해야 하지 않을까. 다시 정신을 차린 신들이 인간답지 않은 자를 단호하게 응징하고 처절하게 멸렬시켰다는 것을 이 세상 모두가 알도록 하는 것은, 이 세상에 대하여 문제의식을 지니고 있는 이들의 책무요 소명일 터이다. 아직도 신은 건재하다는 것을 허접하기가 시궁창보다 더한 저 완만권이라는 작자에게 보여주어야 한다고 한인숙은 생각했다. —그것이 나의 책무요 도리다!

우연히, 아주 우연히 복권에 당첨되듯이 큰 것을 거머쥐는 것은 자연의 이치가 아니다. 이 세상은 그 존재가치조차 따지기 어려운 미약한 유기체들의 땀방울이 모이고 또 모여서 작은 시냇물이 되고 또 그것들이 모여서 거대한 역사가 되는 것이지 가위바위보나 제비뽑기나 사다리 타기로 일순간에 승패가 갈리는 모순은, 절대로 용납할 수 없는 폭거이기에 그런 것들은 이 세상에서 영원히 사라져야 한다. 일상생활의 이곳저곳에서 협잡꾼들이 기승을 부리고 권모술수가 난무하는 세상, 미세하게라도 더 약삭빠르고 배신을 밥 먹듯 해야 행세도 하고 대우도 받는 세상, 이 세상은 그런 게 절대로 아니라는 증거를 보여줄 것이다. 그렇게 한 인숙은 마음먹고 있었다. 그녀는 계속 마음속의 그 누군가에게 소리쳤다. —교묘하게 농간을 부리고 작당하면서, 그 흉측하고 악취가 진동하는 아가리를 함부로 놀리며, 원칙대로 사느라 피땀을 흘리는 착한 사람들의 티 없는 눈물을 더럽히는 작자들은 천벌을 받아도 싸다는 것을 보여주고 말 테다. 제발 나를 도와다오!

풀벌레가 존재하는 목적은 작은 새들의 먹이가 되는 것이라면 비난받을까? 들쥐나 토끼는 몸집이 커다란 독수리나 맹수의 먹이가 되고, 인간은 기꺼이 진리의 종복이 되는 것이 그 존재의 목적이고 가치일 것이라는 사고방식은 설득력이 얼마나 될까? 어찌 되었든, 한 인간이 또 다른 인간의 야망을 달성하는 데 필요한 수단이나 미끼로 전락하는 것은 참으로 억울하고 비참한 일이다. 그러함에도 이상한 그 나라에서는 그리 현명하지도 못한 작자들이 로또복권에 당첨되듯이 권력과 금력을 거머쥐고, 그 위력을 이용하여 인간을 인간으로 취급하지 않는 짓거리를 아주 흔하게 하고 있는데도, 그런 짓거리들이 아무렇지도 않게 서로서로 주거니 받거니 하고 있었다. 그 전형이 바로 완만권과 그 똘마니들이었다. 그래서 한인숙의 소망은 오로지 그자의 그런 못된 심보를 응징하고 복수하여 사랑하는 남편을 원래의 상태로 되돌려 놓는 것, 바로 그것뿐이었다. ―나는 내 사랑을 다시 살려내고 말 테다!

완만권이 대선에서 낙선이 된 후에는 쏟아지는 질책과 뭇사람들의 손가락질을 견디다 못해 누구의 손길도 미치지 못하는 곳으로 도피하여 숨어 지내다가, 그 누구보다도 비참하게 이 세상을 마감하도록 만드는 것이 한인숙의 최종목표였다. 인간의 존엄을 무시한 작자들의 말로가 어떠한가를 만천하에 보여줌으로써, 인간이라면 누구나 서로의 인격을 존중하면서, 평화롭게 이 세상을 살아가려는 심성을 지녀야 한다는 것을 일깨우는 것이, 그녀가 그 엄청난 바이러스를 만들려는 궁극의 목적이었고, 그 무엇보다도 그렇게 하는 것만이 남편을 사랑하는 길이라는 믿음이었다. 그녀는 짬이 날 때마다 중얼거렸다. ―내 사랑 철진기 박사, 내가 수단과 방법을 가리지 않고 당신의 자존심을 지켜낼 거야!

3

무르스MOORS가 창궐하려는 조짐이 여기저기서 나타나고 있었다. 무르스는 사스나 신종푸르, 코로나X와 비슷한 바이러스성 감염병으로 최근에 달나라 여행을 하고 돌아온 억만장자가 이제까지 지구상에서 발견된 적이 없던 코로나바이러스에 감염되어 생기기 시작했다. 의술이 세계 최고라는 그 나라 최신판 의학용어사전에는 달나라호흡기증후군이라 표기되어 있다. 세간에서는 코로나44로 지칭하면서 부자독감이기 때문에 가난한 사람들은 절대로 걸리지 않는다는 풍문도 나돌고 있었다. 치사율은 그리 높지 않으나 조금이라도 치료를 잘못하면 허파꽈리가 심하게 손상을 받아 뇌세포에 산소공급이 불완전하게 되고, 의식불명인 상태로 평생을 고생하는 몹쓸 병이었기에 무르스에 대한 공포 분위기는 요원의 들불처럼 번지고 있었다. 사실 무르스는 불확실 그 자체였다. 바이러스의 구조와 성분도 특이하고 증식 메커니즘도 도저히 종잡을 수 없었다. 감염기전도 성별에 따라 다르고 연령에 따라서도 또 달랐다. 잠복기는 말할 것도 없고 증상도 제각각이었다. 그렇다 보니 이렇다 할 백신도 치료제도 아직 없었다. 말 그대로 불확실하기가 밤안개 같은 질병이었다. 어느 경우나 불확실한 것에 대해서는 호기심도 발동하지만, 공포심이나 불안감은 더욱더 커진다. 그런 상황이 조금만 오래 지속되면 어느 순간 휘몰아치는 공포의 소용돌이 속에서 너나 나나 정신을 차리지 못하고 미치광이처럼 돌변하는 게 인성이다. 주변에 그러한 빌미가 보이면 앞뒤 가리지 않고 부채질하여 공포 분위기를 조성하고, 심약한 사람들이 겁에 질린 나머지 사색이 되어 법석을 떨거나 고통스러워하는 광경을 남몰래 즐기는 악당들도 생겨난다. 무르스가 아무리 불확실한 질병이라 하더라도 냉철하게 살펴보면, 아주 오래전에 크게 유행했던 홍콩독감이나 십수 년 전에 갑작스럽게 그 나라에 창궐하여 크게 홍역을 치른 적이 있는 메르스와 비슷한 독감에 불과하다는 게 감염내과 전문의들의 중론이었다. 전 세계를 몇 년 동안 공포의 도가니로 몰아넣었던 코로나X에 비하면 그렇게 호들갑을 떨 일도 아니라는 거였다. 안정된 상태에서 치료만 잘하면 일반 감기 앓듯이 쉽게 넘어갈 수 있었다. 그런데도 워낙 잘난 이들이 많은 그 나라에서는 무슨 큰 난리라도 난 것처럼 저마다 핏대를 올리고 있었다. ―돈줄깨나 있는 사람들 옆에는 절대 가지 말아야 해. 극장도 백화점도 고급 레스토랑도 가면 절대로 안 돼. 병원은 더욱더 위험해. 거긴 코로나바이러스가 득시글거린대!

어찌 됐거나 무르스는 제때 치료받지 못하거나, 초기에 저절로 호전되지 않으면 매우 힘들어지는 특징을 가지고 있는 감염병이 분명하고 나중에는 환자 당사자는 물론 보호자가 지쳐서 대부분 안락사로 최후를 마감하게 되는 데, 그건 WHO에서도 암묵적으로 동의하는 것이었다. 그래서 일각에서는 삼위일체 병이라고도 불렀다. 세 가지 조건이 맞아떨어져야 완치되는 질병이라는 뜻이다. 치료 시기가 적절해야 하고, 환자의 의지와 정신상태가 좋아야 하고, 보호자의 뒷바라지가 지극해야 제대로 치료되기 때문이다. 이 세상 모든 것들이 다 그렇고 또 다른 질병도 마찬가지겠지만, 특히 무르스에 걸린 사람에게는 스트레스가 가장 나쁘다. 코로나바이러스가 잠복하고 있는 상태에서, 또는 발병 초기에 환자가 받는 스트레스는 면역력을 급격하게 떨어뜨리고, 결국 질병은 백약이 소용없도록 악화되어 버리고 만다. 철진기 박사가 거의 뇌사상태에 빠져있는 것도 따지고 보면 스트레스 때문이라고 심영철 교수는 확신하고 있던 터였다. 가장 아끼는 제자의 흐리멍덩한 눈동자를 들여다보면서 심영철 교수는 누군가 들어주기를 바라는 듯 중얼거렸다. ㅡ그렇게 무참히 인격을 모독당하고 누군들 온전할까!

무르스는 단지 독감일 뿐이라는 그 나라 질병관리청의 해명에 대하여 조롱 섞긴 항의가 SNS를 타고 무섭게 번져나가고 있었다. 사실과 다른 것에 속고 또 우롱당하기를 밥 먹듯 하면서, 근근덕신 버텨왔던 그 나라 국민들이 조금씩 흥분하고 동요하기 시작한 것은, 이 세상 어떤 난치병도 문제 될 게 없다고 자랑하던 서울오안병원에서 이름도 생소한 무르스 환자가 연달아 발생하는 것과 때를 같이 한다. 그 와중에 신명 나는 것은 평소에 광고 수입이 별로였던 신문들이었고, 그렇게 해야 행세할 수 있는 시청률이 지극히 저조한 종합편성채널들이었다. 그들은 그들의 조국과 그들이 속해 있는 공동체가 어느 쪽으로 굴러갈 것인가는 아랑곳하지 않았고, 그 나라 정부와 서울오안병원과 그리고 그 나라 의료진들을 무능한 파렴치범으로 세차게 몰아세웠다. 그 나라 역사상 그렇게 한심한 정부는 존재한 적이 없었던 것처럼 깎아내렸고, 병원과 의사들은 병을 고치기는커녕 오히려 감염병을 확산시키는 원흉으로 낙인찍어 버리는 짓거리도 서슴지 않았다. 무례하고 극성스러운 학부모들은, 특히 일정한 직업도 없이 아이들 학교 주변을 맴돌면서 소일거리를 찾던 엄친모들은, 때를 만난 듯 앞장서서 평소에 눈엣가시 같았던 고도 전문직종에 대하여 품고 있던 자격지심을 봇물 터진 듯 마구잡이로 배출하느라 하루해가 짧았다. 그네들은 시뻘건 글씨로 도배한 피켓을 들고 거리로 뛰쳐나가 고래고래 소리를 질렀다. —무르스 환자를 접촉한 의사네 애들은 당분간 학교에 오지 못하게 합시다!

그런 상황을 보면서 완만권 지사는 과거 그 나라에 메르스와 코로나X가 창궐했을 때의 정세를 기억해 냈다. 그때도 그 나라 국민들은 메르스라든가 코로나X의 실체를 속속들이 알지 못하여 공포와 불안에 떨었는데, 작금의 무르스 정국도 그때의 사태와 판박이였다. 완만권이 존경해 마지않는 그 나라 역사의 한 정치인—그 인간에 대한 역사적 평가는 혹세무민과 대중영합주의가 극에 달한—이 코로나X 펜데믹을 교묘하게 이용하여 일시적으로 전 국민의 주목을 받는 데 성공했던 것을 떠올렸다. 그 당시 방송은 방송대로 신문은 신문대로 경쟁적으로 위기감을 부추겼고, 사이사이에 건강식품과 각종 질병보험을 광고하며 나름의 배를 불려 나갔었다. 누구의 배를 불려놓았는지는 모르지만, 원가가 120원밖에 안 되는 마스크를 1,500원을 넘게 주면서도 주민등록증까지 까 보여야 구입하게 만들어 놓았다. 극히 일부이긴 하지만 표만 의식하는 정치인들과 인기몰이에 급급한 논객들은 정부가 무엇인가를 숨기고 있고, 정부가 할 일을 제대로 못 하고 있어, 사회불안이 날로 고조되는 현실이라고 선동질을 해댔다. 바로 그와 때를 같이하여 기상천외한 행동을 한 무명의 정치인이 있었는데, 그 인간은 일약 전국적인 주목을 받게 되었고, 그다음 대선에서 압도적인 표 차로 당선되었다. 그 인물이 바로 그 인간이었다. 이 세상에 비이성적이고 변칙적인 상황이 벌어지면 인간사회는 대자연의 메뉴얼대로 움직이지 않는 특성이 있다. 거의 모든 것들이 앞뒤 가리지 않고 무조건 큰 무리를 따라 합류한다. 그런 속성이 가장 두드러진 동물이 인간이다. 그래서 어느 때는 너무 약삭빠른 건 아닌지, 너무 줄서기를 질서정연하게 잘하는 건 아닌지 혼란스럽기도 하다. 간혹 이 세상은 옳고 그른 것을 따질 여유도 필요도 없이 급박하게 돌아간다. 우연한 기회에 가장 높은 곳에 올라가 큰소리를 치는 자가 모든 것을 차지해 버리는 세상이고, 그런 현상은 그 나라가 가장 심했다. 그래서 그런지 그 나라에는 그런 대권을 노리는 작자들이 의외로 많았다. 그런 인간 중에서도 가장 적극적인 작자가 바로 완만권이었다. 완만권 지사는 이럴 때 정치인으로서 자신의 상품성을 높여놔야 한다고 생각했다. 그자는 음흉한 미소를 머금고 비서를 불러들였다. 비서는 약간은 능글거리며 약간은 긴장한 얼굴로 그자의 옆에 다가앉았다. —무엇이든 말씀하십시오!

다시 또 이야기하건대, 완만권 지사는 대권을 위해 목숨을 걸어놓고 살아가는 인간이었다. 그자의 시골 고등학교 3학년 생활기록부를 보면, 교과 성적은 서너 과목을 제외하고는 모두가 '수'로 표기되어 있어 공부는 꽤 잘한 것으로 보인다. 지나치게 고지식하고 강직했던 그 당시 담임교사가 종합평가란에 기술한 내용을 그대로 옮겨보면 다음과 같다. —남달리 두뇌 회전이 빠르고 매사에 적극적이나, 수단적이고 야욕이 지나치다. 1학기 중간고사 때 부정행위를 하여 근신 처분을 받았고, 친구는 이기적으로 가려서 사귀는 경향이 농후하다. 인간미가 별로이고 약간은 위험한 인간상이다. 장래가 촉망되긴 하지만 끊임없는 인격적 수양이 필요하다.

완만권 지사는 고등학교 시절부터 전교 학생회장을 했다. 지방국립대학에 입학하고부터는 영향력이 크다는 서클을 여섯 개나 골라 가입하고, 나중에는 총학생회장이 되었다. 학군단에 들어가 군 장학금을 받았고, 보병 장교로 임관하여 동기들보다 5년을 더 복무하고 대위로 전역했다. 전역 후에는 동기회 회장으로 활동하다가 최근에는 그 나라 학군단중앙회장도 역임했다. 보통은 학군단중앙회장은 별을 세 개나 네 개쯤 달고 군단장 내지는 합참의장을 한 장관급 장교가 추대되었던 관례에 비추어, 위관급 장교에 불과한 그자의 정치적 야욕이 어떠한가를 여실히 증명한다. 완만권은 결혼도 천생연분으로 한 것이 아니라 다분히 계획적으로 했다. 정략적으로 했다는 말이 더 어울린다. 그가 다니던 지방국립대학에 학력이 좀 미진하여 서울 소재 대학을 못 가고 유학 아닌 유학을 한 아주 곱게 자란 여학생이 하나 있었는데, 그녀는 가문의 권력과 재력이 엄청난 집안의 여식이었다. 그 외조부와 그 부친의 이름을 대면 지금도 모르는 이가 없을 정도인 명문의 고명딸을 그자는 손아귀에 넣었다. 총학생회장을 하면서 그 여성에게 의도적으로 접근했고, 집을 떠나 기숙사와 하숙집을 전전하면서 불편하게 대학 생활을 하던 그녀를 선배의 자격으로 자상하게 보살폈다. 남달리 순진했던 그녀는 결국 완만권의 올무에 걸려들었고, 완만권이 소위로 임관하던 날 확실하게 완만권의 여자가 되어버렸다. 완만권은 군에 입대했고 대위로 진급하면서 그녀와 결혼식을 올렸다. 동시에 중서부전선의 한 작은 동네 군인아파트에 신혼살림을 차렸다. 그때부터 그 여성의 눈물겨운 뒷바라지가 시작되었다. 그로부터 완만권은 처가의 후광을 업고 타고난 능력보다 더 화려한 주목을 받으며 야욕을 불태우는 중이었다. 훗날 그자는 조강지처와 이혼하고 또 다른 조건을 갖춘 여성과 결합한다. 완만권 지사의 비서는 전형적인 책사로 눈매가 가늘고 샐샐거리는 모습이 영락없는 간신배였다. 그렇고 그런 바닥에서 잔뼈가 굵은지라 오직 대권만을 꿈꾸고 있던 완만권 지사의 캠프에 줄이 닿았고, 결국 비서실장 직책을 맡고 있었다. 남달리 상대방이나 주군의 심리를 꿰뚫는 통찰력과 민첩성을 겸비한 작자로서 선거철만 되면 그 주가가 천정부지로 치솟았다. 비서는 완만권 지사가 마음속에 넣고 있던 말을 꺼내 들었다. 비서는 서슴지 않고 자신만만하게 소리쳤다. —좋지요. 효과 만점일 겁니다. 군사 작전 하듯 전격적으로 추진해야 합니다!

하루 종일 어수선하던 온 나라가 긴장을 풀고 잠자리에 들 때쯤인 밤 열한 시에 작전을 개시하기로 하고 은밀하게 준비를 서둘렀다. 그 나라 국민들은 아주 오래전부터 자신보다 잘 갖추고 사는 사람들에 대하여 일종의 반감과 저항의식을 지니고 있었다. 아마도 그런 의식구조는 그 나라에만 국한된 특성이 아니라 이 세상에 존재하는 모든 유기체의 속성일 테지만, 그 나라는 유별났다. 그래서 그런 쪽으로 분류되는 인물들을 몇몇쯤 희생시키는 것은, 오히려 민초들의 분노와 불만을 해소하고 리더십에 대한 호감도를 자극하는 작전으로도 효과성이 높았다. 아울러 현재의 권력구조에 대하여 욕구불만과 피해의식이 강하기 때문에 인기몰이에도 그만한 게 없었다. 완만권 지사는 국민의 생명을 진심으로 걱정하는 척하면서, 대권만 거머쥔다면 그다음부터는 그동안 알게 모르게 수모를 당했던 대상들에 대하여 철저히 응징하고 복수할 심산이었다. 그자는 도지사 집무실에서 무료한 시간을 보낼 때면 가슴 깊이 숨겨놓은 칼날을 끄집어내어 서울 쪽 하늘에 휘둘렀다. 완만권이 휘두르는 칼날이 창공을 가르는 소리는 마치 그렇게 들렸다. ―내가 어떤 위인인가를 두고 봐. 철저하게 작살을 내고 말테니까!

완만권 지사는 밤 열한 시를 조금 넘긴 시간에 계획대로 긴급기자회견을 감행했다. 구태여 그 시간을 택한 것은 힘들었던 하루를 끝내고 잠자리에 들 준비를 하면서 긴장이 풀린 상태의 인체가 어떤 극미한 자극도 비판 없이 받아들인다는 걸 알고 있었기 때문이다. 도청의 국장급 이상 간부들 전원이 특이한 모양의 방독마스크가 부착된, 보기에도 무시무시한 방호복을 입고 회견문을 낭독하는 완만권 지사의 뒤쪽에 도열해 있었다. 그 광경만으로도 아직 잠자리에 들지 못하고 재미난 볼거리를 찾아 TV 채널을 이리저리 돌리고 있던 이들의 주목을 받는 데 성공하고 있었다. 철진기 박사는 그 시간 격리병동 입원실 침대에 기대어 TV를 시청하고 있었다. 그자의 기자회견은 무섭다 못해 살벌하기까지 했다.

완만권 지사가 한밤중에 긴급기자회견을 한 후, 그 나라는 발

칵 뒤집혔다. 철진기 박사의 파렴치한 행위와 그 나라 보건당국의 무능력을 성토하는 목소리가 빗발치기 시작했다. 관련 부처에서는 완만권의 무분별한 처사와 사실과 다른 내용으로 국민을 호도하는 무책임한 소행을 비난하는 보도 자료를 내보냈고, 그 나라 대통령실은 위계질서를 무시한 완만권 지사에 대하여 행정경고에 가까운 성명을 발표했다. 그러나 그자는 그 나라 대다수 국민의 주목을 받으면서 단번에 대권 지지율 최상위에 올라섰다. 그자는 점점 더 기고만장해지고 있었다. 마침내 그자는 도청의 전 직원을 대회의실에 모아놓고 위풍당당하게 소리쳤다.

—우리 함께 더 잘해봅시다. 내가 대권을 잡으면 여러분들을 모두 일 계급 특진시켜 줄 작정이요!

4

철진기 박사는 단순히 무르스 환자를 접촉했다는 이유로 가족들이 기다리는 집으로 퇴근도 못 하고 병원 안에 격리되고 말았다. 당직 의사로서 공휴일이나 야간에 병원을 지키며 생사의 갈림길에서 신음하는 환자들에게 소생할 수 있다는 의지를 심어주려고 애쓰던 전공의 시절 이후, 처음으로 이상야릇한 고독감과 소외감을 느꼈다. 이제까지 관계를 맺고 서로의 마음속에 간직하고 살아가던 사람들로부터 버려질지도 모른다는 생각이 들었다. 누구나 버림을 받게 되면 언젠가는 잊혀버리기 마련이지만, 자신은 잊고 싶지 않은데 누군가에 의해 잊힌다는 것, 이제까지 힘들게 끌어모으고 저장했던 것들이 일순간에 무용지물이 되어버리고 매일 저녁을 사랑하는 그녀와 함께 근린공원을 산책하며 나누었던 대화의 조각들마저 물안개처럼 허공으로 날아가 버리고 말면, 그녀와 정겹고 감미롭던 그리고 아름다웠던 흔적들은 이 세상 그 어디에서도 찾아보기 어려울 것이었다. 그런 생각 저런 생각으로 머릿속이 소용돌이치면서 그녀에 대한 그리움이 폭풍우처럼 가슴속으로 밀려왔다. 목소리라도 듣지 않으면 돌아버릴 것 같았다. 바로 그때, 스마트폰이 울렸다. 영상통화였다. 아들과 함께 그녀의 얼굴이 웃고 있었고 목소리는 애절했다. —영민이 아빠, 저녁 식사는요!

오나가나 그녀는 밥 근심이 먼저다. 늘 먹던 구내식당 음식이지만 밍밍하기 짝이 없다. 음식을 날라다 주는 종업원의 손놀림도 조금은 거친 것 같았고, 쳐다보는 눈초리도 예사롭지 않았다. 미세한 변화에도 민감하게 반응하는 게 인간인지라 철진기 박사는 애써 그러려니 했다. 그네들은 앞으로 정성을 쏟을 상대가 누구인가를 거의 본능적으로 선별할 줄 안다. 그게 인간이다. 그러고 보니, 철진기 박사가 저녁 식사를 하는 곁에는 아무도 없었다. 한참 멀리 떨어진 곳에서 무슨 신기한 구경거리라도 되는 듯 힐끗거리는 무리가 있을 뿐이었다. 그토록 음산하게까지 느껴지는 병원 식당 안에서 식구들의 생생한 모습과 목소리를 들으며 그는 살아있다는 사실을 실감했다. 세상천지에는 가족밖에 또 다른 것들은 아무 소용없다는 생각에 그는 가슴을 쓸어내렸다. 우선 식구들을 안심시켜야 했다. 그는 한껏 미소를 머금고 명랑한 목소리로 말했다. —지금 먹는 중이야. 참 맛있네!

그날 그 친구의 심폐소생술을 직접 하지만 않았어도 그런 수모는 당하지 않았을 것이었다. 의과대학 동기동창인 그 친구는 전임의 과정까지를 모교대학병원에서 마치고, 미항공우주국에서 우주비행사와 우주 여행자들의 정신건강을 관리하는 정신과 전문의로 일하고 있는데, 모친의 장례를 치루기 위하여 일시 귀국해 있던 중이었다. 삼우제를 마치고 출국하려던 차에 그간의 과로가 겹쳐 몸살감기가 왔고, 동네 가정의학과 의원에서 치료받던 중 갑자기 혼수상태가 되었다. 철진기 박사를 친 오라비처럼 따르던 그 친구의 여동생이 한밤중에 철진기 박사에게 울먹이며 연락했고, 철진기 박사는 황급히 서울오안병원 응급실로 달려가 대기하고 있다가 그 친구를 살려냈다.

먼 과거, 메르스가 한창 기승을 부리던 때에 이미 혼쭐을 당해볼 대로 당해본 서울오안병원인지라 원인불명의 질병으로 들어온 환자의 응급처치는 모든 의료진이 기피하는 일이었다. 철진기 박사는 어떤 방호장치도 없이 앞뒤 가리지 않고 대담하게 도 심폐소생술을 시도했고, 그 친구의 심장이 다시 뛰게 하는 데 성공했다. 그것은 환자가 그 친구라는 것 이전에 그 뭣인가, 히포크라테스 선서인가가 그를 그냥 내버려 두지 않았기 때문이다. 그 순간 철진기 박사의 가슴을 강타한 구절이 있었다. —나의 환자의 건강과 생명을 첫째로 생각하겠노라!

그렇다. 철진기 박사는 그 충격에 놀라 머뭇거리는 의료진들을 물리치고 심폐소생술을 시도했고 그 덕분에 그 환자, 아니 그 친구의 심장은 다시 뛰기 시작했다. 사색이 되어 두 손을 모으고 안절부절못하던 그 친구 누이동생이 울부짖었다. —고마워요. 오라버니!

그제야 구경만 하던 다른 의료진들이 팔을 걷어붙이고 나섰고, 또다시 한 사람을 아니 이 세상에 둘도 없는 친구를 살려냈다는 환희가 온몸을 휘감았다. 그것으로 그 일은 끝났다. 그렇게 하면 되는 거였다. 그가 누더기를 걸쳤건, 삼엄한 경호를 받으며 거들먹거리건, 병이 들거나 다친 몸으로 의사를 바라보는 눈빛은 어미 잃은 강아지의 눈빛과 다른 게 없었다. 그래서 철진기 박사는 환자를 만나면 눈을 보는 습관이 있었다. 환자의 그 눈을 보고 있노라면 자신도 모르게 힘이 솟았다. 그것이 마흔 살도 되기 전에 명의로 소문나게 된 원동력이었다. 그 친구는 무르스 확진자로 분류되어 서울오안병원 격리병동의 음압병실에서 집중 치료를 받고 완치되었다. 완치 판정을 받자마자 그 친구는 뉴욕행 비행기에 탑승하여 NASA로 돌아갔다. 그 친구로 인하여 서울오안병원은 훗날 그 나라에 무르스를 퍼뜨렸다는 오명을 뒤집어쓰게 되었고, 철진기 박사는 내로라하는 식자들로부터 온갖 모욕과 수모를 당하는 신세로 전락하고 만다. 그 친구가 무르스로 확진 판정이 나는 순간부터 철진기 박사는 격리되었다. 철진기 박사는 격리된 지 정확하게 열흘 만에 무르스 확진 판정을 받았고, 다음 날 모교 대학병원으로 이송되어 감염 병동 음압병실에 갇히는 몸이 되었다. 모교 대학병원에 격리된지도 거의 보름이 되었다. 그러니 가정에서 식구들과 자리를 함께 해본 지도 꽤 여러 날이 흘러갔다. 철진기 박사의 부인 한인숙은 최첨단 IT업체의 수석프로그래머이고, 네 살 난 아들은 그녀의 친정어머니가 돌보는 중이었다. 스마트폰이 또 울렸다. 조금 전에는 부인이 전화하더니 이번에는 아들의 목소리가 들렸다. —아빠 뭐해?

그럴 때 철진기 박사의 대답은 늘 똑같았다. —영민이 생각하고 있지. 우리 철영민!

오늘은 솔직히 아들 생각은 멀리 있었다. 억울하고 서러운 마음으로 숨을 몰아쉬는 중이었다. 마음의 소리는 늘 같았다. —그렇게 개인의 인격을 모독해도 되는 건가!

아무리 좋게 생각하려고 해도 완만권의 처사는 도저히 납득이 되지 않았다. 이 세상을 살면서 추호도 지탄받을 만한 짓거리를 저지른 적이 없는 철진기 박사였다. 그렇다면 완만권이라는 작자는 구역질 나는 야욕의 희생물로 철진기 박사를 점찍은 게 분명할 터, 자고로 누구든지 야욕이 발동하면 눈빛부터 달라진다. 혈안이 되어 열흘 굶은 사자의 눈처럼 이글거리고 날카로워진다. 동공이 좌우로 빠르게 반복운동을 하면서 청개구리 눈깔처럼 앞으로 튀어나오고 극도로 혐오스러운 눈초리가 된다. 그 눈에 사로잡히면 누구도 살아남지 못한다. 어찌 되었건 철진기 박사는 악마의 탈을 쓴 완만권의 더러운 정치적 야욕의 미끼가 된 것이 분명했다. 그 부당한 처사에 대하여 항변도 한 번 못 해 보고 속수무책 당하는 신세가 되고 말았다는 자괴감으로, 느닷없이 숨이 차고 입안이 바짝 마르고 얼굴은 화끈거리고 주먹은 불끈불끈 쥐어지고 가슴은 방망이질치고 밤에 잠도 한잠 못 자는 나날이 계속되고 있었다. —사람이 이렇게 억울할 때도 있구나!

5

그래도 존경하는 은사들과 오랜 세월 동고동락하던 동기들, 그리고 기라성 같은 선후배들이 포진하고 있는 모교대학병원에서 치료받으면 완치될 것 같았다. 그곳에서 못 고치는 병은 그 어디에서도 고칠 수 없는 병이라는 신념이 있었다. 서울오안병원의 병원장을 비롯하여 진료부장도 끝까지 만류했다. 모두 서울오안병원의 자존심이 걸린 문제라 했다. 그 나라의 난치병 환자들과 중병에 걸린 환자들 누구나가 마지막 희망을 걸고 목숨을 맡기고 싶어 하는 그 서울오안병원을 마다하고 다른 곳으로 이송하면 절대로 안 된다는 거였다. 그렇지만 철진기 박사는 그냥 모교대학병원으로 가고 싶었다. 모든 시설이야 그 서울오안병원처럼 초현대식으로 갖추고 있는 병원이 이 세상에 어디 또 있을까. 의예과에서 시작하여 수련의와 전공의, 그리고 전임의 과정까지 도합 13년이나 몸담아 왔던 모교대학병원에서 치료받으면 더 잘될 것이라는 막연한 생각뿐 다른 이유는 절대로 없었다. 그게 그의 신념이었다. —여긴 내가 마음 편히 치료받을 수 있는 곳이야!

철진기 박사가 모교대학병원 감염 병동에 들어간 것은 새벽 3시가 다 되어서였다. 새까만 후배 전공의 당직 의사 하나가 형식적으로 예를 표하며 사무적으로 안내했다. 그는 또다시 황량한 벌판에 버려진 신세가 된 것 같다는 생각이 들었다. 내심 낯익은 얼굴들이 장난기 가득한 인사를 하며 맞아주기를 기대했었다. 그러나 닮고 싶었던 선배도, 존경하는 스승도, 그리고 치열한 전투를 함께 치른 전우 같았던 동기들도, 친동생 이상으로 아끼던 후배들도, 누구 하나 반기는 이라고는 없었다. 병실이 그렇게 허허롭고 냉기 가득한 곳이라고는 상상조차 못했다. 느닷없이 두려움이 밀려들었다. 사실 그곳은 무서울 것이 있을 리 없는 곳인데, 죽어가는 사람도 살려내는 곳인데, 그곳에서 그 일들을 헤아릴 수 없이 해 오지 않았던가. 그런데도 이대로 죽을 수도 있겠다는 불길한 예감이 꼬리를 무는 것은 왜서일까. 이제까지 절망하는 환자들에게 끊임없이 강조한 것이 정신력 아닌가. 정신만 확고하면 고치지 못하는 병이 없다고 자신만만하게 강조하던 이가 누구였던가. 그런데 막상 입장이 바뀌니 그 정신이라는 것이 그렇게 마음대로 되지 않는다는 것을 그는 실감하고 있었다. —아! 정신이라는 것, 실체도 없는 그 애매 모호한 것이 얼마나 많은 사람을 우롱하고 있는가!

철진기 박사는 정신을 가다듬어야 한다고 생각하면서도 억울한 마음과 불안감이 빠르게 교차하고 있었다. 그가 그 나라 최고 의료기관, 아니 이 세상에서 열 손가락 안에 들어가는 그 유명한 서울오안병원에 월등히 높은 연봉으로 초빙될 때도, 젊은 나이에 환자들이 최고의 명의라는 별칭을 붙여줄 때도, 모교는 항상 선두에 있었다. 이 세상 의학계는 철진기 박사가 머지 않아 노벨 생리의학상을 타게 될 인물이라고 추켜세우는 중이었다.

세계 최고 권위의 의학 연구지에 발표하는 논문에 마지막 교신저자로라도 이름을 올리려고 애절하게 접근하던 모교의 동문은 얼마나 많았었는지. 몹쓸 병에 걸리면 동네 개들도 바짓가랑이를 물어뜯으며 업신여긴다더니 모두가 멀어져가는 느낌이다. 이것이 인생무상이고 격세지감인가. 하기야 그렇게라도 변화가 있어야, 진보도 되고 때로는 퇴보도 하면서, 그러는 과정에 갈등과 화해가 이리저리 교차하다가, 헝클어진 이 세상이 다시 조화를 찾거나 아니면 더욱더 긴장하거나, 웃거나 울면서 서로서로 연민의 정이라도 나눌 수 있을 것이다. 오래되어 낡아빠진 것들은 어떻게든 변화에 변화를 거듭하다가 결국은 흔적도 없이 사라지겠지만, 오랫동안 간직했다가 다시 들춰내어 비춰보고 싶은 것까지도 내팽개쳐 버리는 안타까움을 참아내야 하는 고통은 겪어보지 않으면 아무도 모른다. 어찌했든 이 세상 모든 것은 아무도 알지 못하는 어디에론가 흐르듯 떠내려간다. 그렇게 흘러가 버린 것들은 그것이 아무리 아름다웠다 해도, 지금, 이 순간에 존재하는 것 중에서 가장 추악한 그 무엇보다도 덜 가치있고 덜 아름답다는 사실이다. 이 세상 사람들이 그 사실을 알아차려야 할 텐데…. 철진기 박사는 현실을 있는 그대로 받아들이기로 마음먹고, 담담하게 병상에 걸터앉았다. 답답하던 가슴이 후련해지는가 싶더니 자신도 모르게 두 주먹이 불끈 쥐어졌다. —그렇다. 이게 현실이야. 이제부터 극기하는 거다!

특별한 치료법도 없고 치료약도 아직 개발단계라는 이상야릇한 감염병에 걸린 철진기 박사에게 모교의 손길은 별로 따뜻해 보이지 않았다. 인간관계라고 하는 것은 물질적이건 정신적이건 무엇인가 떡고물이 남아있을 때 비로소 활성화되는 상호작용이다. 관계를 유지하는 데 필요한 매개물이 거의 없는데도 그 관계의 끈을 놓지 않는다면 그것은 남달리 미련하거나 명분이라는 아무 가치도 없는 집착 때문이거나, 그도 저도 아니라면 모정과 같은 사랑이거나이다. 그 나라 질병관리청은 무르스는 여느 감기와 비슷한 속성이 있지만, 아직 공인된 치료약이나 치료법이 없어서 제때 제대로 치료받지 못하면 십중팔구는 소생하기 어려운 질병으로 분류하고 있었다. 의료진들은 그 사실을 누구보다 잘 알고 있었다. 잘못하여 감염이라도 되거나, 아니면 고통스러워하는 철진기 박사를 접촉하게 되면 어떻게 처신해야 할지도 막막하기에 그들은 서둘러 철진기 박사의 눈에 띄지 않으려 했다. 그렇게 하는 것이 당장은 마음이 아프고 매몰차게 보이겠지만, 서로의 미래를 위해서는 메뉴얼대로 해야 했고, 한편 차라리 그 모습을 안 보는 게 그의 투병 의지를 강화하는 계기가 될 것이라는 생각이었다. 옛 친구들이 근심 어린 눈길로 맞아 줄 것이라 기대하고 있던 철진기 박사로서는 절망의 나락으로 떨어져 버리는 느낌을 막아내기 어려웠다. 오랜 우정과 의리도 팽개치고 새로운 실리를 찾아 홀연히 떠나버릴 사람들은 아닐 거라는 생각이 들면서도 그는 더 독하게 마음을 다져 먹으며 그들을 이해하기로 했다. ―그렇다. 일어나야 한다. 일어나고야 말 것이다. 이 세상에 존재해야 할 인간의 유형이 어떠한 것임을 보여주면서 나의 자리로 되돌아갈 것이다!

철진기 박사는 마음속으로 다짐에 다짐을 거듭하면서 병실 천정의 조명등을 올려다보았다. 문지방이 닳도록 드나들던 모교의 병실이 이토록 낯설고 썰렁하게 느껴진 적은 없었다. 그 옛날 청춘을 불사르던 시절의 손때는 문고리며 각종 집기며 치료 도구에 그대로 남아 꿈 많던 시절의 그 풋풋한 냄새가 아직도 코끝을 맴도는 것 같은데, 그 모든 것들이 이제는 낯설기만 했다. 순간 잘못 찾아온 것은 아닌가 하는 생각이 뇌리를 스쳐 갔다. 이러다가 사이토카인 폭풍에 휩쓸려 어디론가 영원히 날아가 버릴 수도 있겠다는 불길한 생각도 들었다. 병실의 조명이 그리 약하지 않았음에도 사방이 갑자기 어두워지는 것 같았다. 숨이 더 막히는 것도 같고 얼굴에 열도 오르는 것도 같고 사지가 뒤틀리고 등가죽이 쑤시는 것도 같았다. 갑자기 견디기 어려운 통증이 밀려오는 걸 느꼈다. 그는 아주 크게 숨을 몰아쉬었다. 그리고 이를 악물었다. ―세상엔 이보다 더 아픈 사람도 수없이 많잖아!

바로 그때, 출입문이 열리며 백발의 노인 하나가 병실로 들어왔다. 그는 심영철 교수였다. 예과 시절부터 그를 애지중지하시던 분, 이 세상에서 가장 의사다운 의료인으로 그리고 가장 철학자 같은 의학자로 존경해 마지않는 단 한 분, 그 은사님이시다. 심영철 교수는 대뜸 철진기 박사의 온기 잃은 손부터 덥석 잡았다. 그는 그 손이 너무도 따뜻하고 포근하다고 느꼈다. 그동안 누구도 만지려고도 안 하던 그의 외로운 손, 코로나바이러스로 더렵혀졌다는 그 손을, 공포에 떨고 있는 가련하고 불쌍한 그의 차디찬 손을 덥석 잡아 어루만져 주는 손길은 마치 외할아버지 같았다. 심영철 교수가 제자의 등을 두드리며 속삭였다. —어쩌다가? 내가 반드시 일으켜 세울 테니 힘내시게!

6

철진기 박사가 의식불명이 되었는지도 한 달이 다 되어간다. 처음에는 곧 의식을 되찾을 것으로 낙관했다. 우선은 젊었고 건강했으며 그 나라에서 명의라는 명의는 다 모여 있다는 대학병원에서 치료받고 있으니까. 그런데 의식을 차리지 못하게 된 지 닷새가 지나고부터는 모든 의료진이 노심초사하기 시작했다. 일주일이 지나고부터는 최고의 의료진들도 당황하는 기색이 역력했다. 의식불명이 된 지 열흘이 지나고부터는 자력으로는 호흡하는 것이 곤란하게 되었고 결국 에크모를 부착해야 했다. 결국, 특별 진료팀은 24시간 비상근무 태세에 돌입했다. 의식불명 상태라는 것은 분명히 뇌세포가 일정 부분 손상을 받았다는 것인데, 치료가 잘 되어 다시 의식을 되찾는다 해도 정상적인 두뇌활동은 기대하기 어려울 것이라는 게 중론이었다. 철진기 박사가 뇌사상태에 빠져버렸다는 유언비어가 나돌기 시작한 것은 그때부터였다. 그 허무맹랑한 소문은 괴담으로 발전하여 SNS와 종편의 전파를 타고 급속히 퍼져나갔고, 그가 그렇게 되도록 실마리를 제공한 완만권 지사를 신랄하게 성토하는 누리꾼들의 울분에 찬 댓글이 끝없이 이어졌다. 어떤 이는 소시민의 인권을 말살하면서 정치적 야욕을 불사르는 야누스로 악평했고, 또 어떤 이는 완만권 지사를 향해 자기도 그렇게 똑같이 당해보아야 정신을 차릴 거라고 무서운 악담을 하기도 했다. —미쳤군. 완전히 제정신이 아니야!

그러나 완만권 지사를 옹호하는 이들도 꽤 많았다. 평소 의사나 판검사나 컴퓨터프로그래머와 같은 아무나 갖기 어려운 고급스러운 직종의 종사들에게 악감정을 지니고 있던 이들이 앞장서서 완만권을 추켜세우느라 열을 올렸다. —세계적인 종합병원의 의사라는 작자가 오죽 칠칠맞았으면 그런 병에 걸리겠나. 애초부터 의사의 자질이 없다. 그만큼 잘 먹고 잘 살았으면 이제 갈 때도 되었구먼. 꼰대 같은 보수 골통들은 당해봐야 정신을 차린다. 완만권 지사의 신속하고도 과감한 행동이 무르스가 더 이상 확산하는 것을 방지하는 계기가 되었다!

완만권 지사를 응원하는 누리꾼들은 날이 갈수록 더 기승을 부렸다. 확인되지 않은 소문이었지만, 그자의 비밀 지원조직에서 의도적으로 움직이고 있다는 풍문이 나돌고도 있었다. 그렇게 그 나라는 언제라도 있을 수 있는 질병 문제 하나로 국론이 분열되면서 걷잡을 수 없이 양극화되어 갔다. 국가의 미래를 염려하는 이들은 시류에 따라 침소봉대하면서 흥미 위주로 인간의 말초신경을 자극하는 언론매체들이 거듭나는 길밖에 없다고 외쳐댔다. —언론이 문제야. 이 나라엔 정론직필의 언론이 없어. 언론이 정신 차려야 해!

의식이 회복되지도 않은 채 철진기 박사는 세 번의 검사에서 무르스바이러스가 검출되지 않아 격리병실에서 일반중환자실로 옮겨졌다. 진료팀은 심영철 교수의 처방에 따라 뇌세포 제대혈 줄기세포 치료요법을 시행했고 기대 이상의 좋은 예후를 얻었다. 심영철 교수는 퇴근도 마다하고 제자의 용태를 살피며 끊임없이 진료팀을 독려했다. —우리 최선을 다해 철진기 군을 완벽하게 살려내도록 하세!

한인숙은 중환자실에서 실로 오랜만에 남편을 만나 볼 수 있었다. 눈도 뜨지 못하고, 손과 발도 못 움직이며 산송장처럼 병상에 누워있는 남편의 몰골은 인간이 아니었다. 그녀는 넋이 나간 듯 그 처참한 남편의 모습을 바라보면서 울부짖었다. —당신이 왜 그래야만 해? 인제 그만 일어나라고!

더 이상 인간다운 사람을 찾을 수 없으리만치 길이 아닌 길은 곁눈질 한번 한 적이 없는, 그야말로 올곧은 인간의 전형이었던 철진기 박사, 이리도 힘든 상황에서 고통을 겪는 것은 전생의 업보도 아니고 누구의 저주라고도 할 수 없을진대, 오로지 완만권이라는 작자 때문에 도저히 감내하기 어려운 스트레스를 받아 신경계의 균형상태가 헝클어진 나머지 그것이 심신의 면역력을 악화시켜 그 몹쓸 병에 걸린 게 분명하다는 심영철 교수의 이야기를 들으며, 그녀의 가슴에서는 분노가 터널 공사장의 TNT보다 더 무섭게 폭발하고 있었다. ―모두 없애버리고 말 거야!

기적이 일어나지 않는 한 정상인의 삶을 기대할 수 없다는 말에 한인숙은 그 자리에서 실신했고, 철진기 박사가 치료받는 병동의 맞은편 다른 병동에 이틀이나 입원하여 링거를 맞으며 정신을 가다듬어야 했다. 그러고도 그녀는 3일 동안이나 물도 한 모금 마시지 못했다. 도저히 억울해서 견딜 수가 없었다. 이 세상을 그렇게 따듯한 눈길로 바라보고 발밑에서 꿈틀거리는 작은 벌레 한 마리도 함부로 대하지 않았던 부부였는데, 어찌하여 그러한 시련이 기약도 없는 흙탕물 같은 감정 속에 휘말려 허우적거리는 신세가 되었는지…. 무슨 대가를 바라며 그렇게 살아온 것은 아니지만, 그럴 줄 알았으면 뭇 인간들이 하는 것처럼 거짓말도 하고 사기도 치고 때로는 도둑질이나 잘난 체도 하면서, 언필칭 역동적으로 이 세상을 쉽게 사는 걸 그랬다는 생각도 들었다. 아파트 지하 주차장에 세워둔 차를 들이박아 문짝을 망가뜨린 사람에게도 자기의 보험을 축내면서 오히려 위로를 해

주던 그가 아니던가. 그렇게 분노가 온몸을 휘감고 있을 때 어린 아들의 소리가 들렸다. —언제 와? 엄마!

아들의 목소리를 듣고서야 그녀는 제정신을 차릴 수 있었다. 그래! 복수해야 해. 복수하고 말 거야. 누가 옳은지 끝까지 가보자. 조금만 기다려! 그녀는 그렇게 앙칼진 결심을 하면서 벌떡 일어났다. 그리고는 병실 문을 박차고 밖으로 나갔다. 입원실 앞 복도를 뛰어가듯 달려가서 복도 끝에 있는 창문을 열고 건너편 병동을 바라보았다. 보고 싶다. 달려가고 싶다. 나를 보면 지금 내가 그렇게 한 것처럼 그렇게 벌떡 일어나 내게 달려올 것이 확실하다. 그녀는 남편이 식물인간처럼 누워있는 병동을 향해 소리쳤다. —힘내요. 당신, 제발 힘내라고요!

한인숙은 그러면서 마음속으로는 인간 같지 않은 작자는 인간 같지 않은 종말을 맞도록 응징해야 한다고 두 주먹을 감아쥐었다. 그녀는 완만권이 사투를 벌이고 있는 남편보다 백배 천배 고통을 받으며 절명하게 만들어 놓겠다고 결심했다. 그리고 그렇게 할 방법을 궁리하기 시작했다. 만약 지금이라도 남편이 운명한다면 그길로 그자의 집에 쳐들어가 처절하게 복수를 하고, 그자와 관련된 모든 것들을 완전히 쑥밭으로 만들어 놓고 말겠다는, 그야말로 마음을 독하게 먹고 또 먹었다. 천인공노할 짓을 수 없이 저지른 작자이기에, 의당 그렇게 되어야 하는 게 이 세상의 순리일 것이고, 그 작자로부터 이유도 없이 농락당해 억울해하는 이들의 원혼도 함께 달래주어야 하는 것이었다. 그것이 바로 운명이고 사명이라는 생각에 그녀의 가슴은 정신 못 차릴 정도로 요동치기 시작했다. 어차피 남편이 곁에서 자신을 지켜보지 않는 삶은 아무런 의미도 없는 것, 무의식중에도 원칙과 정성과 공정을 신조로 했던 남편의 신념이, 이 세상을 움직이는 정신으로 승화되어 끊임없이 이 세상을 지배하는 에너지라는 것을 확인하는 일, 그 일은 한인숙 자신이 아니면 아무도 착안조차 하지 못했을 거라는 생각을 하면서 그녀는 결론을 내렸다. —그렇다. 바이러스를 만드는 것이다. 그자를 주적으로 하는 컴퓨터 바이러스!

머릿속에서 거대한 섬광이 광활한 우주를 향해 폭발하는 느낌을 받으며 한인숙은 유리창을 두 주먹으로 내리쳤다. 그녀의 주먹으로 깨질 유리창은 아니었지만, 파열음에 가까운 소리가 병동 복도를 울렸고, 그녀의 머릿속에서는 빛의 속도로 논리회로가 작동하기 시작했다. 이제까지 생각지도 못했던 기발하고도 다양한 방법들이 떠오르고 있었다. 그길로 병원을 걸어 나온 그녀는 자기만의 연구실로 한걸음에 달려갔다. 그녀는 즉각 구체적인 작업에 착수했고, 훗날 그 나라를 경천동지하게 할 무시무시한 프로그래밍은 순조롭게 진행되어 갔다. 그녀의 바이러스가 추구하는 궁극적인 목적은 인간 개개인의 존엄성을 최고 가치로 하는 세상을 구현하는 데 그에 역행하는 무리를 철저하게 응징하는 것이었다. 그리고 완만권이라는 작자를 처절하게 몰락시켜 사랑하는 남편의 자존심을 돌려놓는 것이었다.

그 프로그램은 그 실체를 드러내지 않고 모든 것이 가려진 채로 인터넷망을 통하여 자동 전파된다. 누가 만들었는지, 발단이 어디인지, 어떤 경로를 통하여 전파되고 있는지, 원프로그램 개발자가 아니고는 누구도, 아무리 강력한 사이버 방위군이나 영민한 사이버수사대라 하여도 단서조차 잡기 어렵다. 아무리 견고한 방화벽도 무력화시키면서 그 나라에 IP를 둔 모든 서버, 즉 모든 포털의 메인서버는 물론, 빅데이터 수집업체의 서버와 각각의 인트라넷 서버, 그리고 가상사설서버에까지 자유롭게 출입한다. 아무리 완벽한 폐쇄시스템도 스캔이 가능한 코드이다. 그렇게 침입하여 자리를 잡고 있다가 완만권과 관련된 자료가 나타나면 실시간으로 스캔하고 수집 정리하여 상황에 맞게 재편집해 놓았다가 필요시에 출력한다. 또한, 그 프로그램은 그 나라에 IP를 둔 모든 PC에도 증식하여 완만권과 관련된 모든 자료를 수집 정리하고 재편집하여 적당한 시기에 출력하는 기상천외한 패턴의 프로그램이다. 참으로 무시무시한 컴퓨터바이러스다.

그녀의 바이러스는 네 단계로 활동한다. 첫째 단계는 대선 후보자 공천 과정에 본격적으로 활동한다. 이때는 완만권이 유리하도록 작동한다. 그자와 관련하여 수집 정리한 자료들을 완만권에게 유리하고 상대방에게 불리한 방향으로 재편집하여 출력한다. 그렇게 되면 그자는 각종 여론조사에서 우위를 점하게 되고 결국 무난하게 당의 공천을 받게 된다. 그녀의 바이러스 둘째 단계는 공식 선거운동 과정에서 활동한다. 둘째 단계에서는 완만권이 이 세상에 존재하기조차도 어려운 인간쓰레기이고 파렴치한으로 각인되게 한다. 그자의 각종 숨겨진 비리와 사기행각을 들춰내어 침소봉대하고, 패륜에 가까운 소행들을 편집하여 각종 매체의 보도 담당 데스크에 제공하는 한편, 그자가 제시한 선거공약의 맹점을 부각한다. 이상하게도 그 나라에서는 자신은 크게 효도하지 않으면서도 불효자로 낙인찍힌 자를 손가락질하고, 자신은 의리를 잘 지키지 않으면서도 목숨을 바쳐 의리를 잘 지키는 사람들을 흠모하는 풍습이 있었다. 그래서 불효자로 낙인이 찍히거나 배신자라는 소리를 듣는 이가 공직선거에서 이겼던 적은 아직 단 한 번도 없었다. 그녀의 바이러스는 그런 데에 초점을 맞추어 완만권에 대한 유권자들의 여론을 최악의 상태로 몰고 간다. 그녀의 바이러스 셋째 단계는 투표일에 가장 맹위를 떨친다. 아직 그자에 대하여 호감을 느끼고 있는 유권자들이 투표장에 나가지 못하도록 하는 것이다. 갑작스러운 일로 인하여 선거에 참여할 수 없게 만들어 기권을 유도하는 프로그램이다. 그녀의 바이러스 넷째 단계는 대선이 종료된 후에 증식하여 그 위력을 발휘한다. 완만권에 대하여 비인간적인 면면들을 다시 들춰내어 비난 여론을 조성하고, 만에 하나 대권을 잡더라도 더 이상 그 자리에서 견뎌내지 못하도록 만들어 종국에는 그 나라를 버리고 국외로 탈출하도록 만든다. 그녀의 바이러스는 그때까지만 활동한다. 그녀의 바이러스는 각 단계의 목표가 달성되면 아주 깊숙이 숨어들어 한인숙이 아니고는 누구도 다시 불러내지 못한다. 그녀가 아니고서는 누구도 삭제하거나 복구할 수도 없는 완벽한 파일이다. 그러나 모든 컴퓨터바이러스가 그렇듯이 더 지독한 신종 바이러스로 변종이 될 소지는 얼마든지 있다. 아마 모르긴 해도 그녀의 바이러스처럼 무섭고 고약한 바이러스는 이 세상에는 전무후무할 터이다. 아니, 다시는 그러한 악질적인 바이러스가 이 세상에 절대로 나타나는 일이 없어야 할 것이다. 그녀는 프로그래밍하는 동안 끊임없이 되뇌었다. —나는 그냥 해커가 아니야. 나는 나의 사랑을 지켜야 하는 사명을 띠고 있어. 누구도 나의 실체를 영원히 알 수 없다고!

한인숙이 그토록 무섭고도 방대한 프로그래밍을 마치고, 가상현실에서 리허설을 통하여 성공적인 결과를 기대할 수 있다는 결론을 얻은 것은 대선을 오십 일쯤 남긴 시점이었다. 그녀는 아직도 분노와 사투를 벌이고 있을 남편의 괴로워하는 모습을 그려보며 다시 깊은 상념에 잠기고 있었다. —내가 너무 하는 건 아닌가? 우리보다 더 큰 고통이 분명한데!

그러한 모성애 같은 순정이 고개를 들려는 순간, 일 년 가까운 악몽의 세월이 번개처럼 한인숙의 머리를 스쳐 갔고, 동시에 남편의 선한 두 눈이, 커다란 검은 눈동자 두 개가 클로즈업되었다. 남편의 두 눈은 애원하고 있었다. ―너무 엄청난 짓이야. 그냥 우리가 참아내자!

그러나 한인숙은 재빨리 정신을 가다듬고, 잠시 머뭇거리던 생각을 아주 더 지독하게 바꿔 먹었다. ―내가 아니면 누구도 못해! 내가 해야 해!

한인숙은 컴퓨터에 파일을 탑재하고 힘주어 엔터키를 눌렀다. 그녀의 바이러스가 살아 움직이기 시작하는 순간이었다. 세계에서 가장 탁월하다는 사이버수사대도 그녀의 바이러스 앞에서는 속수무책이 될 터이다. 그녀의 바이러스를 찾아내는 전자현미경은 이 세상 어디에도 없을 테니까. 그녀는 컴퓨터 앞에 엎드려 울먹였다. ―그래, 나도 고등학교 때 나의 모교 섬강과학고등학교에서 최고의 지능을 자랑하고, 장차 노벨상을 꿈꾸던 사람이야. 두 돌 때 우리 외할아버지와 손가락을 걸고 한 내 생애 최초의 약속이 노벨상 타는 거였어. 그런데 그자로 인하여 그토록 나를 사랑하시던 외할아버지와의 약속을 지키기 어렵게 됐어. 우리 외할아버지가 얼마나 실망하실까!

그날 밤, 한인숙은 온갖 상념 속에서 뜬눈으로 밤을 새웠다. 남편이 끊임없이 말을 걸어오는 것 같았다. 잘했다고 칭찬하는 것도 같고, 너무 편협한 생각을 한다고 나무라는 것도 같았다. 스스로 변명하고 설득하고 때로는 울면서 호소도 하면서, 시간은 빠르게 흘러 다시 동쪽 하늘에서는 어제보다는 더 커다란 태양이 아파트 베란다 창문을 붉게 물들이고, 아들의 첫돌 기념으로 촬영한 가족사진 속 여섯 개의 눈동자가 찬란한 아침 햇발을 받아 아름답게 빛나고 있었다. 그녀는 가족사진의 세 식구, 여섯 개의 눈동자에 하나하나 눈 맞춤을 하며 마음을 더 모질게 가다듬었다. —우리 금혼식 기념사진을 저 자리에 걸고 말 거야!

7

종편에서부터 난리가 났다. 공영방송도 예외는 아니었다. 그중에서도 가장 정보망이 완벽하고 요소요소에 협력자를 많이 심어 놓았다는 삼한 TV가 커다란 자막을 내보내기 시작했다. 기호 1번, 여론조사에서 무소속 후보에게 밀리고 있다. 최근까지 모든 여론조사에서 압도적으로 1위를 달리던 완만권 후보가 공식 선거운동이 시작되고 첫 번째 합동 여론조사에서 이름도 변변치 못했던 무소속 후보에게 선두 자리를 빼앗겼고, 이곳저곳에서 술렁이기 시작했다. 완만권 후보의 선거대책본부는 비상이 걸렸고, 그자를 자신만만하게 공천한 당 총재는 지역의 당 책임자들을 비상 소집하여 대책을 논의했다. 갑자기 무슨 뾰족한 대책을 마련하기도 어려웠고, 그렇다고 너무 비관적으로만 볼 것도 아니라는 중론도 만만치 않은지라, 모든 당원이 일치단결하여 최선을 다하기로 다시 한번 더 결의를 다지는 선에서 대책 회의는 싱겁게 끝나버렸다. 당 총재는 대책 회의를 끝내면서 맥 빠진 독려를 해야만 했다. ―나는 여러분을 믿습니다. 우리 심기일전 합시다!

사실 대권의 야망을 드러내놓고 있던 여러 인물 중에서 객관적인 캐리어나 지명도가 완만권 지사를 능가할 수 있는 자는 아무도 없었다. 젊은 시절 완만권은 향토의 여당 사무실에서 무보수로 이 눈치 저 눈치 모두 참아가며 봉사하는 척하다가 군의원이 되었고, 군의원의 임기가 끝나기도 전에 보궐선거에서 그 지역 도의원이 되었다. 도의원 시절에는 도의회 내무분과위원장이 되었고, 그 여세를 몰아 그 지역 군수가 되었다. 군수 시절에는 전국 지자체장협의회를 만들어 회장이 되더니, 여당의 공천을 받아 도지사가 되었다. 도지사가 되면서 독자적으로 목소리를 높여나갔고, 철저하게 표를 염두에 두는 행보를 계속하며 주목받기 시작했다.

완만권 후보가 소속한 정당도 이제까지의 그 어떤 정당보다 조직이 치밀하다는 평가를 받고 있었다. 그래도 완만권에 대하여 무엇인가 흠을 잡는다면, 그 나라 최고의 학벌이 아닌 지방대학 출신이라는 것과 열악한 시골에서 노모가 독거노인으로 살아가고 있다는 것, 동기간들을 비롯한 친인척들 사이에서는 평이 그리 좋지 않다는 것, 그자의 고향 사람들은 완만권에 대하여 언급하기를 매우 조심스러워한다는 것 정도였다. 물론 그자가 다녔던 학교에서도 그자를 아주 명예로운 동문의 반열에 올려놓는 것을 망설이고 있었다.

그 기세등등하던 완만권 후보의 얼굴에서는 어느새 그 느글느글하던 미소가 사라지고 눈꼬리가 가늘고 길어지면서 입놀림은 날카로워져 갔다. 걸음걸이도 맥이 풀렸고 속도는 눈에 띄게 느려졌다. 한여름 날씨가 좋으면 담장 위의 호박 넝쿨은 하늘을 향하여 기세등등하게 뻗어 올라간다. 그러다가 강렬한 햇볕이 내리쬐고 가뭄이 계속되면 그 왕성하게 기어오르던 호박순은 진한 소금물에 절인 배추이파리처럼 기력을 잃고 흐물흐물해진다. 그자의 꼬락서니는 딱히 그렇게 보였다. 참으로 안 돼 보이는 완만권이었다.

그럴수록 완만권 후보는 더 자극적이고 실현 불가능한 공약을 남발하느라 바빴고, 상대 후보를 흠집 내기 위하여 근거도 불분명한 의혹을 마구잡이로 유포하는 짓거리도 서슴지 않았다. 그럴수록 여론조사에서의 격차는 횟수가 거듭될수록 점점 더 벌어져갔다. 완만권 후보의 태도는 점점 더 신경질적으로 변해갔고, 선거대책본부의 자원봉사자들에게까지 고함을 질러댔다. 선거 전문 여론조사기관에서도 이렇다 할 원인을 찾아내지 못하고 있었다. 세계 최고를 자랑하는 미국의 갤럽이 그 이상한 현상을 파악하기 위하여 그 나라에 급파되었으나, 그 나라의 특이한 문화현상일 것이라는 애매 모호한 의견만 제시하고 철수해 버렸다. 원인도 모르게 그자의 호감도와 당선 가능성이 세 명의 후보 중에서 가장 바닥으로 곤두박질치는 중이었다. 그걸 보면서 한진숙은 가슴을 쓸어내리고 있었다. 빠르게 입맛이 돌아오는 걸 느끼고 있었다. ―엄마, 오늘 저녁엔 칼국수 먹고 싶어요!

개표는 다음 날 새벽 세 시가 좀 넘어서 끝났다. 최종 개표 결과와 함께 모든 방송의 TV 모니터에는 ―개인의 존엄성을 짓밟은 패륜아! 당연한 결과이니 서글퍼 마라!―라는 문구가 선명하게 나타났다가 사라졌다. 그것을 보면서 시청자들은 그것이 방송사의 공식 멘트인 줄 알았다. 그러나 그러한 멘트를 송출한 방송사는 그 나라 어디에도 없었다.

그리도 완만권을 추켜세우며 우호적이었던 언론들이 일제히 그자에 대하여 비난 기사를 내보낸 것은 개표가 종료된 날 조간신문부터였다. 완만권이 그렇게 된 원인을 언론사 나름대로 분석하였고, 그것도 침소봉대하여 기사화했다. 자연스레 그자의 모든 삶이 도마 위에서 난도질 당하고 있었다. 청소년 시절의 학교생활에서도 문제가 많았고, 어떤 종편에서는 노모를 방치한 천하의 불효자식으로 찍어버리기까지 했으며, 또 다른 TV에서는 중학교 2학년 1학기 중간고사 때 커닝페이퍼를 만들어 부정행위를 한 사실이 있다고도 깎아내렸다. 그게 이 나라에서의 패자가 가야 하는 길이었다. 그런 걸 보면, 확실히 세상은 승자의 놀이터가 분명하다. 패자는 승자가 신나게 노는 모습을 뒤안길에서 구경이라도 자유롭게 할 수 있으면 좋으련만, 현실은 패자를 절대로 그렇게 내버려 두지 않았다. 정당하게 싸우다 패자가 되어도 의연하기 어려운데, 그자와 같이 온갖 술수를 동원하다가 패자가 되면, 그 순간부터 이 세상 어느 곳에도 마음 편하게 존재하기 어렵게 되어버린다. 이제 완만권 후보가 대선에서 낙선한 것은 이상한 것이 아니라 당연하다는 것으로 정리되어 가고 있었다. 아마도 머지않아 완만권이라는 인간의 존재도 밤안개가 태양이 솟으면 흔적도 없이 사라져 버리듯 그 나라 모든 국민들의 머릿속에서 속절없이 지워질 것이었다.

대선이 끝나고 한 달도 못 되어 완만권은 국외로 도망을 갔다. 당선되었더라면 그냥 눈감아주면서 오히려 영웅처럼 미화되었을 것들이 줄줄이 문젯거리로 떠올랐다. 선거법 위반이다. 명예훼손이다. 심지어는 사기꾼이다. 파렴치범이다. 온갖 죄목들이 그자의 목을 조여 갔다. 누구 하나 그자를 대변하고 옹호하는 이는 없었다. 그자의 선거캠프에서 극비사항을 취급하던 인물이 아니고서는 도저히 알기 어려운 내용들도 그 나라의 크고 작은 매체들과 SNS를 타고, 또는 입에서 입으로 활발하게 떠돌아다녔다. 그자가 기대고자 했던 것들은 힘없이 무너져 버렸고, 탈진한 몸을 추스르고 또 버티는 데 필요한 에너지는 모두 바닥이 나 버렸다. 그런데도 완만권은 그 나라에서 탈출하기 직전, 패배를 인정하기는커녕 오히려 분노에 찬 발악을 하기에 바빴다. ―나 완만권은 거대한 음모에 휘말렸다. 결단코 언젠가 정권을 쟁취하여 그 음모를 밝히고 말겠다!

완만권이 지자체장 시절, 비자금을 조성하여 아프리카의 어떤 최빈국에 은밀하게 지원했던 도시가 하나 있었다. 상수도 시설도 만들어 주었고, 중고컴퓨터도 수십 대 보내준 곳이다. 그자는 그 낙후된 곳으로 숨어버렸다. 비상시를 대비하여 감추어 두었던 금괴 몇 덩어리와 달러 뭉치를 갖고 감쪽같이 그 나라를 빠져나간 다음 날, 뒤늦게 출국 정지 명령이 내려졌다. 그자의 가족들은 천만다행이라 여기며 한숨을 돌렸으나, 그자의 비참한 말로는 이제 돌이킬 수 없는 길 위에, 그것도 거의 종착역에 다가가고 있었다.

그자는 아프리카 오지에서 곧바로 풍토병에 걸렸다. 절대로 져서는 안 될 선거에서 무참하게 패배했다는 한을 추스르지 못하고 하루에도 몇 차례씩 울분을 토하다가, 치료제도 아직 개발되지 않은 난치병에 걸려버렸다. 고온다습한 그곳 풍토 때문에 특이하게 변형된 코로나바이러스에 감염되어 발병하는 그 병은 확진판정이 나면 즉시 격리 조치 되어 가족까지도 상면하지 못하는 아주 몹쓸 병이었다. 열하의 나라, 이름조차 생소한 작은 도시의 낙후된 병실에서 투병하다가 가까스로 회복하긴 했다. 견디기 어려운 통증을 참아가며 기약 없는 나날을 보내고 있을 때, 과거 완만권 지사의 초청으로 그 나라를 여행하면서 일생일대의 호사를 누렸던 그 도시의 한 기업인이 그자를 가엽게 여겨 민간요법의 사제 약을 구해주었고, 그 덕분에 그자는 그 지독한 병마에서 헤어날 수 있었다. 그자는 있는 돈을 털어 사례했고, 숨겨온 금괴와 돈도 거의 바닥나버렸다. 그 나라에서 사전 구속 영장이 발부되었다는 소식은 대선 캠프의 비서실장이었던 똘마니가 카톡으로 전해주었다. 그러면서 친절하게도 그는 할 수만 있다면 절대로 귀국하지 말라는 단서도 달았다. 그자가 귀국하면 그 불똥이 자신에게도 튈 게 확실하니까. 그에게는 그게 상책이었다. —귀국하면 공항에서 그대로 잡혀갑니다. 정말 큰일 납니다. 절대 돌아오지 마십시오!

얼굴을 찌푸리며 냉혹하게 뿌리쳐도 굽실거리며 안주머니에 찔러 넣어 주던 촌지가 새삼스러웠다. 일면식도 없던 이들이 완만권에게 봉투를 전달하는 것만으로도, 받아 챙기는 그자보다 더 감지덕지하던 그때, 오히려 그 나라 대통령보다도 자질구레한 실권을 더 많이 행사하던 도지사 시절, 그의 통치지역 안에서는 3권을 모두 장악한 듯 군림했었다. 그 지역에 주둔하고 있는 군부까지도 그자의 영향권에서 자유롭지 못한 듯 보였다. 마치 제왕과도 같았다. 기고만장 그 자체였다. 그 지역에서는 만사가 완만권 지사의 의도대로였다. 장관급 대우를 받아 마땅하다는 종합대학 총장들도 그자에게 조아렸고, 주먹만 한 무궁화 계급장을 두 개씩이나 단 지방경찰청장도 다소곳했으며, 별이 네 개나 번쩍이는 야전군 사령관도 상석을 양보했다. 교육감과 교장들은 당연히 그자의 눈치를 살폈고, 야당 국회의원들도 그자의 뜻을 거스르지 못했다. 다만 신경을 쓰게 하는 인물은 그 지방검사장이었으나 워낙 비서진들이 눈치껏 잘 움직여 준 탓에 그마저 별로 문제 되는 것이 없어 보였다. 언제부터였는지는 모르지만, 그 나라에서는 그렇게 비전문가들에게 잠식당하는 전문가 집단의 무기력하고 측은한 사회상을 당연한 것처럼 여기거나 구경거리로 즐기는 풍조가 만연해 있었는데, 그것은 이상한 그 나라의 서글픈 문화적 단면이었다. 그래서 완만권 지사는 안하무인격으로 한밤중에 계엄령을 선포하듯 기자회견을 했고, 중앙정부를 치받을 수 있었다. 그 막강하다는 검찰도, 경찰도, 그리고 무소불위 만능이라는 국회도 감히 중앙정부에 도전하는 그자의 위력에 제동을 걸거나 질타하지 못했다. 그자는 확실한 미래 권력이었고, 그렇게 서슬이 시퍼랬다. 꾀 많고 약삭빠른 인간은 미래의 권력 앞에서는 더 납작 엎드린다. 그리고는 스스로 한없이 나약해지려고 한다. 그래야 생존할 수 있다는 것을, 밉보이면 국물도 없다는 것을 너무나도 잘 알기 때문이다. 그 현상은 마치 홍수가 났을 때 무서우리만치 시커멓게 하천 주변을 휩쓸고 흘러가는 흙탕물의 맹렬한 흐름과도 같았다. 그와 같은 흐름에 아랑곳하지 않고 강직하게 제 갈 길을 고집하기는 절대 쉽지 않다는 것을 알고 있기에, 더럽고 치사하고 역해도, 두렵고 멀리하고 싶어도, 어쩔 수 없이 그 흐름에 휩싸이는 것이다. 그래서 정보기관도 권력기관도 알고도 모르는 체, 보고도 안 본 체 안 할 수 없었다.

완만권을 추종하던 그 많은 이들로부터 안부를 묻는 전화가 끊긴 지도 꽤 오래되었다. 그자의 비서실장 노릇을 하면서 권력의 달콤한 맛을 남몰래 즐기던 이들이 꽤 여러 명은 있었는데, 그자가 도망치듯 출국하는 날 공항에까지 나와서 예를 갖춘 이는, 시골의 군수를 할 때 주사 직급으로 비서를 하던, 지금은 정년퇴직하고 그 지역에서 문화원장을 하는 백발의 노인 단 하나뿐이었다. 그가 완만권의 주머니에 슬며시 찔러 넣어 준 누런색 봉투 속에는 백 달러짜리 지폐가 열 장 들어 있었다. 그게 전부였다. 그러한 판국에도 가식 없이 근심을 해주는 이는 고향에서 농사를 짓는 맏형이었다. 현직에 있을 때는 형제들의 생일날도 잊고 그냥 지나쳤던 완만권이었다. 그자는 조카들이 어느 학교에 진학했는지, 졸업은 언제 했는지, 어디에 취직했는지 아랑곳하지 않았다. 조카들 혼사가 있을 때 겨우 얼굴을 내밀었고, 예식장의 가족석에서 손뼉을 치며 축하해 주기보다는 하객들의 손을 반가운 척 잡아 흔들며 표밭 다지기에 몰두했었다. 그런 동생에 대하여 섭섭한 점이 얼마나 많았을까마는, 그래도 맏형은 동생이 한없이 측은하고 불쌍했다. 집안일에는 그렇게 몰상식하고 불효막심했어도, 그래도 크게 돌풍을 일으키며 가문의 위력을 떨쳐줄 때의 동생이 동생다워 보였던 것일까. 그는 인사조차 제대로 하지 않고 출국장으로 향하는 동생의 등을 두드리며 속삭였다. ―건강은 절대로 해치지 말아야 한다. 잠잠해지면 돌아와서 네 뜻을 펼치거라!

맏형은 카톡으로 안부를 물을 때마다 힘내라 했다. 며칠 전에는 오백 달러나 송금해 주었다. 이런 걸 보더라도 이 세상에서 혈연의 가치를 능가하는 인간관계가 또 있을까 싶다. 그 이름 좋은 은혜라는 것, 의리라는 것, 인간관계라는 것, 우정이라는 것, 심지어는 사랑이라는 것조차도 무엇인가 빨아먹을 국물이 있을 때만 가치를 발휘한다면, 너무 비관적으로 관조하는 건 아닌지…. 그자는 맏형이 보내 준 오백 달러를 가슴에 안고 하염없이 눈물을 흘렸다. 아주 때늦은 후회를 하면서 오열했다. ―형님, 그동안 제가 잘못했어요!

목마른 자가 우물 판다고 이제는 완만권 쪽에서 먼저 스마트폰의 무료 통화 서비스를 이용하여 안부를 묻고 그 나라의 정세를 귀동냥해야 했다. 어느 날은 무척 괘씸하다고 생각하면서 대선캠프의 비서실장이었던 자에게 전화를 걸었다. 신호는 계속 갔다. 신호음이 세 번도 가기 전에 반응을 보이던 인간이었는데,

삼십 번도 더 신호가 갔을까. 그러다 갑자기 신호가 끊어졌다. 받기를 거절한 게 분명했다. 이번에는 도지사 시절 부지사로 기용한 고향 후배에게 신호를 보냈다. 그 작자도 마찬가지였다. 아무도 다시 완만권과 엮이고 싶지 않은 것이었다. 또다시 연결되면 득 될 게 없다는 것을, 아니 까딱 잘못하다가는 큰 봉변을 당할지도 모를 일이었기에…. 그런데도 그자는 아직도 호화롭고 화려했던 그 옛날을 그리워하고 있었다. 아직도 미련이 많았다. 애써 지난날 자신의 많은 소행이 그들에게는 커다란 은혜로 작용했을 거라는 믿음이 있었다. 모든 것을, 자신의 야욕을 쟁취하려는 과정에서 철저히 그들을 이용해 먹었다는 사실은 까마득하게 잊고 있었다. 그자는 너무도 답답하여 그 나라의 자택에 전화를 걸었다. 집에는 재혼한 부인이 있을 터였다. 반드시 집에 있어야만 할 시간이었다. 그러나 스마트폰에서 흘러나오는 소리는 뜻밖이었다. ―이 밤중에 누구야!

노파의 목소리는 무척이나 신경질적이었다. 완만권과 재혼한 여인의 친정 모친으로, 꽤 잘 나가던 집안의 극성스러운 여장부였다. 아주 오래전, 그 나라에서 도모하던 사업이 뜻대로 되지 않자, 모든 식구를 이끌고 잘사는 나라로 이민하였고, 무슨 일을 했는지 모르지만, 거기에서 떼돈을 벌었다. 그 돈의 힘으로 해외 교포들의 중심 세력을 자처하며 그 나라에 적지 않게 영향력을 행사하고 있던 집안이었다. 그 노파는 3남 2녀를 키웠는데, 완만권은 현지 국적을 갖고 있던 인도태생의 외과 의사와 결혼했던 그 집 큰딸과 재혼했다. 사실인지는 모르지만, 그 노파의 의사 사위는 국제 외과학회에 다녀오던 중 교통사고로 사망했고, 남편의 갑작스러운 사망으로 깊은 시름에 빠져있던 그 미망인은 상심을 달래기 위해 고국을 여행하다가 지인의 소개로 완만권을 만나 결혼까지 하게 되었다. 그 노파는 오랜 외국 생활에 염증을 느낀 나머지 몇 년 전 환국하여 재혼한 딸과 함께 살고 있었다. 노파의 목소리는 짜증이 잔뜩 들어 있었다. —큰애는 볼일 보러 나갔다가 아직 안 왔나 보네!

노파는 말할 사이도 없이 전화를 끊으려고 했다. 그렇게 상냥하고 친절하던 장모였다. 그자에게 하대한 적이 한 번도 없었던, 그렇게 교양이 흘러넘쳐 나던 장모였다. 그자는 부인의 목소리를 두 달은 넘게 듣지 못했다. 참으로 짜증 나는 일이었다. 그자는 죄도 없는 장모에게 허허롭게 소리를 질렀다. —제발 전화 좀 하라고 해요!

그 순간 그자의 스마트폰에 메시지가 떴다. —노트북을 켜고 메일을 확인하라!

무슨 희망적인 일이라도 있나 싶어 그자는 부리나케 노트북을 켰다. 부팅되자마자 모니터에는 아주 선명하게 문자가 나타났다. —너로 인해 스러져 간 사람들을 대신하여 엄중하게 응징하노라!

완만권은 신경질적으로 노트북의 전원 코드를 뽑아버렸다. 바로 그 순간, 그자의 스마트폰에 카카오톡 메시지가 날아왔다. 구세주를 만난 듯 그자는 스마트폰을 황급하게 열었다. —너로 인해 스러져 간 사람을 대신하여 엄중하게 응징하노라!

완만권은 스마트폰을 내동댕이쳤다. 퍽, 하는 소리와 함께 스마트폰은 산산조각이 났고 스마트폰으로서의 수명은 그것으로 끝나버렸다. 그 위대한 숫자의 조합 101-0110-1001은 그 순간 그렇게 하여 그 작자의 곁을 영원히 떠나갔다. 그자의 음흉한 목소리를 이곳저곳에 전하고, 간사한 무리의 목소리를 전해 들으며, 그리고 온갖 술수를 기록해 온 지 13년하고도 6개월 만에 그렇게도 바빴던, 그렇게도 대우받으며 으스댔던, 그리고 그렇게도 간직한 비밀이 많았던 열한 자리의 번호는 한낱 의미조차 없는 숫자로만 남게 되었다. 그렇게 그자는 모든 것을 떠나보냈고, 모든 것으로부터 멀어져 갔으며, 모든 것으로부터 버려졌다.

그날 밤, 남십자성이 조금은 북쪽으로 기울어져 있는 쓸쓸한 시각, 두 명의 복면강도가 여인숙 구석진 방에 침입했고, 겨우 한 개 남아있던 금괴를 강탈당했다. 금괴를 빼앗기지 않으려고 격렬하게 저항하다가 그자는 무참하게 살해당하고 말았다. 그자는 살해당하고도 닷새 동안이나 그대로 방치되어 있다가 엿새째 되던 날 아침에야 민간요법의 사제 약을 구해주어 그자를 살려낸 현지의 기업인에 의하여 발견되었다. 이미 온몸은 부패해 있었고, 형체를 알아보기 어려운 얼굴에는 쉬파리 떼가 득시글거렸다. 그 기업인은 손으로 파리를 쫓아내며 중얼거렸다. ―그래도 우리에겐 고마운 분인데!

8

완만권이 아프리카의 최후진국 군청 소재지쯤 되는 작은 마을 허름한 여인숙에서 변사체로 발견되었다는 기사는 일간지 사회면 아래쪽 구석에 겨우 2단으로 보도되었다. 그날 공교롭게도 철진기 박사가 의식을 되찾고 완전한 상태의 정상인으로 돌아왔다는 기사가 그 신문의 머리기사로 대서특필되었다. 공중파 방송에서는 완만권의 변사체 발견을 취급조차 하지 않았고, 그자에 대한 가십거리로 호황을 누리던 몇 개 종합편성채널에서는 작은 자막으로 처리해 버렸다. 그렇게 완만권이라는 인물은 이 세상에서 사라져갔다. 그 나라 사람들은 머지않아 그자의 명성은 물론, 어두운 그림자까지도 모두 지워버릴 것이다. 거의 일만 년에 가까운 그 나라의 유구한 역사에서 완만권이라는 인간의 흔적은, 모르긴 해도 다시 햇빛을 볼 수 없을 것이다. 차라리 시냇가 갈대밭을 거닐면서 못생긴 개개비의 노래에 귀 기울이며 한 해에 세 번도 찾아오지 않는 아들네 식구들을 그리워하고,

그 허허롭고 적적한 심정을 한 권의 시집에 담아낸 어떤 무명 시인의 흔적이 훨씬 더 뚜렷할 것이다.

그로부터 신문과 라디오, 그리고 TV의 화면은 철진기 박사가 다시 완전한 몸으로 소생했다는 기사로 넘쳐났다. 그렇게 된 것은 오로지 언론과 보도기관이 노력한 덕분이라는 듯이 호들갑들을 떨어댔다. 철진기 박사가 의식을 잃고 사경을 헤맬 때, 잘난 척하다가 그리된 것은 그래도 싸다는 투로 몰아가던 때와는 완연히 달라진 논조였다. 기적 같은 현상이 나타났다고도 했고, 그 나라의 의술이야말로 세계 최고의 수준에 도달했다고도 극찬을 아끼지 않았다. 그러나 분명한 것은, 한인숙의 숭고한 사랑이었고, 철진기 박사의 강인한 의지력이었다. 그뿐만 아니라 심영철 교수의 제자 사랑에 터한 인술의 힘이었다. 서울오안병원의 감염병센터 의료진들조차도 그 사실은 인정하고 있었다. — 역시 무르스는 삼위일체 병이야!

철진기 박사가 정상인으로 다시 돌아온 것을 보면 이 세상이 자정능력과 복원능력을 완전히 상실한 것 같지는 않다. 변칙적으로 커지는 것은 언젠가는 갈라지거나 부서져서 옛날의 그 눈에 거슬리지 않던 본모습으로 되돌아간다. 높고 가팔라서 아슬아슬하게 마음을 조려야 했던 것들은, 어느 순간부터는 무너지고 흘러내려 결국은 밋밋해지게 마련이다. 아무리 세찬 바람도 밤에는 잦아들고 수천 도로 펄펄 끓는 용광로도 끝내는 식어버린다. 르 샤트리에 법칙은 자연과학에만 적용되지 않는다. 너무 높은 것, 너무 커다란 것, 너무 무거운 것, 너무 무서운 것은 모두가 불안정하고 위험한 것들이다. 불안정하고 위험스러운 것들을 그대로 두고 구경만 할 어리석은 세상이 아니다. 어떻게든 그들은 낮아지게 되고 작아지게 되고 가벼워지게 되고 끝내는 부드럽게 되어서 뒤섞인다. 모든 게 시간이 약이다. 시간이 흐르면 다시 회복되고 호전되어 평안해진다. 물질은 물론이고 정신도 그러하며 감정뿐만 아니라 느낌까지도 그렇다. 기다림의 고통 없이 의도적으로 변화시키려 하면 또다시 헝클어져 버린다. 바로 그것이 자연의 순리다. 그 것이 신과 하느님의 뜻이다. 영광이라는 것도 그렇고 힘도 돈도 아니 불행이라는 것까지도 그 무엇도 영원한 것은 존재하지 않는다. 그 사실을 알지 못하는 자는 이 세상에 하나도 없을 것도 같은데…. 이 세상 돌아가는 걸 보면 그 사실을 알고 있는 사람이 그리 많은 것 같지도 않다. 누구는 그것을 응징이라 한다. 또 누구는 그것을 가리켜 성공했다 한다. 기적이 일어났다고도 한다. 그러나 따져보면 포기하지 않고 좌절하지 않고 원칙을 존중하면서 정성을 다해 버텨서 그리된 것일 뿐이다. 원칙을 존중하고 정성을 다하면 누구라도 그렇게 이룰 수 있다. 그러니까 희망을 버리지 말아야 한다. 그러니까 기다려야 한다. 끝까지 참아내면서 버티고 살아남아야 한다. 다만 비굴하지 말아야 하고 인간미를 잃지 말아야 그렇게 된다. 인간답지 않은 자는 아무리 기다려도 그렇게 안 되는 세상이다. 그렇게 힘들여 이룬 성공의 수명은 끝이 없는 것이다.

그런데도 아주 꾀 많고 약삭빠른 작자들은, 남달리 특출하다고 자만하는 작자들은, 자신들의 진짜 모습을 요상하게 만든 가면으로 감추고, 순박하게 양심대로 살아가는 사람들을 교묘하게 이용하면서 잘난 체한다. 그들은 강한 것 앞에서는 비굴하리만치 조아리고, 약한 이들에게는 그래도 괜찮을까 싶을 정도로 무섭게 주먹을 휘두른다. 그들은 조그마한 연결고리라도 있으면 패거리를 만들어 떼 지어 돌아다니고, 적극적으로 동조하지 않을 것 같은 이들을 귀신같이 찾아내어 괴롭힌다. 그들은 심지어 가족이나 친인척까지도 혈육의 정으로 접근하는 것이 아니라 야욕을 충족시키는 데 필요한 도구로 활용한다. 그래서 그들은 가족관계가 원만치 못하다는 공통점을 갖고 있다. 동기간에 송사도 마다하지 않고 혈투도 피하지 않는다. 조강지처를 내쳐버리고 더 유리한 조건을 찾아 두 번 세 번 재혼을 밥 먹듯 한다. 그들에게 결혼이라는 것은 인륜지대사가 아니라 야욕을 쟁취하기 위한 방편에 불과하다. 그렇다. 완만권이라는 작자야말로 바로 그러한 인간의 전형이었다.

한인숙은 남편이 완전하게 생환했다는 소식을 밤 10시 가까운 시간에 들었다. 남편이 직접 전화를 걸어왔다. —지금 뭐 해?

그냥 여느 때처럼 첫마디가 그랬다. 전공의 시절, 당직 근무를 하다가 한숨 돌리며 휴식을 취할 때, 바로 그때 듣던 그 목소리 그대로였다. 처음에 그녀는 꿈을 꾸는 줄 알았다. 꿈이 아니고서는 그 목소리를 들을 수 없는 것이었기에. 그렇지 않고서는 너무나도 남편을 그리워한 나머지 밀어닥친 환청이었을까. 그러나 분명히 그 목소리는 하루에도 천번 만번을 기다리던 남편의 목소리였다. 그녀는 엉겁결에 아들의 이름을 부르고 말았다. —영민아!

그리고는 더 이상 할 말을 잊고 목메어 울기만 했다. 철진기 박사의 특별진료팀장이며 은사인 심영철 교수의 전화를 받고서야 그녀는 정신을 차릴 수 있었다. 그녀는 부리나케 콜택시를 타고 병원으로 달려갔다. 남편은 병상에 멀쩡하게 앉아 빙그레 웃고 있었다. 거의 일 년만의 대면이었다. 그 옛날, 말없이 빙그레 웃던 모습과 똑같은 남편의 해맑은 표정을 보는 순간, 그녀는 또 눈물이 펑펑 쏟아졌다. 눈물은 상기된 두 볼 위로 끝도 없이 흘러내렸다. 다른 할 말이 있을 리 없었다. 그저 울기만 했다. 그리고 얼마나 울었을까, 그녀는 남편을 살려내느라 혼신을 다했던 심영철 교수에게 공손히 아주 공손히 머리를 숙였다. —선생님 감사합니다!

한인숙은 다음 날 새벽 세 시가 넘어서야 병원 문을 나섰다. 공부하느라 눈코도 제대로 뜰 수 없이 바빴던 대학 시절, 도둑질하듯 남몰래 시간을 내어 뮤지컬을 관람하거나, 고궁을 산책하며 데이트하던 그때보다도 더 감미로웠고 할 이야기는 더 많았다. 이유기의 아기가 엄마의 마지막 젖을 마음껏 빨아 먹으며 그 품에서 잠든 모습과도 같이 편안하고 행복하게 잠든 남편을 병실에 남겨두고 그녀는 택시 승강장으로 빠르게 걸어갔다. 이 나라의 새벽공기가 이렇게도 상쾌하다니, 날개 없이도 이 세상 어디에도 날아갈 수 있을 것 같았다. 그녀는 중얼거리며 택시에 올라탔다. —어서 빨리 우리 영민이에게 아빠를 보여줘야 해!

먼동이 트기 시작하는 시간, 집으로 가는 길은 곧고 넓고 가로등마저 휘황찬란하다. 한인숙의 머릿속은 온통 아들뿐이다. 철영민, 그 애는 철진기 박사의 단 하나 분신, 미래의 철진기 박사라고나 할까. 가슴 가득히 환열을 안고 집으로 향하는 택시 안에서 그녀는 완만권에 대한 신문 기사를 읽는다. 그자의 비참한 종말, 그것은 인간의 그것이 아니었다. 그녀는 카시트에 기대어 지그시 눈을 감는다. 지난 일 년의 굴곡이 마치 꿈결처럼 망막을 스친다. 삶이 아닌 삶의 모습들로 점철된 세월이다. 휴, 한숨이 절로 나온다. 그만 쉬고 싶다. 집에 도착했다는 운전기사의 목소리가 들린다. 그녀는 서둘러 정신을 가다듬는다. 그 순간, 인간 한인숙의 소리가 온몸에 울려 퍼진다. —그렇게까지 무서운 바이러스는 더 이상 만들지 말라!

검정색
가방

프롤로그

그날 나는 내 새끼들을 보살피러 부리나케 둥지로 가는 중이었다. 소중한 내 새끼들을 한시라도 더 빨리 보고 싶은 욕심에 으슥하고 굴곡이 많은 우리의 길을 피하여 밝은 지름길을 가로질러 가고 있었다. 알록달록한 무늬에 길고 가느다란 몸집은 얼마나 늘씬한가! 살이 토실토실한 것들이 그 오망한 입을 크게 벌려 혀를 날름거리는 걸 보노라면 황홀경도 그런 황홀경이 없다. 눈에 당장 넣어도 아프지 않을 내 새끼들 다섯 마리! 이 세상에 그보다 더 예쁘고 함함한 존재가 어디 또 있을까. 내 머릿속에는 온통 그 생각뿐이었다. 그런데 느닷없이 두 노파가 뱀이야! 소리를 질렀고, 거의 동시에 두 늙은이가 달려왔다. 무척 더 건장해 보이는 늙은이는 한쪽 다리를 약간 절고 있었고 묵직한 지팡이를 짚고 있었는데, 그 늙은이는 지팡이로 나를 사정없이 내리쳤다. 나는 이유도 없이 두들겨 맞았다. 잠깐 내 길을 벗어났을 뿐인데…. 그 정도의 일탈逸脫이 그리도 혹독하단 말인가. 너무도 졸지에 당했기에 달려들어 그 늙은이를 물어버리지도 못했다. 나는 피투성이가 되면서도 내 새끼들을 생각하며 기를 쓰고 버텼다. 누구든 마지막에는 가장 소중한 걸 생각하기 마련이니까. 죽지만은 말아야지. 아직 어린데…. 내 소임이 아직 남아있는데…. 만신창이가 되면서도 나는 이를 악물고 발악하며 버텼다. 그러나 그 늙은이의 지팡이는 너무도 잔인하고 예리했다. 그걸 이겨내는 도리는 없다고 판단한 나는 내 원혼의 분자들을 응결시켜 블랙홀보다 더 단단한 결정체를 만들어 갔다. 원혼이 결정체가 되려면 우리세계의 기력과 영혼을 모두 결집해야 한다. 원혼의 결정체는 빅뱅이 아니고서는 절대로 깨어지지 않는다. 그러나 내가 한발 늦었다. 거의 결정체가 완성되어 갈 즈음 그 늙은이의 지팡이는 내 머리통을 정확하게 격파했고, 완성 직전의 결정체는 미세한 분말이 되어 내 원혼을 싣고 비산했다. 그 순간 나는 우리세계의 규정에 따라 최말단의 산신이 되었다. 나는 우선 현직에서 물러난 내 선친을 원로산신휴양원에 모셨다. 그런 감옥 같은 시설에는 절대로 들어가지 않겠다고 버티는 선친을 나는 신의 권능을 발휘하여 거의 반강제적으로 냉혹하게 집어넣어 버렸다. 그건 우리세계의 관례였으니 나로서도 부끄러울 게 전혀 없다.

최말단의 신은 원혼의 분말이 비산하고 있는 지역을 관할구역으로 하고, 관할구역에서는 모르는 게 없이 모두 다 신의 뜻에 따르게 할 수 있다. 내가 산신이 되고 보니 이 세상에서 계시에 가장 민감한 동물은 인간이었고, 여기서 하는 말 다르고 저기서 하는 짓 다른 동물도 인간이었다. 인간이라는 동물은 모두 검정색 가방을 적어도 하나씩은 숨겨놓고 그 속에다 별것도 아닌 것들을 긁어모아 가득히 채워 넣는 이상한 버릇이 있었다.

1

그를 아는 사람들은 그를 철 회장이라 불렀다. 고등학교에서 평교사로 명예퇴직을 한 후, 현재 살고 있는 아파트의 입주자 대표회장을 내리 네 번이나 연임하면서부터였다. 철 회장은 오로지 가정밖에 모르는 윤 여사와의 사이에 딸 둘과 아들 하나를 두었다. 윤 여사는 철 회장을 처음 만난 날부터 가슴속에 자그마한 검정색 가방을 하나 마련하여 지고지순한 사랑의 추억들만 간추리고 또 간추려 넣으며 살고 있었다.

철 회장은 평생 가르치는 일을 해오면서 허물없이 지내는 친구를 하나 만들었는데, 그가 완 감독이다. 철 회장의 친구로는 완 감독이 유일했고, 완 감독도 친구라고는 철 회장밖에 없었다.

두 사람은 누가 보아도 짝패였다. 철 회장은 화학을 가르쳤고, 완 감독은 검도 5단으로 체육선생을 했다. 다분히 이지적이면서 논리적인 화학선생과 다혈질의 정열적인 체육선생이 어떻게 친구가 될 수 있었는지는 설명하기 어렵지만, 둘은 인생살이의 여러 가지 관점이 비슷했다. 말하자면 원칙을 존중한다든가, 강직하다던가, 타협에 미숙하다던가, 장수하는 것만이 능사가 아니라 어떻게 사는가가 잘 사는 것인지에 대하여 끊임없이 고민한다든가. 시간만 나면 적당한 시기에 명예롭게 인생을 마무리해야 한다고 되뇐다든가. 그래서 철 회장과 완 감독은 그런 문제로 격론을 벌일 때가 많았고, 누가 더 드라마틱하게 인생을 마무리하는가를 한번 겨뤄보자고 내기까지 한 적도 있었다. 미세하게 차이가 있다면 철 회장은 가장 좋을 때 기분 좋게 마무리한다는 생각이었고, 완 감독은 버틸 때까지 버티다가 더 이상 버틸 필요가 없다는 결론을 내렸을 때 끝낸다는 입장이었다. 아마도 결정적인 차이를 더 들춰낸다면 철 회장보다 완 감독은 저돌적이고 즉흥적이라는 점이었다. 식성도 비슷했고, 이 세상에서 자기의 부인 말고는 예쁜 여자는 어디에도 없다는 신념도 비슷했다. 완 감독이라는 별칭은 체육고등학교 교감으로 정년퇴직을 한 후, 도 검도연맹의 간곡한 청에 못 이겨 일반부 감독을 맡아 전국체전에서 3년을 내리닫이 우승을 하고부터 얻었다.

완 감독은 현대무용을 전공한 강 선생과의 사이에서 오로지 아들 하나밖에 애를 낳지 못했다. 딸을 더 기르고 싶었으나 직장이 발목을 잡아 기껏 들어섰던 애를 남몰래 여섯 번이나 지워야 했다. 강 선생은 40대 후반이라는 한창나이에 파킨슨병 진단을 받고 잘 나가던 교직에서 졸지에 물러났다. 혹자는 너무 빈번한 인공유산 때문에 파킨슨병에 걸렸을 거라고 놀려댔으나, 주치의는 강 선생이 중학교 다닐 때 앓은 바이러스 뇌염이 원인이 됐을 거라고 진단했다. 그때부터 강 선생은 가슴속 깊은 곳에 검정색 가방을 감춰놓고 오욕칠정五慾七情의 찌꺼기들을 생기는 대로 모아두며 한 서린 삶을 사는 중이었다.

2

완 감독 부부가 노인휴양원에 들어가던 날, 철 회장은 완 감독 외아들의 승용차에 편승하여 함께 갔다. 완 감독의 외아들은 지방 사립대학의 교수였다. 완 감독 부부는 노인휴양원에서 제공하는 봉고버스를 타고 갔다. 녹음이 우거진 7월 하순의 이른 오후, 검푸른 숲으로 둘러싸인 팔팔노인휴양원은 그럴듯해 보였다. 노인휴양원의 지배인으로부터 숙소를 배정받고 외아들이 침구와 일용품을 정리하는 동안 완 감독 부부와 철 회장은 휴양원 정원 잔디밭을 산책했다. 잔디밭은 꽤 오래 방치된 듯 온갖 잡초가 산만했으나 축구장 반 정도는 될 정도로 넓었다. 삼복임에도 백운산 정상 쪽에서 불어오는 바람이 제법 시원했다. 휴양원 정원 잔디밭 곳곳에는 작은 팻말이 여러 개 꽂혀 있었다. —풀밭으로 들어가지 마시오! (뱀 조심) 완 감독의 며느리는 다섯 살 난 아들의 유치원 봉사활동에 참가한다는 핑계로 낯짝조차 볼 수가 없었다.

노인휴양원 정원 잔디밭에는 먼저 거닐고 있는 사람들이 몇 명 더 있었다. 모두 허리는 구부정하고 걸음은 매우 느렸다. 강 선생이 앞장서서 걸었고 그 뒤를 철 회장과 완 감독이 나란히 걸으며 담소를 나눴다. 철 회장과 완 감독 부부보다 대여섯 걸음 앞에서는 강 선생이 기거할 방의 방장 격인 최 노파가 산책하고 있었다. 왜소하고 여린 몸집의 최 노파는 강 선생을 보자 먼저 반색했다. "새로 오셨어요?"

"…조금 전에요." 강 선생은 머뭇거리며 대답했다.

"반가워요. 잘 오셨어요. 여기 참 좋아요." 최 노파는 강 선생에게로 바짝 다가섰다.

"잘 부탁해요." 강 선생은 살짝 미소를 머금었다.

강 선생과 최 노파는 앞서거니 뒤서거니 정답게 산책을 계속했다. 스르륵 스르륵. 바로 그때 어디서 나타났는지 정원 잔디밭 위로 무지갯빛 능구렁이의 그림자가 날아올랐다. 오색찬란한 능구렁이 그림자는 정원 잔디밭에서 산책하는 사람들 머리 위를 크게 두어 바퀴 선회하다가 노인휴양원 건물 뒷산 울창한 참나무 숲속으로 홀연히 사라졌다.

완 감독은 철 회장과 자주 어울리지 못한다는 아쉬움이 컸고, 강 선생과 다른 방에서 기거해야 한다는 사실에 마음이 무거웠다. 철 회장은 완 감독을 위로할 수밖에 없었다. "자주 휴양원에 들려 놀아주겠네. 그리고 시간 나는 대로 강 선생과 이렇게 잔디밭도 산책하게나. 아쉽지만 이런 것도 우리 삶의 한 과정으로 받아들이세!"

"뱀, 뱀이다!" 바로 그때 앞서가던 강 선생과 최 노파가 동시에 비명을 질렀고, 강 선생은 놀란 나머지 그 자리에 주저앉았다. 무척 커다란 능구렁이가 두 노파의 앞길을 가로질러 지나가는 것이었다. 강 선생은 세상에서 뱀을 제일 무서워했다. 뱀을 보면 온몸에 소름이 돋고 까무러칠 정도였다. 뱀이 TV 화면에만 나타나도 비명을 지르며 몸서리를 쳐댔다. 그래서 완 감독도 뱀이라면 어디에서든지 그냥 넘어가지 않았다. 강 선생을 안심시키기 위해서라도 두들겨 잡아야 했다. 완 감독은 재빨리 달려들어 지팡이로 뱀을 내리쳤다. 등줄기를 얻어맞은 뱀은 몸을 크게 꼬아대다가 빠른 속도로 도망가기 시작했다.

"죽이지는 말게! 그놈도 살려고 그러는 건데 그냥 쫓아버리게

나! 처음 들어오는 날 살생은 좀 그렇지 않은가?" 완 감독의 성미를 잘 알고 있는 철 회장은 애원하듯 만류했다.

"아니야! 이놈을 살려놓으면 앞으로 또 나타날 거야. 잡아 없애버려야 해. 그래야 후환이 없거든!" 완 감독은 철 회장의 간곡한 만류에도 기를 쓰고 도망가는 뱀을 쫓아가 연거푸 대여섯 번도 더 내리쳤다. 뱀은 머리통이 완전하게 박살 나고서야 쭉 뻗어버렸다. 검도 5단의 실력은 여전했다. 강 선생은 새파랗게 질린 채로 부들부들 떨고 있었다. 완 감독은 부인을 감싸 안아 어깨를 토닥거렸다. 최 노파는 그 광경을 물끄러미 바라보며 지팡이로 뱀을 때려잡는 완 감독의 모습에서 앞서간 남편의 야생마 같은 매력을 느끼고 있었다.

철 회장과 완 감독 부부는 정원 잔디밭 산책을 중단하고 노인휴양원 건물 안으로 되돌아갔다. 완 감독은 관리실로 들어가 지배인에게 뱀 이야기를 했다. 정원에 뱀이나 독충이 출몰하지 못하도록 대책을 강구해야 하지 않겠냐고 언성을 높였다. 완 감독의 기세는 참으로 등등했다. 지배인이 정색하며 물었다. "무슨 뱀이던가요?"

"능구렁이야! 넉 자도 더 넘는 놈이야!" 완 감독이 신경질적으로 대답했다.

"능구렁이는 위험하진 않아요. 독이 전혀 없어요!" 지배인이

사무적으로 지껄였다.

"그렇지만 건물 밖 외출은 삼가셔야 해요!" 옆에서 TV를 시청하고 있던 여사무원이 지배인을 거들었다.

지배인과 여사무원은 뱀이 어디에 있는지, 뱀에 물리지는 않았는지 관심 밖이었다. 지배인의 태도에 실망을 금치 못하고 관리실 문을 나서는 철 회장과 완 감독의 등 뒤에서 유들유들한 지배인의 목소리가 들려왔다. "능구렁이는 정력에 특효라는데 오늘 밤 뱀탕이나 끓여 먹어야지!"

여사무원이 깔깔거리며 거들었다. "뱀탕을 끓이면 저도 한 모금 주세요!"

지배인은 완 감독과 철 회장이 관리실 문을 나서자마자 회전의자 뒤쪽에 있는 캐비닛에서 커다란 검정색 가방을 꺼내 들었다. "능구렁이를 넣어 갖고 와야지…."

정원 잔디밭으로 향하는 지배인의 능글맞은 표정에서는 탐욕이 넘쳐나고 있었다.

완 감독은 노인휴양원 현관에서 돌아갈 채비를 하고 있는 외아들에게도 뱀 이야기를 했다. 하마터면 엄마가 물릴 뻔했다고…. 그러나 완 교수도 뱀 건에 관해서는 관심 밖이었다. "가급적 건물 밖으로는 나가지 마세요. 제가 귀국할 때까지 조신하게 계셔야 해요!"

완 교수는 아쉬운 표정이 역력한 부모를 뒤로하고 서둘러 주차장으로 향했다. "아저씨, 인제 그만 내려가셔야지요!"

철 회장은 완 감독과 악수를 하고 승용차 뒷좌석에 올라탔다.

"몸 성히 잘 갔다 오거라!" 완 감독은 떠나가는 외아들을 향해 한결 정감 어린 목소리로 말했다.

"걱정하지 마세요!" 완 교수는 뒤도 돌아보지 않고 승용차에 올라탔다. 강 선생은 말없이 서서 훌쩍거릴 뿐이었다. 노모의 손이라도 한 번 잡아주고 가면 좋으련만…. 완 교수의 승용차는 빠른 속도로 산골짜기 길을 달려 내려갔다. 완 감독 부부는 외아들의 승용차가 시야에서 사라진 후에도 뒤돌아서질 못하고 넋을 잃은 모습으로 마을 쪽을 내려다보고 있었다.

철 회장은 완 감독 부부를 뒤로하고 완 교수의 승용차에 편승하여 집으로 돌아왔다. 아파트 현관으로 향하는 철 회장을 향해 완 감독의 외아들이 깊이 허리를 굽혔다. "저희 부모님 잘 좀 부탁합니다. 그리고 이것 좀 아저씨가 맡아 보관해주세요. 귀국하는 대로 찾아가겠습니다. 휴양원에는 둘 곳이 없을 것 같아서요."

완 교수는 승용차 트렁크에서 낡은 검정색 가방을 하나 꺼내 들었다. 무척 소중한 것이겠지…. 그렇게 생각하며 철 회장은 그것이 무엇인가를 묻지도 않고 친구의 외아들이 부탁하는 검정색 가방을 받아들었다. 가방은 꽤 묵직했다.

"저는 내일 오후 인천공항에서 출발하려고 합니다."

"그래, 장도를 축하하네. 잘 다녀오시게!" 철 회장은 완 교수의 승용차가 아파트단지를 빠져나갈 때까지 손을 흔들어주었다.

아파트 33층으로 올라가는 엘리베이터 안에서 철 회장은 불현듯 이상한 생각이 맴돌았다. 뱀을 잡지 말았으면 좋았을 것을…. 완 감독과 강 선생이 무사히 시설에서 나와 자택으로 돌아갈 수 있으려는지….

현관에 들어서는 철 회장에게서 윤 여사가 검정색 가방을 받아들며 물었다. "이건 무슨 가방인가요?"

"글쎄? 내용물은 잘 모르겠고…. 상덕이가 2년만 맡아 달라는군."

완 감독은 시도 때도 없이 외아들 자랑을 했다. 자그마한 변화만 있어도 가만있지를 못했다. 외아들 이야기를 할 때면 완 감독의 모습은 마치 하늘을 나는 봉황처럼 보였다. "우리 아들이 내년에 박사학위 받을 거야. 대학원 들어가서 딱 4년 만이야. 그렇게 단기간에 박사 되기는 무척 어렵대!"

"우리 아들이 이번 학기부터 섬강대학 교수로 가게 될 것 같아. 꽤 이름 있는 사립대학이야!"

"우리 며느리가 아들을 낳았어! 나도 드디어 할아버지 됐어.

고추가 제 아비 어릴 때와 어쩜 그렇게 똑같은지. 자네 아직 손자 고추 구경 못 했지!"

철 회장이 아직 외손녀만 둘 두고 있을 때였다. 완 감독은 장손이 태어났다고 아주 가까운 지인들에게 크게 한턱까지 냈었다.

"우리 아들이 학과장 됐어. 대학의 학과장은 권한이 무척 크대. 그 과에 필요한 교수도 과장이 뽑는다나 뭐라나…."

완 감독은 불과 두 달 전 자정을 약간 넘긴 시간에 전화를 걸어왔다. 철 회장은 잠결에 전화를 받았다. 무슨 큰일이 난 줄 알았다. 완 감독의 목소리는 한껏 흥분되어 있었다. "상덕이가 미국의 유명한 대학에 교수로 가게 됐어. 그것도 2년씩이나…. 잘만하면 그 기간을 더 연장할 수도 있다는군!"

그렇게 완 감독과 강 선생은 외아들을 우선하는 삶을 살고 있었다. 완 교수는 부모의 그런 삶을 쓸데없는 노파심이고 집착이라고 치부했다. 더구나 완 감독의 절룩거리는 다리도 강 선생의 덜덜거리는 손도 눈에 거슬렸다. 그런 부모로부터 도망치고 싶었다. 그래서 교환교수 신청을 했고, 적지 않은 비용을 들인 끝에 도미의 기회를 얻게 되었다.

3

강 선생이 기거할 방에는 세 명의 노파가 더 있었다. 최 노파는 강 선생에게 노인휴양원 생활을 친절하게 안내해주었다. 다른 두 노파는 거의 무표정했고 말수도 별로 없었다. 모든 게 귀찮아 보이는 사람들이었다. 살아있는 것 자체가 지루하다는 표정이었고 힘들어 보였다. 최 노파는 달랐다. 아직 생에 대한 의욕이 남아도는 듯 끊임없이 지껄였다. 이것저것 관심도 많았고 아는 것도 무척 많았다. 강 선생의 침대는 출입구 벽 쪽에 붙어있었고, 바로 옆에는 최 노파의 침대가 나란히 놓여있었다. 강 선생은 갓 전학 온 아이처럼 엉거주춤 침대에 걸터앉았다. 최 노파가 검정색 가방에서 박카스를 한 병 꺼내 들고 강 선생 옆으로 다가와 뚜껑을 열고 내밀었다. "이거 드세요! 좀 기운이 날 거예요."

강 선생이 박카스 병을 받아들자 최 노파는 본격적으로 이야기를 늘어놓기 시작했다. 피로와 갈증으로 힘들어하던 강 선생은 박카스를 단숨에 마셔버렸다.

"영감탱이가 정년을 맞이하고 십 년도 못 살았어요. 이곳에 들어 온 지는 6년이 다 되었고요. 딸이 하나 시내에 살아요. 곧잘 살아요. 손주도 넷이나 있고요. 영감이 연금을 남겨놓아서 누구에게도 아쉬운 소리는 안 하고 지내요!" 최 노파는 입을 다물 줄 몰랐다.

"형님은 자녀가 어떻게 되나요?" 최 노파는 다섯 살이나 손위인 강 선생을 죽은 언니 같다며 형님으로 모시고 싶다고 했다. 굳이 말을 놓으라고 애걸하다시피 했다. 강 선생도 나이 어린 사람에게 경어를 쓸 필요가 없다는 생각이 들어 최 노파의 요청에 못 이기는 척 하대하기 시작했다.

"영감님은 왜 그리 일찍 돌아가셨나?" 강 선생이 관심을 보이며 다정하게 물었다.

"놀러 갔다 사고가 났어요. 단짝 친구들이 셋 있었는데, 이른 봄에 아침 일찍 동해안으로 골프를 치러가다가 미끄러졌는지 과속을 했는지 차가 굴렀어요. 다들 멀쩡한데 우리 영감만 죽었어요. 처음엔 나도 따라서 가려고 했어요. 혼자서는 도저히 못 살겠더라고요. 그런데 누군가 그러더라고요. 연금이 60퍼센트나 나오는데 그거 갖고 살면 영감 없이도 재미나게 살 수 있을 거라고…. 그럴듯해서 버텨봤어요. 불면증 때문에 가끔 잠을 설치는 것 말고는 살겠더라고요. 이제는 죽지 않길 잘했다는 생각이 들어요. 형님도 혹 아저씨가 먼저 가시면 절대로 따라가지 말아요. 다 부질없는 짓이거든요. 아니 이제부터는 형부라고 불러야겠네요. 형부도 연금이지요? 그런데 형부는 지팡이 짚고 다니는 모습이 어쩜 그렇게 멋쟁인가요? 형님이 부러워요. 이곳에

형님처럼 부부가 같이 들어온 분이 또 두 분 있는데 그분들은 너무 늙어서 이제는 부부 같지도 않아요. 그런데 형님 부부는 꼭 이리로 신혼여행을 온 것으로 보여요. 우리 영감이 살아있다면 나도 그렇게 했을 것 같은데… .아드님도 어쩜 그렇게 준수해요? 변호산가요?"

강 선생은 아들 이야기가 나오자 신바람이 나기 시작했다.

"요샌 변호사 아무것도 아니래. 우리 아들은 대학교수야. 사회학 박사라고. 낼모레 미국에 교환교수로 갈 거야!"

"형님은 완전히 성공한 인생이네요!" 최 노파는 입에 침이 마르도록 강 선생을 치켜올렸다. 최 노파와 이야기를 나누면서 강 선생은 최 노파가 뻔뻔하기도 하고 버릇도 없고 당돌하기도 하다는 생각이 들었지만, 최 노파로 인하여 노인휴양원 생활이 지루하지 않을 것 같다는 생각도 들었다. 너무 가까이는 지내지 말아야지, 하면서도 자신도 모르게 최 노파에게 마음이 빨려들고 있었다.

4

동갑내기 철 회장 부부는 얼마 전에 미수米壽를 막 넘겼다. 아직껏 건강한 몸으로 즐거운 나날을 보내는 것은 어느 집 아이들보다 잘 커서 성실하게 살고 있는 자녀들 덕분이라는 믿음이 컸다. 세 놈들이 돌아가면서 즐거움을 안겨주는 바람에 그렇다고 여기며 고마운 마음으로 살아가는 중이었다. 그런데 최근 들어 윤 여사의 컨디션에 이상 징후가 나타나기 시작했다. 윤 여사의 건강 상태가 갑자기 나빠지기 시작한 건 한 보름 전쯤부터였다. 그날 철 회장과 윤 여사는 여느 때와 마찬가지로 이른 저녁 식사를 하고 근린공원 산책에 나섰다. 공원 입구까지는 씩씩했다. 공원 입구에 들어서자마자 윤 여사가 첫 번째 나무벤치에 주저앉았다. 이전에는 그런 적이 없었다. 늘 거기까지는 철 회장보다 더 활달하게 걸어갔었다. 매번 공원의 끝자락에 있는 연못까지는 쉬지 않고 걸어갔었다. 윤 여사는 연못가 나무벤치에 걸터앉아 노래를 부르거나 여고 시절에 외웠다는 릴케의 시를 암송하는 걸 좋아했다. 그런데 그날은 공원 입구에서 주저앉는 것이었다. 철 회장이 근심 어린 말투로 물었다. "힘이 많이 들어?"

윤 여사는 대답도 못 하고 숨을 몰아쉬었다. 철 회장이 윤 여사의 손을 잡으며 또 물었다. "왜 그러는 거야?"

윤 여사의 손이 예사롭지 않게 차가웠다. 그렇게 손이 차가운 적이 예전엔 별로 없었다. 57년 전 처음 손을 잡았을 때의 그 온기가 변한 적은 그동안 한 번도 없었다. 그런데 이렇게 갑자기 온기가 사라지다니…. 아무 대답도 하지 않는 윤 여사가 더욱더 측은하게 여겨지면서 겁이 나기 시작했다. 어떻게 해야 하나?

도저히 어찌해야 할지 갈피를 잡을 수가 없었다. 철 회장은 윤 여사 옆으로 다가가 앉아 어깨를 감싸 안았다. 철 회장의 가슴에 기대어 허공을 바라보는 윤 여사의 목소리가 더할 나위 없이 애처로웠다. “오늘은 노을이 더 예쁜 것 같네…. 언제까지 저 하늘을 볼 수 있으려는지….”

서쪽 하늘에 노을이 모두 사라지고서야 윤 여사는 겨우 기운을 차렸다.

“그래도 연못까지는 가 봐요!” 윤 여사는 나무벤치에서 일어나며 철 회장의 손에 매달렸다.

“갈 수 있겠어?” 철 회장이 물었다.

“가 볼게….” 윤 여사가 기어들어 가는 목소리로 대답했다. 철 회장은 윤 여사의 손을 단단히 잡고 연못 쪽으로 천천히 걸어갔다. 여느 때와 달리 연못까지 거리가 매우 멀게 느껴졌다. 연못가 벤치는 그 자리에 그대로 있었다. 아무도 앉아있지 않았다. 철 회장과 윤 여사는 첫 번째 벤치에 털썩 주저앉았다. 그전에는 늘 세 번째 벤치를 골라 앉았었다. 3이라는 숫자를 유달리 좋아하는 윤 여사의 습관을 존중하여 철 회장은 선택의 여지가 있는 것에서는 항상 세 번째를 고집했다. 또다시 윤 여사가 숨을 거칠게 몰아쉬었다.

윤 여사가 연못 위에 어른거리는 아파트 불빛을 바라보며 중얼거렸다. "언제까지 당신 밥을 지어줄지 모르겠네…."

철 회장은 일부러 못 들은 척했다. 윤 여사가 하는 말 중에서 가장 듣기 싫은 소리가 그런 소리였다. 윤 여사는 조금만 컨디션이 좋지 않으면 그렇게 말하는 버릇이 있었다. 철 회장은 윤 여사의 차가운 손을 감싸 쥐었다. 그렇게 보드라웠는데…. 이제는 많이도 앙상해졌다. "노래나 한 곡 뽑아보시게나!"

"지금은 숨이 가빠서…."

철 회장은 윤 여사의 노랫소리를 좋아했고 윤 여사는 철 회장에게 노래 불러주는 걸 즐겼다. 아마도 30분은 더 흘러갔을 것이다. 정신을 가다듬은 윤 여사가 김광석의 '어느 60대 노부부의 이야기'를 부르기 시작했다. 철 회장도 울먹이며 노래를 따라 불렀다. 윤 여사는 노래를 부르다 말고 흐느꼈다. 그날 철 회장과 윤 여사의 근린공원 산책 시간은 평소보다 두 배도 더 걸렸다.

철 회장이 윤 여사를 부축하여 집에 돌아와 보니 부재중전화가 일곱 통이나 와 있었다. 휴대전화를 챙겨가지 않은 게 화근이었다. 맏딸이 세 통, 둘째와 막내가 두 통씩 전화했다. 철 회장은 맏딸 진숙에게 전화를 걸어 윤 여사에게 바꿔줬다.

"무슨 일이 생긴 줄 알았잖아…. 너무 늦게 나다니지 마셔요!" 맏딸은 친정에서 전화를 받지 않아 근심을 많이 하고 있었다.

"동생들에게도 아무 일 없다고 네가 전화를 해 주렴!" 여느 때 같으면 윤 여사가 둘째와 막내에게 직접 전화로 목소리를 들려줬을 터인데….

철 회장네 자녀들은 각별한 데가 있었다. 밤낮을 가리지 않고 친정에 전화를 걸거나 사전에 예고도 없이 들이닥쳐 부모님의 근황을 살폈다. 특히 맏딸은 수시로 친정에 전화를 걸었고, 친정 부모의 상태를 확인하여 동생들과 공유했다. 윤 여사는 두 딸과 전화로 담소하는 걸 제일로 좋아했다. 서로 농담도 하고 너스레도 떨었다. 모녀는 마치 친구 같았다. 윤 여사는 좀처럼 자식들에게 힘든 내색은 하지 않는 성미였다. 늘 그랬다. 자식들에게는 항상 의연했다. 몸이 힘든 것도 돈이 힘든 것도 무엇이건 내색하지 않았다. 자식들에게 조금이라도 근심을 끼치지 않으려는 엄마였다. 자식들이 부모에 대하여 잔신경 쓰지 않고 마음 편하게 그리고 자유롭게 세상을 살아가기를 염원하는 마음이 누구보다 컸다. 괜스럽게 근심을 하게 하는 건 부모의 도리가 아니라고 여겼다. 자식들에게 도움을 주지는 못할망정 걸림돌이 되어서는 절대로 안 된다는 주의였다. 그래서 윤 여사는 생일상을 차려주겠다는 자녀들의 제안도 번번이 거절했었다. 설 때 세배하러 친정에 온다는 것도 만류할 정도였다. 날씨도 고약하고 교통 사정도 여의치 않은데, 정이나 엄마 아빠가 보고 싶어 오는 것은 환영하지만 그런 의례적인 행사는 용납하지 않았다. '저희만 잘 살면, 저희만 행복하다면, 무얼 더 바란담.' 그게 윤 여사의 본심이었고, 자녀들을 사랑하는 방법이었다.

그 점에 있어서 철 회장의 생각은 윤 여사와는 조금 달랐다. 인간세계를 구성하고 있는 요소들의 역할을 있는 그대로 인정해야 한다는 주의였다. '어린 아이는 어린 아이로서 역할이 따로 있고 젊은이는 젊은이로서의 역할이 따로 있으며 노인은 노인으로서의 역할이 또 따로 있다. 그 시기에 그 역할을 다하지 못하면 그것은 훗날 커다란 후회로 남고 그 트라우마는 오래가게 된다. 그래서 그 역할을 행할 기회를 최대한 존중해주어야 한다. 자식에게는 부모를 공양할 기회를 주어야 하고, 부모가 그런 것을 일부러 거절하는 것은 바람직하지 않다. 능력이 없으면 모를까, 능력이 충분함에도 불구하고 그 역할을 다할 수 있음에도 그것을 행할 수 있게 해 주지 않는 것은 바람직하지 않다. 자식들에게 무엇을 해줬든 못 해줬든 자식으로서의 도리를 다하도록 가르치고 분위기를 조성해야 한다. 인간이기 때문에 그리해야 한다. 그게 인간의 가치이다.' 그렇게 철 회장의 사고방식은 윤 여사와 차이가 있었다. 철 회장은 아무리 그렇게 주장은 하면서도 결국에 가서는 윤 여사의 의견을 존중했고, 윤 여사가 하자는 대로 따라주었다. 그렇게 하는 것은 철 회장이 윤 여사를 사랑하는 방법이었다. '사랑하는 이의 심기를 편치 않게 하는 건 진정한 사랑이 아니다.' 그게 철 회장의 본심이었다.

안색도 좋지 않고 거동도 불안정한 윤 여사에게 철 회장은 토종 꿀물을 한 컵 타서 권했다. 윤 여사는 말없이 받아 마셨다. 평상시 같으면 꿀물은 어림 반 푼어치도 없는데…. 아마도 끝내 마시지 않고 결국은 철 회장의 입으로 들어갔을 터인데…. 철 회장은 윤 여사를 일찍 잠자리에 들게 하고 그 옆에서 잠자는 모습을 바라보며 뜬눈으로 밤을 지새웠다. 사랑하는 여인의 잠자는 모습을 찬찬히 살펴보면서 새로운 아름다움과 한없는 거룩함에 마냥 도취하였고, 그 밤이 전혀 지루하지 않았다.

5

완 감독은 갑자기 철 회장에게 전화를 걸어 만나보고 싶다고 했다. 그냥 보고 싶다는 거였고 사는 게 사는 것이 아니라고 푸념을 해댔다. 죽지 못해 산다고 엄살까지 떨었다. 완 감독은 철 회장을 가끔 만나 이 이야기 저 이야기를 나누는 게 마지막 낙이었다. 노인휴양원에 들어가고부터는 그마저 여의치 않았다. 철 회장은 완 감독에게서 연락이 오면 언제라도 달려갈 준비가 되어 있었다. 그날도 철 회장은 전화를 받자마자 완 감독이 마지막 생을 버텨내고 있는 팔팔노인휴양원으로 승용차를 몰았다. 의무감에서가 아니라 철 회장도 짝패가 보고 싶었다. “잠시 기다리게! 당장 그리로 갈 테니!”

붉은 벽돌의 단층건물, 팔팔노인휴양원은 W시 외곽 남쪽 백운산 끝자락 부엉이골 안막 응달진 곳에 을씨년스럽게 웅크리고 있었다. 산기슭에는 굴참나무와 상수리나무가 울창했으나, 건물 주위에는 배리배리한 낙엽송 몇 그루와 리기다소나무가 듬성듬성했는데, 산세가 험준한 산골짜기를 따라 내리 부는 거친 바람을 견디느라 하나같이 힘들어하고 있었다. 그래서 그런지 노인휴양원은 입구에서부터 음습한 냉기가 감돌았다. 건물 현관을 들어서면 더욱더 썰렁했다. 직원들은 지나치게 사무적이었고 무표정하기가 석고상 같았다. 항상 그렇게 보이긴 했지만, 그날은 더 심해 보였다. 완 감독은 그날도 묵직한 지팡이를 힘겹게 짚고 나타났다. 완 감독이 지팡이를 짚기 시작한 건 50대 초반쯤부터였다. 고등학교 2학년 체육수업을 하면서 자기의 전공도 아닌 기계체조 시범을 보이다가 낙상을 했고, 오른쪽 무릎관절을 크게 다쳤다. 치료를 잘 하느라고 했지만 지묘롭게 재활치료를 받지 못한 탓에 약간의 장애가 생겼다. 결국 그때부터 한쪽 다리를 절면서 지팡이 신세를 지게 되었다. 지금 짚고 다니는 지팡이는 철 회장이 짝패의 정년퇴임을 기념하여 선물한 것이었다. 특수 금속제품으로, 손잡이 부분을 비틀어 빼내면 그 속에는 위기 상황에서 사용할 수 있는 물건들이 몇 가지 들어있었다. 길이가 2미터가 넘는 질긴 로프도 한 가닥 들어있었다.

완 감독의 주름진 얼굴에는 시퍼렇게 멍이 들어 있었다.

"그 꼴이 뭔가?" 철 회장이 안쓰러운 표정으로 물었다.

"실외 화장실 경사로에서 몸의 균형을 잃고 벽에 부딪혔다네…."

완 감독의 몰골은 보기에도 매우 흉측했다.

"치료는 잘 받고 있는가?" 철 회장이 완 감독의 얼굴을 어루만지며 또다시 물었다.

"물파스를 한 번 문질러주더군…."

"그리고는?"

"그게 끝이었지…."

"병원에 가잔 말 없던가?"

"병원은 무슨…."

철 회장은 기가 찼다.

"요즈음 완 교수 모친 컨디션은 어떤가?" 철 회장이 강 선생의 건강 상태를 물었다.

거의 거동도 하지 않고 시간만 나면 잠만 자고, 손 떨림은 더 심해진 것 같다고 했다. 부인과 대화할 시간도 별로 없다 했다. 팔팔노인휴양원에서는 부부가 함께 들어가더라도 서로가 다른 방에서 기거해야 하므로 서로 만나는 것도 매우 제한적이었다. 그냥 집에서 버틸 걸 괜히 노인휴양원에 들어왔다고 완 감독은 후회하고 있었다. 완 감독은 노인휴양원에 불만이 무척이나 많아 보였다. 그러나 이제는 노인휴양원에서 나가고 싶어도 못 나간다는 거였다. 완 교수가 도미하면서 노인휴양원 측과 모종의 계약을 체결했고, 그 계약에 따라 보호자의 뜻이 아니고서는 퇴원할 수도 없게 만들어 놓았다는 거였다. 노부모를 잘 보살펴 달라는 뜻으로 원장에게 적지 않은 후원금까지 내어놓았다며 외아들에 대한 불만도 적지 않았다.

"자네 아들은 캐나다에서 체류 기간을 앞당겨 귀국했다면서?" 완 감독이 철 회장의 막내 이야기를 꺼냈다.

"우리가 너무 고령이라 가까이서 자주 뵈어야 한다고…. 괜히 늙은이들이 젊은 애 창창한 앞길을 가로막는 것 같아서 그러지 말라고 했지만…."

"그 녀석 참 기특하기도…. 그런데 난 아들 하나 있는 게 늙은 부모를 내팽개치고 도망간 것 같은 생각이 자꾸만 든다네. 내가 생각해도 내가 왜 그러는지 모르겠어!"

철 회장의 막내는 캐나다 유학이 끝날 무렵 바이오관련기업에 특채되었고 고액의 연봉을 받으며 무척 잘 나가고 있었지만, 연로하신 부모님을 지근거리에서 보살펴 드려야 한다면서 서울 지사 근무를 자청했던 것이었다.

완 감독의 넋두리를 모두 듣고 난 철 회장은 친구를 달랬다. 그래도 참아내야 한다고…. 미국에 간 완 교수가 돌아올 때까지라도 버텨야 한다고…. 완 감독은 철 회장의 그 말에 심기가 뒤틀리기 시작했다. 철 회장이 자신의 처참한 입장은 간과하고 그냥 무조건 참으라며 너무 냉정하게 대하는 것 같아서 몹시 화가 났다. 어떤 상황에서도 서로 간에 그런 고까운 감정은 생긴 적이 없었는데, 이제는 어린애들도 그냥 넘길 지극히 사소한 언행까지도 심기를 자극하고 있었다.

"자네도 그러는 거 아냐! 누구는 죽지 못해 사는데! 모두 꼴보기 싫어!" 완 감독은 철 회장에게 고함을 질렀다. 완 감독의 고함은 천둥소리처럼 부엉이골에 울려 퍼졌다. 그러면서도 완 감독은 곧바로 철 회장의 두 손을 감아 잡으며 은근하고 정감 어린 목소리로 속삭였다. "자네는 절대로 시설에는 들어가지 말게! 여기는 너무 거칠고 삭막해! 할 수만 있다면 난 지금 당장이라도 집으로 돌아가고 싶다네!"

2년 계약으로 교환교수가 되어 도미하는 외아들의 의견을 존중하여 완 감독은 별로 내키지 않는 길을 택했던 것이었다. 완 교수는 출국하기 며칠 전에 아버지 완 감독과 철 회장을 고급레스토랑에 모셨다. 철 회장에게 고급포도주를 따르며 부모님을 간곡하게 부탁했다. 특히 아버지를 잘 부탁한다는 거였다. "아버지가 점점 과격해지는 것 같아서 근심이 많아요!"

완 교수의 부탁이 없었다 하더라도 철 회장은 짝패를 절대로 방관하지는 않았을 터였다. 그날, 철 회장은 완 감독의 외아들 상덕이가 천하에 둘도 없는 효자로 보였다. 노부모를 생각하는 마음이 참으로 갸륵했다. 적어도 그때는 그랬었다. 그런데 지금은 완 교수가 현실 도피한 것은 아닌지 의심스러웠다. 완 감독과 강 선생의 처지가 왜 그리도 가련하고 측은해 보이는지…. 완 감독과 작별하고 집으로 돌아오는 승용차 안에서 철 회장은 이상스럽게도 완 감독과의 온갖 추억들이 빠르게 스쳐 지나가는 걸 느꼈다. 한없이 좋고 아름다웠던 추억들도 허무하게만 느껴졌고, 그래서 철 회장은 매우 껄떡 지근한 기분으로 귀가를 서둘렀다.

완 감독은 철 회장을 떠나보내고 묵직한 지팡이에 몸을 의지하여 강 선생이 있는 복도의 동쪽 끝에 있는 방으로 향했다. 수성페인트칠이 볼썽사납게 벗겨진 복도 외벽 높다란 곳에는 두 쪽의 여닫이창이 닫힌 채로 문고리는 굳게 채워져 있었다. 완 감독은 방문을 열고 부인이 누워있는 벽 밑 침대 쪽을 바라보았다. 서쪽 끝에 있는 남자들의 숙소와는 전혀 다른 온기가 밀려왔다.

냄새 자체가 달랐다. 그래도 그건 사람의 냄새였다. 강 선생은 조용히 잠을 자고 있었다. 강 선생의 옆자리에 있는 최 노파가 화투로 오관을 떼다 말고 완 감독을 힐끗 쳐다보았다. 최 노파의 목은 유난히 희고 가늘어 보였다. 완 감독은 강 선생을 잘 좀 보살펴 달라는 표정을 지으며 최 노파에게 가볍게 목례하고 뒤돌아섰다. 최 노파가 급하게 따라 나와 완 감독을 불러 세웠다. "형부, 이거 드세요!"

최 노파가 완 감독에게 내미는 것은 박카스였다. "어제 우리 딸이 가져왔어요!"

완 감독은 최 노파가 내미는 박카스를 받아들고 서쪽 끝에 있는 남자들의 숙소로 향했다. 질식할 것 같은 냄새가 또다시 밀려오기 시작했다. 완 감독은 아주 느리게 자기 침대로 걸어갔다.

6

완 감독 부부가 팔팔노인휴양원에 들어 온 지 서너 달쯤 지났다. 완 감독은 강 선생과 정원 잔디밭을 산책하고 있었다. 완 감독이 작은 소리로 말했다. "오늘 밤중에 당신한테 가고 싶어…."

강 선생은 놀란 표정으로 주위를 살폈다.

"다른 여자들이 셋이나 있어요. 절대로 오지 말아요! 이제는 참을 때도 됐잖아요!" 강 선생은 차분한 목소리로 남편을 달랬다.

"자정에는 직원들도 모두 잠들어 있어! 아무도 모르게 조심해서 갈 테니까 불안해하지 말라고…." 완 감독은 집요했다.

"그래도 그건 아니잖아요!"

"그래도 갈 테니 그리 알라고!" 완 감독은 끝까지 물러서지 않았다.

남편의 생활 습관과 성미를 누구보다 잘 알고 있는 강 선생은 더 이상 만류할 수가 없었다. "그럼, 소란이나 피우지 말아요! 들키면 개망신이니…."

자정이 약간 넘은 시간, 완 감독은 강 선생이 기거하는 방으로 갔다. 단조로운 장방형의 그 방 중간에는 창문이 하나 나 있고, 창문을 중심으로 왼쪽에 두 개의 침대, 오른쪽에 두 개의 침대가 나란히 놓여 있었다. 왼쪽 벽에 붙은 강 선생의 침대와 나란히 최 노파의 침대가 놓여 있었다. 창에는 낡고 진한 버티컬블라인드가 드리워져 있었다. 강 선생은 숨을 죽인 채 남편을 기다리고 있어야 했다. 다행스럽게도 다른 세 명의 노파들은 깊은 잠에 빠져 있었다. 그날부터 완 감독은 마음이 몹시 울적하거나 허허로워 도저히 견디기 힘든 날에는 강 선생을 찾아갔다. 완 감독은 그 방에 가는 날 점심때는 미리 강 선생에게 귀띔을 해주었다. 쪽지를 전해주거나 특별한 신호를 보냈다. 그렇게 완 감독과 강 선생 부부는 서로의 사랑을 확인하며 자랑스러운 외아들이 더 크게 되어 귀국하기를 손꼽아 기다렸다.

7

그렇게 하면 애들을 놀래키기에 충분하다는 확신이 들었다. 그렇게만 하면…. 철 회장 부부는 삶을 마무리할 계획을 세우고 즉시 실행에 들어갔다. '이제 깨끗하게 마무리해야지….' 철 회장이 그런 결론을 내린 것은 완 감독을 만나보고 집으로 돌아오는 승용차 안에서였다. 평생을 살아오면서 그 문제에 대하여 수없이 대화를 나눴던 터라 철 회장과 윤 여사는 쉽게 결론에 도달할 수 있었다.

"이제부터 2년쯤 더 열심히 살다가 그렇게 결행하는 걸로 합시다!" 철 회장이 윤 여사의 어깨를 토닥였다.

"좋아요! 그렇게 하는 걸로 해요." 윤 여사는 한껏 상기된 표정으로 철 회장을 바라보았다.

삶의 마무리. 그것은 나이가 누적되면서 누구에게나 가슴을 억누르는 명제이지 싶다. 철 회장과 윤 여사는 그 문제로 가끔 티격태격했었다. 윤 여사는 사람이 살다가 누구에게도 험한 꼴을 보여주지 않아야 한다고 우겼다. '치매라도 걸려 손자도 못 알아보는 날에는….' 그렇게 되기 전에 스스로 결딴내야 한다고 했다. 그럴 때마다 철 회장은 윤 여사의 생각에 동의하면서도 그런 일은 일정한 절차와 시기가 필요하다고 목청을 돋우었다. '세 애들 환갑 돌잔치는 차려주고 가야 한다고…. 막내 환갑 돌잔치는 차려주고 떠나자고…. 그전까지는 버텨야 한다고…. 그렇게 하기 위해서라도 삶의 관리를 잘해야 한다고…. 건강관리도 잘하고, 재산관리도 잘하고, 친인척관리도 잘하고 인간관계도 잘 유지하고…. 그렇게 하기 위해서 취미활동도 열심히 하고…. 그래서 노인복지관에도 열심히 나가고, 가끔 하던 도자기도 다시 하고, 피아노도 열심히 치고, 무리하지 않는 범위에서 여행도 다니고….' 그러나 윤 여사의 생각은 많이 달랐다.

그렇게 한다는 것은…. 그것은 철 회장이 평생을 궁리하던 거였다. 아름다운 마무리…. 그것은 철 회장과 윤 여사의 일치된 목표였다. 아무리 시작과 과정이 좋다 하더라도 끝이 아름답지 못하다면 소용없다는 게 철 회장의 소신이었다. 아무리 화려한 인생을 살았다 하더라도 마지막 순간이 구질구질하다면 아무도 그가 세상을 잘 살았다고 말할 수 없을 터. 뒤늦게 미투에 걸리거나 독직瀆職한 것이 탄로나 개돼지만도 못한 종말을 맞는 인간들이 얼마나 많은가. 하긴 줄만 잘 서면 미투건 독직이건 자살이건 뭐건 영웅처럼 미화되는 경우도 없진 않지만…. 줄 서는 데 관심 없는 인간들이야 그런 요행은 언감생심焉敢生心이었다. 삶을 아름답게 마무리하기 위하여 철 회장은 끊임없이 그 방법을 탐구해 왔었다.

평생 철 회장의 화학실험실에는 여러 가지 화공약품이 많았다. 시안화칼륨에서부터 유기산까지 없는 게 없을 정도였다. 철 회장은 학생들 수업 준비를 하는 시간 이외에는 평생의 관심분야에 대한 물질을 연구하느라 여념이 없었다. 철 회장의 관심 분야는 고통 없이 세상을 마무리하는 물질이었다. 고통 없이 세상을 마무리하는 약…. 그것은 인간의 존엄을 지키고 아름다운 마무리를 도와주는 유기화합물이었다. 그런 물질을 개발하는 게 아이들 잘 가르치는 일 이상으로 중요한 과제라고 여겼다. 철 회장은 끝내 그런 물질을 합성해 내지는 못했다. 철 회장으로서는 능력 밖이었으나 그렇다고 쉽게 포기할 수도 없는 노릇이었다.

천신만고千辛萬苦 끝에 철 회장은 인터넷 사이트에서 그런 물질을 찾아낼 수 있었다. 인도의 한 호스피스전문 의료기관에 근무하는 의사가 철 회장이 만들고자 하는 것과 동일한 유기화합물을 개발했다는 정보를 찾아냈다. 그 약을 두 알만 경구 복용하면 단지 5분 후에 깊은 잠에 빠지고, 그로부터 5분 후에 숨이 멈추고, 다시 5분 후에 생물학적 사망에 이르는 물질, 철 회장은 그 약 여섯 알을 인터넷으로 구입하여 작은 검정색 가방에 넣어 캐비닛 깊숙이 보관하고 있었다.

철 회장과 윤 여사는 3남매가 도착하기 전, 정확하게 25분 전에 그 약 세 알씩을 복용하기로 했다. 확실하게 해야 하니까…. 만약 그 정보가 틀려 약효가 없다면 다시 깨어나 아이들을 보게 될 것이고, 놀래키기 내기에서 또다시 패배하는 것이 될 것이며, 그렇게 되면 아이들에게 맛있는 음식과 값진 선물을 듬뿍 사주고, 그리고 다음 기회를 엿보면 될 터였다. 윤 여사는 철 회장이 제시하는 생의 정리 계획에 손뼉을 치며 환호했다. “역시 당신은 천재가 분명해요. 존경스러워요. 모든 게 내 생각과 같아요!”

생의 정리 계획에 따라 철 회장은 우선 홍천 철씨 석현공파 종중회를 설립했다. 그래봤자 회원은 철 회장 부부와 3남매 부부 등 8명뿐이었다. 손자·손녀들은 고등학교를 졸업한 후부터 정회원이 되도록 정관을 만들었다. 당연히 종중회 대표는 맏이인 철진숙이었다. 철 회장은 서류를 갖추어 W 시청에 법인을 등록하고, 등록증명서를 교부하여 관할 세무서에서 고유번호증을 받아냈다. 종중회 법인통장도 개설했다. 그다음 할 일은 재산을 정리하는 일이었다. 현재 살고 있는 아파트 한 채만 남기고 모든 부동산을 처분했다. 재산이라야 고향에 있는 전답 몇백 평과 작은 야산이 전부였다. 모두 매각하고 보니 그래도 2억 원이 약간 넘었다. 잔금을 받은 날 세 자녀 명의로 각각 5천만 원짜리 2년 만기 정기예금계좌를 세 계좌 개설하고, 나머지는 종중회 법인 통장으로 이체했다. 아파트는 종중회 명의로 등기를 필했다.

8

팔팔노인휴양원 여자들 방에서 최 노파는 거의 방장과 같은 역할이었다. 강 선생보다 다섯 살이나 아래였으나 그 방에서 생활하는 네 명 중에서 입소入所가 가장 빨랐고, 가장 활동적이었으며 입담도 가장 걸쭉했다. 체구는 강 선생과 비슷하게 왜소하고 허약하게 보였으나 총기는 매우 좋아서 그 방안의 것들은 모두 최 노파의 손바닥 위에 있었다. 최 노파가 모르게 진행되는 건 아무것도 없었다. 최 노파는 강 선생과 완 감독 부부의 밀회를 초작부터 잘 알고 있었고, 그것을 무척 부러워하고 있었다. 다른 노파들은 너무 고령이었는지는 몰라도 완 감독 부부의 소행을 그냥 강 건너 불 보듯 했다. 최 노파는 농담 반 진담 반으로 자기에게도 기회를 주면 고맙겠다며…. 나중에는 그렇게 해달라고 강 선생에게 졸라대기까지 했다.

최 노파는 보통 영악한 인간이 아니었다. 체면이라는 것을 내팽개쳐 버린 지 이미 오래된 여인이었다. 남편과 사별한 후 49재도 올리기 전부터 노인복지관에 다니면서 잘생기고 건장한 노인들과 여러 차례 놀아봤었다. 여고 동창의 남편하고 놀아나다가 친구에게 호되게 봉변당한 적도 있었다. 최 노파는 그런 여인이었다. 드디어 완 감독이 밤중에 나타나는 날은 강 선생에게 특이한 행동의 변화가 있다는 걸 알아차렸다. 그런 날은 강 선생은 하루에 양치질을 두 번씩이나 하는 것이었다. 저녁 식사를 하자마자 양치질을 하고 한 시간쯤 지나서 또 한 차례 하는 것이었다. 그날은 어김없이 완 감독이 강 선생을 찾아오는 것이었다.

최 노파는 하루아침에 남편을 잃고 극심한 불면증에 시달리고 있었다. 그래서 W시에 사는 딸이 면회를 올 때는 수면제를 가지고 와야 했고, 최 노파는 딸이 가져다주는 수면제를 상당량 모아 사물함 속에 있는 검정색 가방에 숨겨놓고 있었다. 최 노파는 그걸 이용하기로 마음먹었다. 강 선생이 양치질을 두 번 한 어느 날, 최 노파는 강 선생이 즐겨 마시는 박카스에 수면제를 타서 권했다. 강 선생은 고맙다며 박카스를 받아 마셨다. 강 선생이 잠에 취하여 횡설수설할 때 자기 침대에 누이고 최 노파는 강 선생 침대에 누워서 자는 척했다. 최 노파는 완 감독이 돌아간 후, 잠에 취하여 횡설수설하는 강 선생을 일으켜 벽 쪽에 있는 침대에 뉘어놓고 자신은 원래의 자기 침대로 돌아가서 단잠을 잤다. 최 노파는 그런 여인이었다. 그 후에도 최 노파의 그런 짓은 멈출 줄 몰랐다.

결국 강 선생은 최 노파가 자기의 사랑을 가로채고 있다는 것을 알게 되었고, 그날 점심식사 후 정원 잔디밭을 산책하면서 완 감독에게 경고했다. "이제는 밤에 오지 말아요! 제발 오지 말아요! 또다시 나타나면 크게 창피당할 거예요!"

완 감독은 못내 아쉬웠으나 강 선생의 경고를 받아들여야 했다. 강 선생 숙소를 몰래 드나드는 짓을 그만두기로 했다. 그렇게 되니 아쉬운 것은 최 노파였다. 최 노파가 강 선생에게 물었다. "요즈음은 형부가 오지 않는 것 같아요."

강 선생은 정색하고 대들었다. "아니 방장은 수면제가 아직도 많이 남았나?"

"수면제는 무슨 수면제?" 최 노파는 시치미를 떼었다.

"지나간 일이니 이제는 그만하셔! 구역질이 나니까…. 능구렁이보다도 더 소름 끼쳐! 내 말 명심하는 게 좋을걸. 잘못하다간 제명에 못 죽는 수가 있어!" 강 선생의 목소리에는 노기가 가득했다.

완 감독은 서너 달은 조신했다. 강 선생은 남편의 존재를 거의 잊고 살았다. 그러던 어느 날 점심 식사가 끝난 후 완 감독은 강 선생에게 정원 잔디밭을 산책하자 했다. 완 감독이 앞에서 걸었고 강 선생이 뒤를 따랐다. 조금 먼 곳 쑥대포기 밑으로 커다란 능구렁이가 느리게 지나가고 있었다. 완 감독은 능구렁이를 때려잡을까 하다가 그만두고 그 자리에 서서 능구렁이가 숲 속으로 완전히 사라질 때까지 강 선생을 기다렸다. 강 선생의 모습은 한결 생기가 돌고 있었다. 완 감독은 강 선생의 덜덜거리는 손을 부여잡으며 애걸하는 것이었다. 막무가내로 자정에 다시 가겠으니 기다리라는 거였다. 강 선생은 더 이상 말릴 수도 없었다.

"마음대로 해요!" 강 선생은 완 감독의 성화에 굴복하고 말았다.

그날 밤 강 선생은 양치질을 두 번 했다. 그걸 본 최 노파의 눈초리가 이글거리기 시작했다. 지난 일은 잊은 듯 최 노파가 강 선생에게 박카스를 권했다. 강 선생은 거절할까 하다가 모른 척 그냥 받아 마셨다. 그리고는 잠이 들어버렸다.

아침 식사 시간에 완 감독은 강 선생 옆자리에 앉았다.

완 감독이 작은 목소리로 물었다. "어제는 잘 잤어?"

강 선생은 아무 대답도 하지 않고 완 감독을 노려보기만 했다. 완 감독이 계속해서 말했다. “당신은 더 젊어진 것 같아. 요즈음 컨디션이 무척 좋은가 봐. 고마워…. 지금처럼만 건강관리 잘하자고!”

그 순간 강 선생의 가슴속에서는 뜨거운 무엇이 치밀어 오르고 있었다. 가슴속에 숨겨 놓았던 검정색 가방이 저절로 열리면서 그동안 모아두었던 온갖 애욕의 찌꺼기들이 쏟아져 나오는 걸 느꼈다. 도무지 음식이 목구멍으로 넘어가지 않았다. 그러나 강 선생은 내색하지 않았다. 마음속으로 완 감독에게 온갖 욕설을 퍼부을 뿐이었다. 세상에 더럽고 더러운 인간! 강 선생은 중얼거리며 수저를 식탁에 던져버리고는 숙소로 향했다. 손은 더 무섭게 덜덜거리고 있었다. 옆 식탁에서는 최 노파가 완 감독 부부를 훔쳐보며 게걸스럽게 식사하고 있었다. 최 노파는 식사를 끝내고 아껴놓았던 삶은 계란의 껍데기를 잘 벗겨 완 감독의 식판에 올려놓으며 속삭였다. “형부, 이 계란도 드세요. 형님은 제가 잘 달래놓고 보살필 테니 조금도 걱정하지 마세요!”

9

철 회장은 구석방 캐비닛 속에 방치했던 검정색 가방을 꺼내 들었다. 가방은 많이 낡아 있었다. 가방 속에는 3남매의 학교생활통지표와 각종 상장이 가득하게 들어 있었다. 도저히 출퇴근 할 수 없는 원거리에 발령을 받아 객지 생활을 할 때 가족들로부터 받은 편지도 모두 거기에 보관하고 있었다. 물론 윤 여사와의 연애시절 주고받은 서신들도 고스란히 거기에 들어 있었다. 그 속에는 그것뿐만 아니라 아주 깊숙한 구석에 알약—두 알만 경구 복용하면 단지 5분 후에 깊은 잠에 빠지고, 그로부터 5분 후에 숨이 멈추고, 다시 5분 후에 생물학적 사망에 이르는—여섯 알이 들어 있었다. 철 회장은 그것들을 모두 꺼내놓고 윤 여사를 큰 소리로 불렀다. 철 회장은 윤 여사에게 알약의 효능을 다시 한번 자세히 설명했다. "애들 도착 25분 전에 세 알씩 복용하는 걸로 합시다!"

윤 여사는 밝은 표정으로 고개를 끄덕였다. 철 회장과 윤 여사는 학교생활통지표며 상장이며 서로 주고받은 편지들을 한 장 한 장 들여다보며 지난날을 회상하느라 시간 가는 줄 몰랐다. 하나하나가 모두 감격스러운 것들이었다. 그렇게 회상을 마무리한 것들은 그 자리에서 촛불로 태워버렸다. 그 불꽃은 격렬하고 찬란했다. 마지막 불꽃을 바라보면서 철 회장과 윤 여사는 다정하게 포옹하고 감격의 눈물을 흘렸다.

"고마워요. 이 모든 게 당신 덕분이어요!" 윤 여사가 울먹였다.

"내가 더 고맙지…." 철 회장은 말을 잊지 못하고 같이 울먹였다.

철 회장은 검정색 가방의 내부에 들어 있는 먼지를 모두 털어내고, 홍천 철씨 석현공파 종중회 관련 서류와 함께 3개의 정기예금증서, 그리고 5천만 원이 입금된 법인통장을 그 속에 집어넣었다. 아파트 등기부등본과 네 개의 도장도 검정색 가방에 집어넣고 가방의 뚜껑을 닫았다. 철 회장의 검정색 가방은 비록 낡고 홀쭉했으나 더없이 정갈하고 우아해 보였다.

그다음 날은 가까운 친인척들을 찾아보고 고향 선영에 올라가 부모님 산소를 둘러보았다. 마지막으로 철 회장 부부는 완 감독 부부를 만나러 팔팔노인휴양원으로 갔다. 다 그만두고라도 평생의 짝패에게만은 그냥 지나칠 수가 없었다. 10월 하순의 부엉이골 산자락에는 온갖 단풍이 한창이었다. 철 회장 부부가 함께 완 감독 부부를 노인휴양원으로 찾아간 것은 그때가 처음이었다. 철 회장 부부는 힘겹게 지팡이를 짚고 앞서가는 완 감독을 따라 복도의 동쪽 끝 강 선생이 기거하는 방으로 갔다. 강 선생은 매우 낡은 침대에 누워있었다. 강 선생은 철 회장 부부를 보자 부스스 일어나 침대 모서리에 쪼그리고 앉았다. 그 몰골은 차마 눈 뜨고는 볼 수 없을 정도로 초라하고 불쌍해 보였다. 과거의 강 선생이 아니었다. 윤 여사가 강 선생의 덜덜거리는 손을 잡으며 강 선생 옆에 엉거주춤 걸터앉았다. 이부자리는 지저분하고 너덜거렸다. 그날따라 방 안에서는 이상야릇한 냄새가 코를 찔렀다. 늙은이들의 코리타분한 냄새 같기도 하고 곰팡이와 부패한 음식이 뒤섞여 풍기는 악취 같기도 한 것이 방안에 가득했다. 노인휴양원이라는 말이 무색할 정도로 창피한 냄새였다. 순간 완 감독의 낯빛이 일그러지기 시작했다. 동시에 숨이 거칠어지면서 강 선생의 침대 머리맡에 있는 비상벨을 눌러댔다. 한참 후에 관리실의 여사무원이 나타났다. 완 감독이 격노한 목소리로 소리쳤다. "너희들 이 침구가 뭐야! 이렇게 지저분한 이부자리에 눠어놓아도 되는 거야! 처음 들어올 때 약속과 다르잖아! 이런 대우 받으려고 후원금까지 내놓은 줄 알아! 이 싹수없는 것들!"

완 감독은 철 회장 부부가 커다란 원군援軍이라도 되는 듯 그동안 하고 싶었던 말들을 줄줄이 내뱉는 것이었다. 완 감독의 천둥 같은 고함을 듣고 노인휴양원 직원들이 모여들었다. 완 감독은 기고만장氣高萬丈하여 더 크게 소리를 질러댔다. 그렇게 불만이 많다니…. 노인휴양원이 그런 곳이라니…. 직원들은 아무 말도 못 하고 지켜만 보고 있었다. 사실 할 말이 무엇이 있겠는가. 그 판국에 무슨 말이라도 한다면 그건 모두가 거짓말이고 핑계일 것인데…. 스스로 누그러질 때까지 입 다물고 있는 게 상책이라는 것을 그들은 이미 터득하고 있었다. 생각다 못해 철 회장이 완 감독의 두 손을 잡으며 다독거렸다. "이제 그만하게! 그 정도면 자네의 뜻은 충분히 전달됐을 걸세. 그런다고 뭐 나아질 것도 없을 것 같네. 잘못하다간 강 선생이 더 힘들어질지도 모르는 일이네. 그러니 그만하게나!"

그런 소란 속에서도 강 선생은 시종일관 무표정이었다. 상당히 오랜만에 만나는 철 회장 부부를 반기는 기색도 없었다. 사태의 심각성을 간파한 최 노파는 재빨리 자리를 피하여 밖으로 나가버렸고, 눈이 둥그레진 두 명의 노파는 불안스럽게 완 감독을 바라보고 있었다. 철 회장과 윤 여사가 찾아온 이유를 짐작이라도 하는 듯 강 선생은 말없이 눈물을 흘리기 시작했다. 강 선생이 눈물을 흘리는 모습을 바라보던 완 감독도 눈시울이 붉어지기 시작했다. 완 감독은 원래 그렇게 나약한 친구는 아니었다. 이제는 흡사 어린애 같았다. 그런 완 감독을 보면서 철 회장의 가슴은 찢어질 듯 아팠다. 도무지 말할 용기가 나지 않았다. 그러나 철 회장은 평생의 짝패에게 마지막 작별 인사를 해야만 했다. "이제 자네를 보러 못 올 것 같네…. 완 교수가 귀국할 때까지라도 잘 버텨보게. 자네가 내 친구라서 참으로 행복했네. 고맙네!"

잠자코 듣고만 있던 완 감독은 길게 한숨을 내뿜었다. 커다란 눈에서는 굵은 눈물방울이 하염없이 떨어져 내리면서 울먹였다. "자네가 없으면 나는 버텨내기 어려운데…."

철 회장의 눈에서도 눈물방울이 맺히고 있었다.

철 회장은 완 감독과 작별 인사를 한 후, 현관문을 나서다 말고 다시 팔팔노인휴양원으로 발길을 돌렸다. 힘겹게 지팡이를 짚고 복도를 따라 숙소로 향하는 완 감독을 불러 세웠다. "나를 따라오게!"

완 감독은 지팡이에 의지하여 무거운 걸음으로 철 회장을 따라갔다. 두 사람은 관리실 문을 열고 들어섰다. 관리실에는 직원들이 꽤 여럿 모여 있었다. 그들은 방금 전의 완 감독 소행을 성토하느라 정신이 없었다. 문제점에 대한 대책을 논의하는 게 아니라 완 감독을 혓바닥 위에 올려놓고 거칠게 입방아를 찧고 있었다. 철 회장은 완 감독에게 다그쳤다. "자네 아까 소란 피운 것, 여기 계신 모든 분에게 정중히 사과하게!"

완 감독도 철 회장의 의도를 알아차린 듯 머리를 깊이 조아리며 사과했다. "아까는 미안했습니다. 노인네 망령이라 여기고 우리 집사람 잘 좀 부탁합니다!"

완 감독의 말소리는 가늘게 떨렸고 눈에서는 또다시 눈물이 주룩주룩 흘러내렸다. 잘못한 것도 하나 없는데도, 모든 비용을 부담했음에도, 젊은것들에게 고개까지 숙이며 사과해야 하다니…. 그 비참함이여! 솟구치는 울분을 참느라 지팡이를 잡은 완 감독의 손도 부들부들 떨리고 있었다. 그것은 아마도 완 감독이 이 세상에서 처음이자 마지막으로 남에게 조아리는 모습일지 싶었다. '평생의 짝패를 위하여 그런 수모쯤이야 얼마든지 감수할 수 있거늘…. 그런데도 왜 이다지도 가슴이 아려 오는가? 왜 이다지도 완 감독이 불쌍해지는가? 그렇게도 도도하고 당당하고 펄펄 날아다니던 친구였는데….' 철 회장은 목청을 가다듬고 한껏 위엄 있게 그리고 단호하게 친구를 옹호하고 나섰다. "이 사람 아직 사리가 온전합니다. 좀 섭섭했더라도 성질이 급해서 그리했으니 널리 이해하시고 잘 좀 보살펴주세요! 나도 이 사람과 함께 이렇게 사과드립니다."

철 회장은 두 손을 모으고 깊숙하게 허리를 굽혔다. 모든 자존심을 내려놓고 거만하게 앉아서 히죽거리고 있는 직원들에게 머리를 조아렸다.

누군지는 모르지만 조금은 점잖게 보이는 사람이 다가와서 건성으로 예의를 표했다. "노인휴양원의 문제점을 다시 살펴 개선하고 더 심혈을 기울여 보살필 테니 근심하지 마십시오!" 아무 걱정하지 말라고…. 그러면서 느닷없이 그렇게 고성을 지르는 바람에 무척 당황했노라고 깐에는 뼈있는 말을 빼놓지 않았다. 누구나 자기 잘못은 모르기도 하려니와 잘못을 드러내 놓고 인정하려고 하지 않으려는 속성이 있었다. 그 웃기는 자존심 때문에…. 그러나 철 회장과 완 감독은 그것이 모두 말뿐이라는 걸 이미 알아차리고 있었다. 관리실에 있는 직원들의 표정에도 그렇게 씌어져 있었다. '늙으면 곱게 늙을 것이지 늙어가는 주제에 웬 말이 그리 많은가!' 그들은 그렇게 쏘아붙이고 싶은 표정으로 관리실 문을 나서는 철 회장과 완 감독의 뒷모습을 쳐다보지도 않았고, 형식적인 인사말 한마디 하는 직원도 하나 없었다. 언제나 을乙의 입장에서는 그런 대우쯤이야 감수할 각오를 하고 있어야 더 험한 상처를 피할 수 있는 세상이었다. 일단 을의 신세로 전락하면 갑甲이라는 완장을 찬 인간에게 그렇게 해야 하는 건 누구도 부정 못 하는 게 이 세상의 불문율이었다. 철 회장도 완 감독도 그것만은 확실하게 터득하고 있던 터였다.

철 회장 부부는 팔팔노인휴양원을 뒤로하고 집으로 돌아왔다. 집으로 돌아오는 승용차 안에서 윤 여사가 입을 열었다. "오늘 거기는 아니 감만 못했소이다. 다 같은 처지인데 거긴 왜 가고자 했던가요?"

철 회장은 대답 대신 먼 산을 바라보았다. 회갈색 구름이 휘감겨 있는 백운산 자락으로 저녁노을이 빠르게 떨어지고 있었다. 철 회장이 중얼거렸다. "어제까지만 해도 무척이나 아름다운 석양이었는데…."

10

“우리가 참 잘한 것 같아.” 철 회장이 거실 소파에 몸을 기대며 윤 여사를 향해 어깨를 으쓱해 보였다.

“당신 참 탁월한 판단을 했어요!” 윤 여사도 맞장구를 쳤다.

‘더 버텨봐야 그런 꼴을 당할 게 뻔한데…. 내 힘으로 여기까지 살아왔는데…. 내 돈 내고 시설에 들어갔는데 거기서 그런 대우를 받는다면, 그런 불만이 가슴에 쌓여간다면, 그때는 어떻게 그것을 감당할 수 있겠는가. 누구라도 그런 꼴을 당하지 말라는 법이 없지 않은가. 어디를 가나 마찬가지일 것이다. 아무리 고급스럽다는 노인휴양원이라도 거기는 거기대로 제약이 있고, 정해진 규율이 있고, 거기대로 고집이 있고, 거기대로 전통과 관례라는 못된 버릇이 있기에, 그런 데에 익숙해 있지 않은 삶을 살아온 인간들에게는 견뎌내기 어려운 삶이 될 것은 불을 보듯 뻔한 일이었기에….’ 참으로 탁월한 판단을 했다고 철 회장 부부는 자화자찬自畵自讚 하며 식탁에 마주 앉았다.

“우리는 절대로 그런 곳에는 가지 않도록 해요! 그건 고려장高麗葬보다 못한 것으로 보였어요!” 윤 여사의 목소리는 더없이 낭랑했다.

철 회장과 윤 여사의 저녁 식사 메뉴는 찐빵 하나와 배, 반 조각이었다. 그래도 배가 더부룩했다. 소화제라도 한 알 먹어야 할 것 같다는 생각을 하면서 철 회장은 맏이에게 전화를 걸었다. 맏딸이 낭랑한 목소리로 반갑게 전화를 받았다. "아빠! 저 진숙이야요. 저녁 진지 드셨어요?"

철 회장은 거두절미하고 본론부터 이야기했다. "우리 놀래키기 내기하자!"

"좋아요. 아빠! 그런데 그날은 아직 멀었잖아요!"

"한 서너 달 앞당기면 어떻겠니? 내달 셋째 일요일로…."

"그러셔요!" 맏딸은 이유도 묻지 않고 흔쾌히 동의했다.

철 회장 부부와 3남매 간의 놀래키기 내기는 전적으로 맏딸의 아이디어였다. 3남매가 모두 성가成家한 다음 해부터였으니 줄잡아 10년은 더 되었다. 부모님을 즐겁게 해 드리고, 동기간의 우애를 더욱 돈독하게 할 요량으로 시작한 것이 이제는 연례행사처럼 되었다. 그날 어느 편이 더 놀랐는가에 따라서 더 놀란 편에서 맛있는 음식을 준비하여 함께 파티를 즐기는 게임이었다. 그날은 3월 네 번째 일요일로 윤 여사가 그렇게 하자고 제안했다. 윤 여사가 이 세상에 태어나서 가장 놀란 날이 그날이라는 건데, 그 내막을 알고 있는 사람은 윤 여사와 철 회장 말고는 아무도 없었다. 3남매는 그게 무엇인지 무척 궁금하긴 했으나 더 이상 알려고 하지도 않았다. 어찌 되었든 그날은 철 회장 가문의 중요한 기념일로 정착되었다.

첫해 놀래키기 내기에서는 3남매 팀이 승리했다. 그날 3남매는 각자가 갓난애를 하나씩 안고 나타났다. 맏이는 3 칠일을 갓 넘긴 셋째 여아를, 둘째는 두 달 반쯤 되는 둘째 남아를, 그리고 막내는 막 백일 된 남아를 유모차에 태워 밀고 왔다. 철 회장 부부는 그동안 도자기를 배워 예쁜 찻잔을 구워서 자녀들에게 선물했는데…. 그걸 받으면서 3남매는 고려청자보다 더 예쁘고 우아하다고 호들갑을 떨어댔다. 그러나 손주가 한꺼번에 셋이나 새로 나타났으니 철 회장 부부는 기절초풍하여 30분을 넘게 입을 다물 수가 없었다. 더구나 자식들 셋이 한꺼번에 임신하고 한꺼번에 출산했는데도 까맣게 모르고 있었다니…. 그건 고령의 부모에게 근심과 걱정을 끼치지 않으려는 맏딸의 작전이었다. 그렇게 3남매 팀이 완승했다. 그날은 자연스럽게 철 회장 가문의 장손長孫 백일잔치도 겸하는 하루가 되었다. 철 회장은 그날 3백만 원도 넘게 경비를 지출했으나 세상을 살아오면서 가장 즐겁고 행복한 날이었다. 그런 식으로 이제까지 놀래키기 내기는 한 해도 거르지 않고 이어졌다.

11

놀래키기 내기를 하는 날이 사흘 후로 다가왔다. 철 회장과 윤 여사는 그 동안 모아 두었던 사진첩을 훑어보며 추억을 회상하고 있었다. 막내가 캐나다로 유학을 떠나던 날 인천공항에서 온 가족이 환송하며 촬영한 사진을 보며 흐뭇해하고 있을 때 완 감독에게서 다급한 목소리의 전화가 걸려 왔다. "지금 즉시 이리로 와!"

철 회장은 이유도 묻지 않고 대답했다. "알았어. 기다리고 있어!"

사실은 가면 안 되는 거였다. 이미 마지막 작별 인사를 하지 않았던가. 다시 또 만난다면 상황이 어떻게 돌변할지 모르는데…. 윤 여사는 만류했다. 그런데도 철 회장은 완 감독의 애절한 목소리를 외면할 수 없었다. 평생을 같이한 짝패가 오라는데 어찌 모른 척하겠는가. 철 회장은 서둘러 외출복으로 갈아입고 부엉이골을 향해 차를 몰았다.

상황은 매우 심각했다. 팔팔노인휴양원 관리실은 난장판이 되어 있었다. 완 감독이 또다시 무섭게 행패를 부렸던 것이다. 관리실의 집기는 성한 게 하나도 없었다. 벽걸이 TV와 책상 위에 있던 컴퓨터 모니터가 박살이 났고, 각종 상패와 트로피를 보관했던 진열장도 부서져 버렸다. 그렇게 관리실은 쑥밭이 되어 있었다. 완 감독은 분을 가라앉히지 못한 채 숨을 몰아쉬고 있었다. 오른손에는 골프채가 아직도 들려 있었다. 직원들은 멀찌감치 완 감독을 포위하고 있었다. 철 회장을 보자 커다란 원군援軍이라도 얻은 듯 완 감독이 또다시 소리를 질러댔다. "내 이 새끼들 모조리 고소해버리고 말 거야! 이놈들 소행머리를 내가 모두 다 알고 있다고…. 그러고도 복지사업을 한다고 까불고 있어! 더러운 놈들!"

완 감독은 무척이나 억울해 보였다. 철 회장이 아는 완 감독은 원래 그렇게 사리 분별을 못하는 인물은 아니었다. 철 회장은 친구의 손에서 골프채를 빼앗아 직원에게 건네주고는 완 감독을 옆에 있는 의자에 밀어 앉히며 소리쳤다. "이 사람 진정하시게!"

그런 불상사不祥事는 점심을 먹는 식당에서부터 비롯됐다. 완 감독은 강 선생이 식사하는 모습을 바라보고 있었다. 점심 메뉴는 그녀가 지극히 싫어하는 카들장어죽이었다. 카들장어죽은 카레와 들깻가루와 뱀장어 살을 섞어 쑨 죽인데, 강 선생은 카레 향도 싫어하거니와 특히 뱀장어는 그 징그러운 뱀이 연상되어 기겁하는 음식이었다. 식사 시간 내내 강 선생은 수저를 잡은 손을 덜덜 떨면서 다른 사람들이 게걸스럽게 먹는 것만 구경하고 있었다. 비위가 상할 대로 상해서 접시에 있는 통 사과조차 거들떠보지 않고 있었다. 완 감독은 부인의 그런 모습을 보면서 음식이 목구멍으로 넘어가지 않았다. 그는 식당 종업원을 불렀다. 강 선생이 먹을 수 있는 음식으로 바꿔 달라고 애원했다. 종업원은 한마디로 그럴 수 없다고 거절했다. 옆에서 최 노파도 거들었으나 허사였다. 규정이 그래서 어쩔 수 없다는 거였다. 완 감독은 다시 한번 빌다시피 부탁했다. 똑같은 대답이 돌아왔다. 완 감독은 극도로 열불이 뻗쳤다. 보이는 게 없었다. 강 선생 접시에서 통 사과를 집어 들었다. 주방 유리창을 향해 내던질까 하다가 지팡이를 식탁 가장자리에 세워놓고 최 노파 접시에 있는 통 사과를 왼손으로 집어 들었다. 완 감독은 양손을 치켜들며 소리를 질렀다. "너희 부모라도 이렇게 할 거냐!"

두 개의 통 사과가 완 감독의 손아귀 속에서 박살이 났다. 우지직! 식당에 있던 사람들이 모두 혀를 내두르며 웅성거리기 시작했다. 완 감독은 마치 노기충천怒氣衝天한 사자처럼 으르렁거리고 있었다.

화가 풀리지 않은 완 감독은 그길로 지팡이에 몸을 의지하여 관리실로 달려갔다. 관리실에는 지배인이 여사무원과 함께 TV를 시청하며 노닥거리고 있었다. 완 감독은 지배인에게 간곡하게 호소했다. 지배인도 식당 종업원과 똑같이 규정을 들먹였다. 완 감독은 앞이 깜깜해졌다. 아무것도 보이지 않았다. 눈에서는 불꽃이 튀기 시작했다. 가슴에서는 무섭게 열불이 타올랐다. 옆에서도 들릴 정도로 치가 떨렸다. 입안이 바짝 말라왔다. 완 감독의 이성이 급속도로 헝클어지기 시작했다. 모든 게 보기 싫어졌다. 모든 게 없어져야 한다는 생각밖에 아무 생각도 들지 않았다. 눈에 보이는 모든 걸 없애버려야 속이 후련할 것 같았다. 순간, 완 감독은 책상 옆에 있는 골프채를 재빨리 집어 들었다. 그 골프채는 지배인이 가끔 노인휴양원 정원 잔디밭에서 스윙 연습을 하는 4번 아이언이었다. 완 감독은 골프채를 휘둘러 TV를 내리쳤다. TV 모니터가 박살 나면서 큰 폭발음을 냈다. 지배인과 여사무원은 사태가 예사롭지 않음을 알아차린 듯 서둘러 피신했고, 폭발음을 들은 직원들이 관리실로 몰려들었다. 그다음은 컴퓨터 모니터를 내리쳤다. 그다음부터는 눈에 보이는 대로 내리쳤다. 그렇게 완 감독은 관리실에 있는 모든 물건을 박살 내버렸다. 검도 5단의 실력은 대단했다.

누가 보기에도 사태는 심각했다. 철 회장은 우선 노인휴양원 원장실로 가서 원장을 만났다. 원장실에는 지배인과 여사무원도 함께 있었다. 지배인의 이야기는 완 감독의 주장과는 전혀 달랐다. 완 감독이 괜히 사사건건 트집을 잡는다는 거였다. 다른 노인들은 불평불만 하나 없이 휴양원 생활을 즐기고 있는데…. 오히려 다른 사람들은 고맙다는 생각만 하고 있는데…. 완 감독이 유별나다는 거였다. 그 어디에도 이만한 시설에 이만한 대우를 해주는 곳이 없다는 거였다. 그 점에 있어서 자부심을 느낀다는 거였다. 그래서 지난 어버이날에는 팔팔노인휴양원이 W 시장 표창장까지 받았다고 그 판국에 자랑질까지 늘어놓고 있었다. 완 감독의 이야기와는 달라도 그렇게 다를 수가 없었다. 원장은 시종일관 묵묵부답이었다. 어느 곳이나 다 그랬다. 우두머리 감투를 쓰고 있는 자는 자리나 잘 지키면 그만인 것, 섣불리 여기저기 나서다 보면 그 자리마저 위태로워지는 거였기에 원장의 태도는 그렇게 하는 게 당연했다.

철 회장은 다시 관리실로 돌아가서 완 감독을 달랬다. 참고 버텨야 한다고…. 적어도 완 교수가 돌아올 때까지는 버텨내야 한다고…. 그렇지 않으면 점점 더 힘들어진다고…. 그러니 원장에게 백배사죄百拜謝罪하고 파손한 기물은 모두 새것으로 변상하겠다고…. 그렇게 해야만 잠시라도 사태가 수습될 것 같았다. 사실은 노인휴양원 측이 잘못한 게 확실했다. 완 감독이 먼저 잘못한 건 아무것도 없었던 터였다. 끼니로 먹을 것 좀 바꿔 달라는 게 그리도 잘못인가. 그러나 완 교수가 귀국하기까지 버텨내도록 하기 위하여 그러는 수밖에 없었다. 을乙의 위치에 처하면 그가 누구라도 갑甲에게 대적하지 말아야 했다. 잘못이라면 그게 잘못이었다. 갑의 심기를 섣불리 건드렸다가는 봉변은 봉변대로

당하고 자존심은 자존심대로 썩어 문드러지는 걸 잘 알고 있었음에도…. 그게 이 시대 시민사회의 정형이었고 관습이었다. 억울하면 갑이어야 하는데, 누구라도 영원히 갑일 수는 없는 일, 을의 서러움을 겪어보아야 비로소 휴머니스트의 길을 걷기로 마음먹어 보는 게 인간이었다. 그 정도에서 완 감독이 버텨내도록 하기 위하여 철 회장은 친구를 달래고 또 달랬다. 갑의 권위에는 절대로 도전하지 말아야 한다고….

"자네 이 노인휴양원에서 기물 파괴범으로 몰아 고발당해 벌금을 물든가 감옥에라도 들어가면 어찌할 건가! 더 이상 그러질 말아야 하네. 그래야 강 선생도 온전한 대우를 받을 수 있다네. 이런 나약한 사람들이 모여 사는 곳에서 근무하는 인간들은 비위를 건드리면 자성自省하는 게 아니라 오히려 또 다른 트집을 잡아 분풀이하려는 경향이 농후하다는 걸 알고 있지 않은가. 무릎이라도 꿇고 사과하는 게 좋을 것 같네!" 철 회장은 완 감독에게 엄포를 놓았다.

완 감독은 길게 한숨을 내쉬며 철 회장의 이야기를 듣고만 있었다. 서쪽의 창문으로 새어 들어오던 한 줄기 햇빛이 사라지고 뒷산의 어둑한 그림자가 드리우기 시작했다. 그제야 완 감독은 모든 걸 체념한 듯 중얼거렸다. "그럴 수밖에 없을 것 같네…. 자네 말대로 엎드려 사과하겠네!"

급속도로 허물어지는 완 감독의 몰골은 애처롭다 못해 처참했다. 차마 눈 뜨고는 볼 수 없을 정도로 처량했다. 철 회장은 도저히 완 감독의 그런 모습을 그냥 보고만 있을 수 없었다. 철 회장은 주먹을 불끈 쥐고 관리실에서 뛰쳐나왔다. 그리고는 원장실로 달려갔다. 원장은 다리를 꼬고 앉아 커피를 마시고 있었다. 원장의 얼굴에 가래침을 뱉어버리면 속이 시원할 것 같았다. 그러나 철 회장은 어쩔 수 없었다. 참아야 했다. 그게 짝패를 돕는 길이었다. 철 회장은 헛기침을 한 번 크게 했다. 그제야 원장이 반응을 보였다. 마지못해 아는 체를 하는 것이었다. 철 회장은 원장에게 완 감독이 진심으로 사과한다는 뜻을 전했다. 목소리는 경색되어 있었으나 호소력 또한 만만치 않았다. 그것은 오로지 우정의 발로였다. 처음에 원장은 빡세게 나왔다. 절대로 그런 폭거를 용서할 수 없다는 거였다.

"그러면 휴양원 측에서는 아무 잘못도 없다는 말인가?" 철 회장은 단호한 어조로 하대하기 시작했다. 존중해 줄 가치가 없는 인간에게 경어는 너무도 과분하지 않은가. 철 회장이 노골적으로 따지고 들었다. 그렇다면 친구를 대신하여 직접 나서서 문제 삼겠노라고…. 그 친구의 고등학교 제자 중에 이름난 변호사가 있는데, 그 변호사를 통하여 팔팔노인휴양원의 부조리한 것들을 모두 문제 삼겠노라고…. 완 감독을 통하여 전해 들은 상황들이 법적으로 문제가 있는지 없는지를 가려보겠노라고…. 그러면서 철 회장은 자리에서 벌떡 일어나 출입문 쪽으로 향했다.

그러자 원장이 황급히 철 회장의 앞을 가로막았다. "어르신 제 말씀 좀 들어보세요!"

켕기는 게 있는 듯 비로소 원장의 태도가 누그러지고 있었다. 사과를 받아들이겠노라고…. 그리고 그러한 문제점을 개선하기 위하여 각별히 노력하겠노라고…. 그리고 이제까지의 것들은 없었던 걸로 해달라고 철 회장에게 매달렸다. 철 회장은 내친김에 완 감독 제자들을 다시 또 들먹였다. 내색하지는 않았지만, 사실 완 감독은 이름난 제자들이 매우 많았다. 가르침에 열정적이고 원칙중심의 완 감독을 제자들은 무척 존경했다. 근황을 알면 한걸음에 달려올 제자들이 전국 각처에 수두룩했다. 요즈음 종편 TV에도 뻔질나게 출연하며 영향력을 발휘하고 있는 박 아무개와 송 아무개도 완 감독의 손길을 거쳐 간 제자였다.

철 회장은 노인휴양원 원장실을 나서면서 원장에게 다시 한 번 대못을 박았다. "완 감독은 다른 건 다 참아도 가족과 관련된 일에는 절대로 양보가 없어. 부인은 그에게 절대적이야. 부인이 온당한 대우를 받지 않는다고 여겨지면 그 친구는 죽음도 불사할 사람이지. 험한 꼴 보지 않으려면 원장이 직접 관심을 가져줘야 할 거야. 이곳 노인휴양원 재소자들이 제대로 된 대우를 받고 있다고 여겨지게 하기 바라네!"

철 회장은 잔뜩 주눅이 들어 있는 원장에게 다시 한번 엄포를 놓고는 원장실을 나와 완 감독에게로 향했다. 원장이 계속 따라오며 머리를 조아렸다.

"바쁠 텐데 볼일 보시게!" 철 회장의 목소리는 졸수卒壽를 넘긴 고령답지 않게 카랑카랑했고 걸음걸이에는 패기가 흘러넘쳤다.

철 회장은 원장과 나눈 이야기를 완 감독에게 들려줬다. 뒤늦게 사태를 알아차린 강 선생이 완 감독 옆에 초조하게 서 있었다. 불쌍할 정도로 두 손을 떨면서….

"자네의 뜻을 충분히 전해줬으니까 기다려 보게! 아마도 조금은 달라지지 않을까 싶은데…." 철 회장은 짝패의 두 손을 감싸 잡았다. 무척 두툼하고 무척 푸근하고 무척 따듯하던 손이었다. 그런데 왜 이다지도 앙상하고 차가운가.

"이제는 완전히 맛이 갔나 봐요. 네 것 내 것도 구분 못 할 때도 많아요. 점점 더 망령이 심해지는 것 같아 속상해요." 강 선생은 정색을 하고 철 회장과 남편을 번갈아 바라보며 투덜거렸다.

"그러니 어찌하겠어요. 그래도 제수씨가 흔들리지 말고 중심을 잘 잡아야지…." 철 회장이 완 감독의 표정을 살피며 말했다.

"점점 더 망나니가 되어가는 것 같아서 속상해요. 진숙이 아빠가 야단 좀 쳐주세요!" 강 선생은 완 감독에 대한 신뢰를 빠르게 잃어가는 눈치였다.

"이보게, 친구! 이젠 모든 걸 참아야 하네. 무조건 참게나! 먹고 싶은 것도, 보고 싶은 것도, 누굴 만나고 싶은 것도…. 우리 나이에는 참지 않으면 쥐도 새도 모르게 모든 걸 빼앗겨 버린다네!" 막상 그렇게 말을 하면서도 철 회장의 가슴은 갈가리 찢어지고 있었다.

"고맙다 친구! 내일부터 하루에 '참을 인' 자를 백 번씩 쓰면서 버텨보겠네. 나도 친구에게 마지막 부탁 하나 함세!" 철 회장은 흐르는 눈물을 감추고 완 감독에게로 몸을 돌렸다. 완 감독이 떨리는 목소리로 울부짖었다. "자네는 이런 데는 오지 말게! 절대로 오지 말아야 하네! 여긴 출구도 없는 동굴이야! 냉기와 악취와 비정이 가득한 암흑이라고!"

완 감독의 그 목소리는 가슴 아린 메아리가 되어 끝없이 울려 퍼지고 있었다. 그러나 그 소리를 듣는 인간은 아무도 없었다. 철 회장과 강 선생의 눈시울만 적셔놓고 있었다.

평생의 짝패 부부를 뒤로하고 집으로 향하는 승용차 안에서 철 회장은 완 감독이 얼마나 더 이 세상을 버텨낼 수 있을지가 마음에 걸렸다. 그 성격으로 보아…. 외아들이 귀국할 때까지라도 버텨내면 좋으리라 생각하는 사이 승용차는 어느새 아파트 단지에 도착했다. 철 회장은 승용차에서 내려 부엉이골 쪽으로 몸을 돌렸다. 순간 아득히 먼 깊은 산속 외진 곳에 모든 것을 상실한 짝패를 매정하게 내팽개치고 홀로 도망쳐 왔다는 죄책감이 몰려왔다. 철 회장은 화끈거리는 얼굴로 백운산 능선을 하염없이 바라보았다. 서산의 검붉은 그림자가 산 전체를 빠르게 드리우고 있었다. 그것은 거대한 무덤일지도 모른다는 생각이 들었다. 그 무덤 위에 보름달이 솟아오른다 해도 그걸 쳐다보며 추억에 잠길 이가 하나라도 있으려는지…. 철 회장은 한참을 그렇게 서 있었다.

12

완 감독 부부는 팔팔노인휴양원에서 외아들이 더 크게 되어 귀국하기를 학수고대하며 버티고 또 버티느라 안간힘을 다했다. 교환교수 근무를 마친 외아들이 귀국하는 대로 집으로 돌아가 손주들의 재롱을 즐기면서 함께 살 것이라는 기대 속에서…. 그러나 완 교수는 귀국한 지 열흘이 지났는데도 노부모에게 집으로 가잔 말이 없었다. 처음에는 오래 비워뒀던 집을 손보는 줄 알았다. 그러나 그게 아니었다. 완 감독은 참다못해 외아들을 불러들였다. "언제 데려갈 거냐?"

외아들은 뜻밖이었다. "이제 여기서 지내세요!"

"여기서는 엄마가 너무 힘들어한다."

"집에 간다고 엄마가 편하겠어요? 그냥 여기서 지내세요! 교환교수 기간이 1년 더 연장되었어요. 이틀 후에 다시 출국해야 해요. 제가 영구 귀국하면 그때는 자주 찾아뵐게요."

완 감독은 몸속 깊은 곳에서부터 몸이 떨려오기 시작했다. 울화가 치밀어 당장이라도 심장이 터질 것만 같았다. 큰 소리로 불호령을 내리고 싶었다. 들고 있던 지팡이로 아들을 내려치고 싶었다. 외아들의 그 주둥이를 비틀어 놓고 싶었다. 노기 가득한 완 감독의 두 손은 부들부들 떨리고 있었다. 귀신이 붙은 듯 떨리는 두 손을 어찌할 수 없어 지팡이를 콘크리트 바닥에 세 번 거칠게 내리꽂았다. 땅. 땅. 땅. 금속성 충격음이 팔팔노인휴양원을 울려 퍼졌다. 찌든 먼지를 털어내는 소리 같기도 하고 세상을 뒤엎는 소리 같기도 한 그 소리. 그 소리는 이상하게도 여운이 무척 길었다. 그 소리는 외딴 시설에 늙어 꼬부라진 부모를 내다버린 인간들의 귀청을 울리고도 남을 소리였다. 그 소리가 그들의 가슴까지 울려줬으면 좋으련만, 그러나 인간의 귀에서 인간의 가슴까지의 거리는 너무도 멀고 멀었다.

하나도 가감 없이 말하자면 완 감독의 외아들 완상덕은 싹수가 전혀 없었다. 혹자는 그가 형제자매 하나 없이 혼자 커서 그렇다지만, 이 세상에 외동딸 외독자로서 지고지순한 효심을 지닌 이들이 얼마나 많은가! 부부가 맞벌이한다는 핑계로 집안 살림은 전적으로 늙은 완 감독과 강 선생 몫이었다. 손자 손녀의 양육은 물론이고 외아들과 며느리, 그리고 완 감독 부부까지 모두 여섯 식구의 의식주 모두를 완 감독과 강 선생이 도맡아 해결하고 있었다. 완 교수 부부는 부모에게 용돈 하나 챙겨주지 않았다. 그 흔한 해외여행도 한 번 시켜주지 않았다. 철 회장은 일찍이 맏이가 일본에 일주일, 괌에 열흘 동안, 이어서 둘째가 사이판에 닷새, 북유럽 쪽에 열흘 동안이나 여행을 시켜주었다. 누나들보다 뒤늦게 자리를 잡은 막내는 캐나다에 체류하고 있던 때 부모님을 모시고 가서 거의 두 달 동안을 한 집에 기거하면서 나이아가라와 플로리다 등 북미의 여러 명승지를 두루 관광시켜 드렸다. 완 감독 부부의 해외여행 경험은 완 감독이 정년으로 퇴임하던 해 가을, 체육계 동료들과 5박6일 동안 태국을 거쳐 베트남과 캄보디아를 다녀온 게 전부였다. 칠순 기념 여행도 못 했고, 팔순 때도 싱겁게 그냥 지나가 버렸다. 그런 점에서 완 감독은 지인들에게 할 말이 없었다. 그건 참으로 쪽팔리는 일이었다.

완 교수는 늙은 부모를 팔팔노인휴양원에 집어넣고 미국으로 간 후에도 전화 한 번 하지 않았었다. 교환교수 근무 기간이 연장되어 재차 도미하고서도 감감무소식이었다. 무사히 미국에 도착하여 잘 부임했는지가 궁금했던 완 감독이 먼저 국제전화를 걸어야 했다. 완 교수는 부모의 생일날에도 추석 명절에도 설에도 전화 한 통, 축하 메시지 한 줄 없었다. 그러나 완 감독은 아들 며느리 생일날마다, 손자 손녀 생일 때마다 꼬박꼬박 축하 문자메시지를 보냈다. 목마른 놈이 우물 판다는 말은 진리였다. 외아들의 목소리가 듣고 싶어 도저히 견딜 수 없는 지경에 이르면 완 감독이 먼저 전화를 걸거나 강 선생이 먼저 전화를 걸어서 외아들의 목소리를 들었다. 그럴 때마다 완 교수의 말투는 다분히 짜증스러웠다. '지금 여기는 밤중이라 모두 잠을 자고 있어요! 지금 많이 바빠요!' 늙은 부모를 향하는 그리움이나 살가운 데가 하나도 없는 말투였다. 수화기를 내려놓을 때마다 섭섭하고 한편 괘씸한 마음이 하늘을 찔렀지만, 완 감독 부부는 절대로 내색은 하지 않았다. 그저 외아들이 건강한 몸으로 더 잘되어 귀국하기만을 빌고 또 빌었다. 그리고 시간만 나면 자랑거리를 만들어 철 회장에게 전화를 걸었다. '우리 상덕이가 워낙 영어로 강의를 잘해서 눈코 뜰 새 없이 바쁘다는군!' 완 감독은 왜 그렇게까지 했을까? 그건 뻔하다. 미우나 고우나 이 세상에 둘도 없는 내 자식, 사랑하는 내 새끼니까….

에피소드

나는 그녀가 철 회장의 맏딸이라는 사실은 짐작조차 못 했다. 팔팔노인휴양원 주차장에 뉴쏘나타가 들어와 수수한 옷차림의 중년 여인이 자그마한 검정색 핸드백과 커다랗고 묵직한 쇼핑백을 들고 내릴 때까지만 해도 어떤 친정엄마를 면회 오는 걸로만 알았다. 차에서 내린 그녀는 한참을 두리번거리더니 침착한 걸음걸이로 노인휴양원 현관으로 향했다. 그걸 보면서 나는 그녀가 철 회장의 맏딸 진숙이라는 것과, 완 감독에게 무엇인가 중요한 물건을 전해 줄 게 있다는 것을 직감했다. 내 직감은 틀린 적이 없다. 왜냐? 나는 이 구역을 관할하는 산신이니까. 그녀는 관리실로 들어갔고 약간의 시간이 흐른 후 완 감독이 묵직한 지팡이를 짚고 쩔뚝거리며 관리실로 들어갔다. 이어서 강 선생이 손을 덜덜거리며 느린 걸음으로 나타났다. 그리고 또다시 약간의 시간이 흐른 후 완 감독을 따라 진숙과 강 선생이 노인휴양원 정원 잔디밭 입구에 있는 야외 식탁에 마주 앉았다. 나는 산골짜기에서 불어오는 냉습한 바람을 즉시 만추의 산들바람으로 바꾸어 놓았다. 그건 전적으로 철 회장의 맏딸을 위한 나의 배려였다. 특별히 신을 경배한다는 고백은 없었지만, 시종일관 부모의 뜻을 존중하며 효심을 실천하는 철진숙! 내 새끼들 못지않게 기특하고 갸륵하며 예쁘기 한량없다. 나는 신의 절대적인 권능으로서 그녀를 끝까지 가호하기로 작정했다.

13

진숙이 완 감독을 찾아 팔팔노인휴양원을 방문한 것은 철 회장의 유언이었다. 완 감독은 철 회장의 맏딸을 반갑게 맞았다. 진숙이 유치원에 들어가기 전부터 두 집안은 친형제 이상으로 가까웠다. 딸이 없는 완 감독 부부는 진숙을 볼 때마다 친딸 같은 감정을 느꼈다. 철 회장의 팔순 잔치 때 본 후로는 처음이었다. 참으로 반가웠다. 진숙은 완 감독의 두 손을 잡으며 공손하게 머리를 숙였다.

"나흘 전에 부모님을 모셨어요." 진숙이 한참을 머뭇거리다가 어렵게 입을 열었다.

"뭣이라!" 완 감독이 소스라치게 놀랐다.

"어제 삼우제를 지내드렸어요. 그때 알려드리지 못해 죄송했어요. 아버지 뜻이라 어쩔 수 없었어요. 용서하세요! 아버지는 부고도 사촌까지만 돌리고 그 이외는 아무에게도 알리지 말라고 하셨어요. 그래서 제자들은 물론 과거 직장 동료들께도 안 알렸어요. 조의금도 받지 말라 하셨어요." 진숙은 훌쩍거리며 커다랗고 묵직한 쇼핑백에서 낡은 검정색 가방을 꺼내어 완 감독에게 내밀었다. "아버지께서 전해 드리라 하셨어요."

완 감독의 눈이 휘둥그레졌다. 그것은 섬강 완씨 후안공파 족보가 들어 있는 아주 낡은 검정색 가방이었기에…. 거기에는 족보만 들어 있는 게 아니었다. 집문서도 들어 있었고, 완 감독이 선대로부터 물려받은 몇 필지의 야산과 전답 등기부등본도 들어 있었다. 완 교수는 이것만은 평생 잘 보관하라는 완 감독의 당부를 무시하고 그 검정색 가방을 열어보지도 않은 채 방치하고 있다가 출국 직전에 철 회장에게 맡겨놓았던 터였다.

"아무리 기다려도 상덕 오빠가 찾아가질 않았다고 하시면서, 이것만은 반드시 아저씨께 직접 전해드려야 한다고 하셨어요!" 그리고는 자그마한 검정색 핸드백을 열더니 흰색 봉투를 하나 꺼내어 완 감독에게 내밀었다. "아버지가 남긴 검정색 가방에 들어 있었어요. 현직에 계실 때 도시락도 넣어 다니시던 그 오래된 가죽가방 속에요."

완 감독은 진숙이 두 손으로 공손하게 내미는 봉투를 받아들었다. 봉투에는 철 회장 특유의 달필로 '완봉규! 저세상에서는 영원히 함께하자. 내 먼저 가서 기다리겠다. 철석현'이라고 쓰여 있었다.

"아저씨, 조용할 때 읽어보세요. 아마도 아버지의 마지막 목소리를 들으실 수 있을 거예요." 진숙이 애절한 표정으로 완 감독과 강 선생을 바라보았다. 완 감독은 흰 봉투를 반으로 접어 웃옷 안주머니에 소중하게 찔러 넣었다.

진숙은 준비해 간 다과를 야외 식탁에 꺼내놓고, 종이컵에 음료수를 따라 완 감독과 강 선생에게 권했다. 진숙은 철 회장이 지금 이 세상에 부재하고 있는 상황을 완 감독에게만은 소상하게 설명해야 했다.

“늘 짐작은 하고 있었지만, 적어도 나보다는 상당 기간 더 생존할 줄 알았는데….” 완 감독은 말을 잇지 못하고 숨을 몰아쉬었다.

진숙은 말문을 열지 못하고 한참을 망설이다가 억지로 입을 열기 시작했다. “저희는 매년 부모님의 중요한 기념일인 3월 넷째 일요일에 맞춰 특별한 이벤트를 벌여왔어요. 그냥 부모님을 재미있게 해드리려고요. 그 중요한 기념일이 왜 생겼는지는 저도 잘 몰라요. 결혼기념일은 분명 아니고요. 약혼하신 날도 아니고, 두 분이 처음 만나신 날도 아닌 것 같아요. 제가 태어나기 훨씬 전 어느 날인데, 결혼식이나 약혼식 날보다는 앞서있는 날인 건 분명해요. 아마도 결혼식 날짜보다 두서너 해는 앞섰지 싶어요. 아버지나 어머니나 그날에 대하여 저희에게 언급하신 적이 한 번도 없어요. 그날에 대하여 여쭤보면 그저 두 분 다 빙그레 웃기만 하셨어요. 어머니 말씀으로는 세상에 태어나서 그날처럼 놀랜 날이 없다고 하셨어요. 두 분이 그리도 중요하게 여기는 걸 알아차린 저희도 그날이 제일 중요한 날이라고 여기며 그에 맞춰 매년 특별한 이벤트를 벌여왔던 거예요. 부모님은 저희가 벌려드리는 특별한 이벤트를 즐기는 재미로 여생을 살고 계신다는 생각이 들기도 했어요. 그래서 매년 저희는 깜짝 놀랄만한 이벤트로 두 분을 즐겁게 해 드리려고 온갖 궁리를 다 짜냈어요. 그런데…. 그 중요한 날을 거의 넉 달이나 앞당겨 놀래키기 내기를 걸어오셨어요!

저는 부모님과 나눈 대화 내용을 두 동생들에게 전달하며 그날 W 시 외곽에 있는 금관가야레스토랑으로 집결하라고 명령했어요. 아이들을 모두 대동해야 한다고 못을 박았어요. 명령이라고 으름장을 놓기까지 했어요. 아이들을 모두 데리고 오는 건 결코 쉬운 일이 아니잖아요. 그러나 제 동생들은 저의 명령이라면 거역하지 않아요. 부모님이 그렇게 가르치셨거든요. 그게 맏이에 대한 도리라고요. 우리 집에서는 맏이의 권위는 그렇게 절대적이지요. 그렇게 해서 저는 부모님보다 더 무서운 존재가 되어버렸어요. 아버지께서는 권위라는 건 질서의 상징이라는 말씀, 권위를 존중하는 태도야말로 안정적 발전의 모티브라는 말씀을 생전에 자주 하셨어요.

저희는 아파트에서 부모님을 모시고 그리로 가서 파티하려고 했어요. 저희 아버지 산수연傘壽宴도 거기에서 해드렸잖아요. 그때 아저씨가 기타를 치며 축가를 부르셨어요. 저는 지금도 기억이 생생해요. 아저씨는 그날 유익종의 '사랑하는 그대에게'를 가수보다 더 멋지게 부르셨어요. 바로 그 레스토랑에서요. 아이들과 남편은 모두 거기에 대기시켜 놓고 저희 3남매만 아파트로 향했어요.

출발에 앞서 제가 아버지에게 전화를 걸었어요. 출발을 알리는 신호를 보낼 겸 해서요. 그런데 부모님이 전화를 받지 않으셨어요. 몇 번을 다시 걸었어요. 신호는 가는데 받지 않으시는 거예요. 이상한 생각이 들어 안절부절못하고 있는데 문자가 왔어요. 서두르지 말고 천천히 조심해서 오거라. 주차장에 도착하면 전화해라! 저희는 부리나케 아파트주차장까지 가서 또 전화를 드렸어요. 그러자 이번에도 곧바로 문자가 왔어요. 공동현관의 비밀번호는 2368이다. 아파트 현관에 올라오면 또 전화하거라! 저희는 공동현관문을 열고 엘리베이터로 33층에서 내렸어요. 인터폰을 눌렀어요. 아무 대답이 없었어요. 그래서 또 전화를 드렸어요. 또 곧바로 문자가 왔어요. 현관문 비밀번호는 8632이다. 아버지의 스마트폰에는 전화가 걸려 오면 문자를 자동으로 발송하는 앱이 깔려 있더라고요. 그 사실은 나중에 알았어요.

저희는 불안한 마음이 컸지만, 우리들을 깜짝 놀래키려고 그러시는 줄로 여겼어요. 현관문을 열고 전실로 들어섰어요. 거실 소파에 앉아서 우리를 기다리시겠지…. 그렇게 생각하며 중문을 열고 들어갔어요. 저희 3남매는 한꺼번에 몰려 들어가며 힘껏 소리쳤어요. 엄마아빠 뭐 하세요! 그러나 거실은 텅 비어 있었어요. 집안은 깨끗하고 조용했어요. 아저씨도 아시다시피 우리 집은 늘 깨끗하고 조용하잖아요. 그게 저희 부모님의 성격이잖아요. 저희 불안은 극에 달해갔어요. 저희는 마지막으로 작당했어요. 안방 문을 열면서 큰 소리로 엄마아빠를 부르기로요. 발소리를 죽이고 살금살금 안방 쪽으로 다가갔어요. 둘째가 안방 문을 힘껏 열었고, 셋이 합창하듯 큰 소리로 엄마 아빠를 불렀어요. 그런데 부모님은 침대에 나란히 누워 주무시고 계셨어요. 숨소리도 들리지 않았어요. 저희 셋은 합창하듯 큰 소리로 또 외쳤어요. 엄마 아빠 뭐 하시는 거야! 놀랐잖아! 그러나 부모님은 끝내 대답이 없었어요. 둘째와 막내가 달려들어 어머니의 손을 잡았어요. 저는 아버지의 손을 잡았고요. 아직 온기가 남아 있었어요. 저희는 눈물도 나오지 않았어요. 너무 놀라서….

제가 소리쳤어요. 엄마! 아빠! 우리가 졌어요! 인제 그만 일어나세요! 그때 둘째가 울기 시작했어요. 저희는 부모님의 볼에 얼굴을 비벼대며 통곡했어요. 한참을 울다가 아버지의 책상 위에서 진한 싸인 펜글씨가 있는 A4용지를 발견했어요. 놀라지 마라! 마지막 놀래키기 내기에서는 엄마 아빠가 이기고 싶었다. 이제까지는 너희들만 이겼고 엄마와 아빠는 늘 지기만 했었다. 조금은 억울했지만, 실은 너희들에게 지는 게 즐거웠다. 너희들에게 지는 재미로 이제껏 세상을 살았다. 이번에는 엄마 아빠가 이겼으니 너희가 마지막으로 한턱내거라. 마지막 게임에서 승리하니 기분 좋구나. 참으로 기쁘고 행복하다! 지금은 그런 희열 속에서 잠을 자는 중이란다. 너희가 이 세상에 존재하는 한 엄마 아빠는 절대 죽지 않을 것이다. 다만 사라질 뿐이란다! 우리 새끼들 사랑하고 또 사랑한다. 이후부터는 우리 가문의 기둥인 진숙이에게 보낸 메일의 첨부파일에 있는 내용대로 하거라!

저는 스마트폰으로 아버지의 메일을 열었어요. 첨부파일 명은 '검정색 가방'이었어요. 저희 3남매는 아버지의 검정색 가방을 열어보고 경악했어요. 거기에는 두 분의 아름다운 사랑 이야기도 들어 있었어요. 중요한 기념일인 그날의 유래도요. 그리고 지금까지 사시던 33층 아파트는 저희 세컨드 하우스로 활용하면 좋겠다고 하셨어요. 전망도 매우 좋고 공기도 신선하여 웬만한 별장보다 더 좋을 거라는 말씀을 자주 하셨거든요. 또한 딸이고 아들이고 다 똑같다 하시면서 제사 주재자로 맏이인 저를 지정하셨고, 둘째에게는 홍천 철씨 석현공파 종중회의 전반적인 관리 운영을 맡아서 하라고 하셨어요. 저희 3남매는 그 자리에서 부모님의 모든 뜻을 그대로 존중하기로 굳게 결의했답니다!"

완 감독은 듣고만 있었다. 말없이 그냥 듣고만 있었다. 그러더니 지그시 눈을 감았다. 골 깊은 주름이 헝클어진 두 눈에서는 뜨거운 눈물이 주르르 흘러내렸다. 끝없이 흘러내렸다. 진숙이 손수건을 꺼내 완 감독의 눈물을 닦아드렸다. 완 감독은 눈물을 닦아주는 진숙의 손길에서 철 회장의 온정을 느꼈다. "한껏 즐겁고 편하게 가셨으니 고맙기 그지없다. 이 시대에 너나없이 다 가는 시설에도 가지 않고, 그 누구의 눈치도 보지 않고, 평생의 자기 침대에서 스스로 눈을 감았다니…. 복 많은 친구로다. 너희들 너무 상심 말거라. 그게 너희 부모님의 평생 마음이었단다. 훌륭한 부모님을 자랑으로 여기며 너희 3남매 의좋게 잘 살아라! 너희 철 씨 가문은 무궁히 번영할 것이니라!"

진숙이 작별 인사를 하고 팔팔노인휴양원을 떠나간 다음에도 완 감독은 야외식탁 의자에서 움직이지 않고 오랫동안 그 자리에 앉아 오열하고 있었다. 도저히 지팡이를 짚을 기력이 없었다. 아니, 도무지 앞이 보이지 않았다. 눈물이 앞을 가려 방향조차 구분하기 힘들었다. 강 선생은 청승맞게 앉아 흐느끼고 있는 완 감독을 남겨놓고 노인휴양원 건물 안으로 들어가 버렸다.

'혼자 훌연히 그렇게 가버리다니…. 의리도 없는 친구로다. 친구여! 그대의 인생 마무리는 참으로 드라마틱하도다! 자네가 부럽도다! 그대의 완승을 축하한다!…. 아! 드디어 나도 결단의 시간이 다가오는구나!' 완 감독은 중얼거리며 왼손으로 섬강 완씨 후안공파 족보가 들어 있는 아주 낡은 검정색 가방을 집어 들고 지팡이에 마지막 힘을 모아 숙소로 향했다. 가방의 무게 때문인 듯 완 감독의 다리는 더 절룩거렸다. 완 감독은 숙소 침대 머리맡에 있는 사물함 맨 밑바닥에 낡은 검정색 가방을 밀어 넣었다. 원래 족보라는 것은, 땅문서나 집문서라는 것은, 그런데 들어 있어서는 절대로 안 되는 거였다.

완 감독은 억지로 마음을 가다듬었다. 다른 도리가 없다고 생각했다. 그러나저러나 태양은 서산에 기울었고, 어둠은 빠르게 모든 걸 집어삼킬 텐데 더 버티면 무엇 하랴…. 이미 인생의 짝패였던 철 회장도 가버린 마당에…. 더 이상 버틸 명분도 없고 더 이상 버틸 의욕도 없었다. 지팡이를 짚을 에너지마저 완전히 소진된 늙은이가 아니던가. 완 감독은 철 회장의 맏이가 다녀간 바로 그날 밤, 드디어 마음속으로 마지막 결심을 했고, 유언장을 구구절절 작성하여 웃옷 안주머니에 깊숙이 찔러 넣고는 지팡이의 손잡이를 열어보았다. 로프는 거기에 그대로 온전하게 있었다.

그로부터 속절없이 한 주가 흘렀다. 점심식사 후 완 감독은 강 선생과 정원 잔디밭을 산책했다. 완 감독보다 서너 발 뒤에서 강 선생이 따라 걸었다. 최 노파가 느티나무 그늘 벤치에 앉아 부러운 듯 완 감독과 강 선생이 산책하는 모습을 바라보고 있었다. 스르륵 스르륵. 팔팔노인휴양원 건물 뒷산 울창한 숲속에서 나타난 무지갯빛 능구렁이 그림자가 완 감독과 강 선생 머리 위로 날아올랐다. 오색찬란한 능구렁이 그림자는 두 노인의 머리 위를 크게 두어 바퀴 선회하다가 노인휴양원 건물 지붕으로 떨어지는 듯싶더니 느티나무 그늘에 빨려들면서 최 노파가 앉아 있는 벤치에서 사라졌다. 그 순간 최 노파는 완 감독과 강 선생의 산책길에 무엇인가 형언하기 어려운 안개가 드리우는 환영幻影을 보았다. 최 노파는 이상야릇한 감정이 솟구쳐 벤치에 더 이상 앉아있을 수가 없었다. 급히 몸을 일으켜 숙소로 돌아가 사물함에서 검정색 가방을 꺼내 수면제가 들어 있는 약병을 열어보았다. 수면제는 여전히 상당량 남아있었다.

노인휴양원 정원 입구 벤치에 앉은 강 선생의 두 손이 사시나무처럼 떨리는 걸 바라보던 완 감독의 얼굴이 무섭게 일그러지기 시작했다. 가슴속에서 어떤 울분 같은 게 치솟는 걸 느꼈다. 주위에 아무도 없다는 걸 확인한 완 감독이 강 선생의 두 손을 감싸 잡으면서 무겁게 말을 꺼냈다.

“이제 우리 마무리하는 게 어떨까? 아들놈도 정나미가 떨어졌고, 짝패인 철 회장도 가버렸고…. 당신도 이제 미련이 없을 것 같고…. 따로 더 정리할 게 있는 것도 아니고…. 내가 작성한 유언장 한 번 볼 텐가?” 완 감독이 진지하게 물었다.

“보긴 뭘 봐요! 모든 걸 당신 하고 싶은 대로 해요!” 강 선생은 그런 것은 관심 밖이었다. 사실 유언의 요지는 외아들에게는 한 푼도 상속하지 않고, 모든 재산을 완 감독과 강 선생의 출신 고등학교에 발전기금으로 기탁한다는 거였다.

완 감독이 결의에 찬 목소리로 이야기를 계속했다. “무엇보다도 어떤 때는 정신까지도 혼미해지는 것 같아서…. 그래도 사리

분별을 할 수 있을 때 결딴내야지! 여기서 정신 줄을 놓으면 말짱 헛일이야! 당신 말마따나 지금도 내 것 네 것이 잘 구분 안 될 때가 많아. 뭐가 뭔지 도무지 헷갈릴 때가 많다고…. 당신 생각도 변함이 없겠지?"

강 선생은 슬그머니 완 감독의 손을 뿌리쳤다. "그래요! 드디어 때가 온 것 같아요. 이제는 모든 게 싫어졌어요. 모든 게 더럽고 꼴도 보기 싫어요. 당신은 역겹고 상덕이란 놈은 내 새끼 같지 않아요. 모두 다 완전히 정나미가 떨어졌어요! 큰 소리 한 번 지르지 않고 그놈 비위 맞추느라 전전긍긍하던 게 후회스러워요. 아무리 귀여워도 잘잘못을 따져 엄격하게 훈육했어야 했는데…. 이젠 미련도 정도 이승에 남아있는 건 아무것도 없소이다!"

강 선생은 의외로 단호했다. "언제 그럴 생각인가요?"

"오늘 자정이 넘으면 내가 그리로 갈게…."

"좋아요. 기다리고 있을게요!"

"내 손아귀가 거칠더라도 참아야 해! 1분만 참으면 영원한 천국으로 갈 거니까!"

"알았어요. 그동안 할 이야기는 다 했으니 아무 말도 하지 말아요! 다른 사람들 귀도 있으니 더 이상 말은 걸지 말아요! 실수 없도록 하세요!"

"그래도 상덕이 목소리 마지막으로 한번 듣고 싶지 않아?" 완 감독이 휴대전화를 들여다보며 강 선생에게 물었다.

"그래요. 그래도 상덕이는 보고 싶어요! 한 번 걸어 봐요" 어느새 강 선생의 눈가가 촉촉해지고 있었다. 완 감독은 외아들의 전화번호를 눌렀다. 신호는 계속해서 가는데…. 그렇게 몇 번을 시도했으나 그럴 때마다 '상대방이 전화를 받지 않습니다' 였다.

"인제 그만둬요! 나 먼저 들어갈게요!" 강 선생은 완 감독을 정원 벤치에 남겨둔 채 뒤도 돌아보지 않고 매정하게 숙소로 향했다.

강 선생은 저녁 식사 후 양치질을 하고 한 시간쯤 지나자 또다시 치약을 짜들고 화장실로 들어갔다. 최 노파의 눈이 또다시 이글거리기 시작했다. 최 노파는 강 선생이 좋아하는 박카스에 수면제를 탔다. 보통 때보다 훨씬 더 많이 탔다. 최 노파는 잠자리에 들기 직전 강 선생에게 박카스를 건넸다. "어제 우리 딸이 갖고 왔어요!"

강 선생은 최 노파가 건네주는 박카스를 마실까 하다가 잠시 멈추고 최 노파에게 속삭였다. "오늘은 그냥 침대를 바꿔서 자는 게 어떨까?"

최 노파가 망설이는 듯 머뭇거렸다.

"한번 기회를 달라고 했잖아? 나는 이제 몸도 마음도 힘드니까 젊은 그대가 내 역할 좀 해줘!"

"미안해서요..." 최 노파는 더듬거리며 말끝을 흐렸다.

"미안할 것 없어! 그 대신 잠 좀 푹 자고 싶으니까 수면제 있으면 더 타줘! 영원히 잠들고 싶으니까 아주 많이 타주면 좋겠네…."

최 노파는 그 소리를 듣자마자 검정색 가방에서 수면제를 한 줌 꺼내어 강 선생이 들고 있는 박카스 병에 털어 넣었다. 처음에 탄 걸 까맣게 잊고 다시 또 듬뿍 집어넣었다. "고마워요. 형님! 오늘 밤은 단잠을 주무실 수 있을 거예요!"

자정이 되기 직전 두 노파는 서로 침대를 바꿔 잠자리에 들었다. 최 노파는 설레는 마음으로 강 선생의 침대에서 깊이 잠든 척하고 있었다. 강 선생은 최 노파가 건네준 박카스를 한숨에 들이마시고 최 노파의 침대에 드러누웠다. 무엇인가를 생각하고 싶었으나…. 무엇인가를 돌이켜보려고 노력했으나…. 강 선생은 곧 깊은 잠에 빠져들었다.

노인휴양원 직원들도 모두가 잠든 자정 무렵까지 완 감독은 한숨도 자지 않았다. 한 인간으로서 기억이 시작되는 시절부터 외아들 손에 이끌려 팔팔노인휴양원에 들어오기까지가 저절로 되뇌어졌다. 80년이 훨씬 넘는 기나긴 세월도 여덟 시간이 채 안 걸려 돌이켜볼 수 있었다. 남달리 굴곡이 많았고 영욕 또한 수없이 교차했지만, 따지고 보면 그게 다 자신보다는 외아들이 잘되기를 염원하던 시간이었다. 외아들을 위한 일이라면 물불을 가리지 않았던 세월들…. 완 감독은 사물함을 열고 족보가 들어 있는 검정색 가방을 어루만지며 중얼거렸다. '죄송합니다. 잘못 했습니다! 제 인생은 헛것이었습니다!'

그래도 완 감독은 마지막으로 외아들과 손자 손녀의 모습을 그려보았다. 보고 싶다는 생각이 해일처럼 밀려왔다. 갑자기 마음이 요동치기 시작했다. 순간 완 감독은 머리를 좌우로 크게 흔들며 정신을 가다듬었다. '여기서 흔들리면 안 되지!' 자리에서 벌떡 일어나 지팡이를 찾아들고 침대에 걸터앉았다. 그 시간 완 교수는 식구들과 함께, 3일 전에 LA국제공항으로 입국한 장인 장모를 모시고 요세미티 국립공원을 향해 고속도로를 신나게 달려가고 있었다.

완 감독은 자정이 살짝 지나자, 강 선생이 기거하는 방으로 향했다. 최대한 지팡이를 가볍게 짚으려 두 다리에 힘을 주어 걸었다. 복도 끝 높은 창문으로는 은하수가 느리게 흐르고 있었다. 강 선생이 잠자고 있는 방문을 열었다. 방안은 칠흑같이 어두웠다. 아무것도 보이지 않았다. 왼쪽 벽을 조심스럽게 더듬어 강 선생의 침대로 다가갔다. 부인은 곤히 자고 있었다. 완 감독은 잠시 망설이다가 통 사과를 박살 내는 악력握力으로 여인의 가느다란 목을 무자비하게 조였다. 그것은 순간적이었다. 여인은 잠깐 버둥거리다가 이내 숨을 거두었다.

'내 최후의 사랑이 당신 명줄을 끊는 것이네…. 내가 곧 따라 갈게….' 완 감독은 마음속으로 중얼거리며 숨이 끊어진 부인의 머리끝까지 이불을 잘 덮어주었다. 그리고는 다시 지팡이에 의지하여 그 방에서 재빠르게 빠져나왔다. 복도 끝 창문으로는 여전히 은하수가 흐르고 있었다. 완 감독은 능숙한 솜씨로 지팡이의 손잡이를 제거하고 그 속에 들어 있는 로프를 꺼내어 고리를 만든 다음 창문 고리에 동여맸다. 로프의 고리와 창문 밖으로 흐르는 은하수를 번갈아 바라보다가 그 고리에 목을 걸었다. 그리고는 분신과도 같았던 지팡이를 내팽개치면서 복도바닥으로 주저앉았다. 탕. 땅. 땡그랑. 금속제 지팡이가 콘크리트 바닥에 떨어져 굴러가는 소리가 요란하게 울려 퍼졌지만 아무도 그 소리를 듣지 못했다. 강 선생도 가슴속 깊은 곳에 검정색 가방을 품은 채 언제 깨어날지 모르는 잠을 자고 있었다.

에필로그

내가 완 감독의 지팡이에 맞아 죽던 날 나를 기다리고 있던 내 새끼들 다섯 마리는 한 마리도 잘못되지 않고 모두 잘 컸다. 신이 자신의 새끼들을 나 몰라라 하겠는가. 내 원혼을 달래는 것보다도 내 새끼 잘 키우는 게 더 우선 아니겠는가. 이제 복수도 마무리했으니, 산신으로서의 내 소임도 끝내야 할 때가 되었다. 더구나 아무리 전지전능全知全能하고 삼라만상森羅萬象의 경배를 받는 신이라 하더라도 장기 집권하는 건 삼가야 한다. 타성에서 벗어날 수 없고 아집인 줄도 모르고 주책없이 깃발을 들고 앞장선다면 얼마나 꼴불견이겠는가. 신이 원망은 듣지 말아야 하지 않겠는가. 노망老妄이 들기 전에 내 맏이에게 산신의 자리를 물려주어야 한다. 나는 팔팔노인휴양원 건물 뒷산 울창한 참나무 숲에 둥지를 틀고 있는 내 맏이에게 노인휴양원 정원 잔디밭으로 내려오라는 계시를 내렸다. 그리고 때맞춰 노인휴양원 지배인을 그리로 불러냈다. 뱀탕에 완전히 미쳐있는 지배인, 정력인가 뭔가에 그만한 게 없다면서, 특히 능구렁이라면 거금도 아끼지 않는 호색가 지배인이 내 준엄한 계시에 따라 노인휴양원 정원 잔디밭으로 나갔고, 잔디밭 한쪽에서는 관리실의 여사무원이 유행가를 흥얼거리며 산책하고 있었다. 지배인이 살랑거리는 여사무원의 뒤태를 감상하며 거의 다가갔을 때 날카로운 고함이 들렸다. '뱀, 뱀이다!' 내 맏이가 여사무원 앞을 빠르게 지나가고 있었다. 여사무원은 기겁하며 그 자리에 주저앉았다. 지배인은 재빠르게 구둣발로 내 맏이의 머리통을 짓밟았다. 내 맏이는 한참을 버둥거리다가 숨을 거두고 말았다. 머리통이 으스러져 버렸으니 어찌 살아남겠는가. 그 순간 내 맏이는 우리세계의 규정에 따라 산신이 되었다. 나는 내 선친이 그랬던 것처럼 기를 쓰고 버텼지만, 관례에 따라 원로산신휴양원에 끌려가 맨 끝 구석진 골방을 하나 배정받았다. 지배인은 죽은 내 맏이의 목을 집어 들고 여사무원에게 자랑이라도 하듯 소리쳤다. 이놈은 부르는 게 값이겠어! 오늘 밤에 뱀탕을 끓여야지…. 관리실에 가서 내 검정색 가방 좀 갖고 와! 여사무원은 관리실로 달려가서 화려하고 진한 검정색 가방을 들고 왔다. "지배인님의 검정색 가방은 다른 물건이 가득 들어있어서 제 것을 가져왔어요. 뱀탕 혼자 드시면 안 돼요!" 지배인은 검정색 가방에 내 맏이의 시체를 꾸겨 넣으며 야릇한 눈길로 여사무원을 바라보았다. "알았어! 오늘 밤 다른 약속이나 잡지 마셔!"

해설

거름도 한때는 꽃이었다

정태섭(소설가, 한라대학교 교수)

김영덕 소설 『나는 거름이다』는 그 제목부터 아프게 다가온다. 마치 미당 서정주가 「자화상」에서 질러버린 '애비는 종이었다'처럼.

이 소설을 관통하고 있는 문제의식은 현대사회에서 벌어지고 있는 인간답지 않은 사태들에 대한 어른 시각에서의 꾸짖음이다. 자칫 어른의 꾸짖음은 요즘 흔히 말하는 '꼰대짓'이 될 수도 있다. 사실 이 소설을 읽으면서 처음 맞닥뜨린 생각은 고백컨대 '꼰대짓'이었다. 등장인물의 성격이 전형성에서 벗어나지 않고, 자신의 신념이 아무런 내적인 저항 없이 발현됨은 결코 소설의 미덕이 아닐 것이다. 그렇다면 이를 모를 리 없는 작가는 왜 그토록 절실하게 표출해야 했을까? 독자들은 이미 눈치를 챘으리라. 이 소설이 '현대사회 문제'를 단순하게 나열한 '피카레스크식 구성'의 연작이 아니라 치밀하게 계획된 혐의를.

「덫」은 전 세계를 뒤집어 놓은 코로나 상황에서 '환란극복응원금'이라는 미끼를 던지는 정치인들과 그 미끼를 덥석 물고 좋아하는 군상들을 매섭게 질타하면서 코로나로 남편을 잃은 '규덕이 엄마'를 등장시켜 그 아픔을 어루만져주는 따스함을 잃지 않고 있다. 그러나 '공짜'라는 미끼가 견딜 수 없게 역겹다. 진정한 인간성 회복을 간절하게 절규한다.

―그래 버텨내야 한다!― 철 노인은 두 주먹을 불끈 쥐고 어금니를 악문다. 그러나 두 다리가 후들거려 더는 견딜 수가 없다. 철 노인은 그 자리에 털썩 주저앉는다. 뒤틀리고 일그러진 베란다 흑호두나무 마루판의 모양은 마치 커다란 쥐덫처럼 생겼다. 공짜라는 미끼가 한 무더기 매달려 있는 쥐덫 같아 보인다. 철 노인의 두 눈이 또다시 저절로 감긴다.

「나는 거름이다」는 제목에서 이미 작품의 모든 내용을 알 것 같다. 느리고 둔해 보이는 소牛라도 주인이 옆에 있으면 호랑이도 감당한다고 한다. 소뿐이겠는가! 모든 생명체의 공통된 특징이리라. 누구라도 자신을 지지해 주는 자가 곁에 있으면 강한 자신감이 생겨 어려운 일이라도 능히 해내는 것을 종종 경험한다. 이 작품에서 '나'는 한 가정의 장녀로 태어나 동생들을 위해 희생한다. 덕분에 동생들은 이 사회에서 내로라는 위치에서 자신의 능력을 마음껏 꽃피운다. 이후 '그분'을 만나 적극적인 내조와 자녀들 양육을 위해 희생한다. 그래서 '나'는 천생 '거름'이다. 그런데 역설적이게도 그 '거름'은 소를 지켜주는 주인이기도 하다. 우리네 역사 속에서 그림자로만 존재하는 '거름'들. 이 작품에서는 우리가 쉽게 잊고 있는 그 많은 희생을 되돌아보게 한다. 그리고 이 작품 말미에서 보이는 '거름'이 숙명적으로 갖게 되는 부끄러움을 자위하는 모습은 가슴이 아리도록 숙연하다.

그렇지, 그 어느 깊은 골짜기에 나만의 부끄러움이 숨어있을 것이고, 그 가파른 산비탈을 기어오르던 내 가슴은 꿈과 희망이 넘쳐흘렀지. 그분을 따라가는 길목마다 행복이 널려있었고, 그것은 나만의 환열이요 영광이었지. 그분을 만나러 가기 전에 우리의 그 길이 아직도 거기에 그대로 있는지, 그게 정녕 행복이요 기쁨이며 영광이었는지, 다시 한번 마지막으로 둘러보는 게 순서겠지. 그래야 그분에게 부끄럽지 않겠지. 아니, 어쩔 수 없었던 나의 부끄러움은 부끄러워하지 않아도 절대로 부끄럽지 않은 부끄러움이라는 걸 당신만이라도 알아주었으면 해서….

「세 친구」에서는 다도해 섬마을 친구들 셋을 등장시켜 흔들리는 가족 윤리를 나무라고 있다. 이 세 친구들은 각자 다른 자녀관을 지니고 있다. 동시대를 아주 가까이서 살아왔지만, 자녀나 친인척에 대한 사고관념의 동질성이 별로 없다. 이는 지금 이 사회가 윤리적으로 흔들리고 있다는 방증일 것이다. 작가는 이 지점에서 멈추어서 어떠한 희망도 보여주지 않는다. 그것이 아프다.

그러나 김현덕은 뒤도 안 돌아보고 두 발을 탕탕 구르며 식당 문을 박차고 나가버렸다. 그러다 되돌아오겠지 생각하며 윤진숙과 강후남은 김현덕을 목 빠지게 기다렸다. 리필 커피를 세 잔씩이나 마시며 한 시간을 넘게 기다렸다. <중략> 그렇게 김현덕은 끝내 다시 나타나지 않았다. 결국, 윤진숙은 남편 권오윤 회장이 자가용을 직접 몰고 와서 데려갔고, 강후남은 콜택시를 불러 타고 집으로 돌아갔다. 그 후로 남도의 세 친구들은 이 세상 어디에서도 다시 만나지 못했다. 세월이 한참 더 흐르고 저승에도 향우회가 있다면 거기서나 또다시 만나게 되려는지?

「물질hoK-8의 기적」은 작가의 타 작품들과 다소 다른 색채를 지닌다. '방향족화합물이 인간의 정신세계를 지배할 수 있다!'는 무한한 상상력으로 독자의 호기심을 자극한다. 이 상상력은 한국사회의 가장 근본적인 고민인 출산 문제로 직진하면서 현 젊은이들의 결혼 출산 기피 세태에 대한 해결책을 다소 익살스럽게 보여준다.

30년대 초반 어느 정부에서는 아이를 다섯 이상 낳아 모두 5세 이상 양육한 여성에게는 유치원 원장 자격증을 준다. 그것도 모자라 40년대 중반의 어느 정신 나간 정부는 자녀를 열 명 이상 생산한 부부에게는 한국은행이 발행한 백지수표를 준다. 그 당시 어느 유명대학에서는, 물론 남학생들의 이의 제기가 만만치 않았지만, 재학기간에 아이를 하나 출산하면 신청한 학점을 모두 A학점으로 인정하고 다음 학기 등록금을 전액 면제하며, 셋 이상 출산한 경우에는 출석일수에 무관하게 전공분야의 학사학위를 수여한다. 또한, 대학원 석박사 통합과정에서 아이를 다섯 이상 출산하면 전공에 관계없이 철학박사 학위를 수여한다.

'철윤섭' 박사는 이마저도 '미봉책'이라고 하면서 '물질hoK-8'을 개발하여 화학물질의 작용으로 젊은이들 출산을 유도한다는 발상은 참으로 기발하다. 이어서 '물질hoK-9'를 개발하여 또 다른 문제를 해결하고자 한다는 결말은 작품의 문학성을 완성한다.

물질hoK-9는 인간의 후각세포를 자극하여 양심에 따라 행동할 수 있도록 강렬한 용기를 북돋게 하는 방향족화합물이다. 머지않아 조국은 또 한차례 거대한 물결이 휩쓸고 지나갈 것이고, 정직한 사람만이 신명나게 살아가는 지상낙원으로 거듭날 터이다.

「그녀의 바이러스」는 '철진기' 아내의 일종의 복수극이다. 의사로서의 사명감이 투철한 '철진기' 박사가 바이러스성 감염병('달나라호흡기증후군'이라는 병명이 기발하다)인 '무르스' 환자를 치료하다가 '무르스'에 감염된 상황이 정치꾼 '완만권'에 의해 철저하게 왜곡되고 언론을 통해 짓밟히는 사태를 보면서 컴퓨터 전문가인 한인숙이 바이러스를 개발하여 '완만권'을 응징하는 통쾌한 이야기이다.

머릿속에서 거대한 섬광이 광활한 우주를 향해 폭발하는 느낌을 받으며 한인숙은 유리창을 두 주먹으로 내리쳤다. 그녀의 주먹으로 깨질 유리창은 아니었지만, 파열음에 가까운 소리가 병동 복도를 울렸고, 그녀의 머릿속에서는 빛의 속도로 논리회로가 작동하기 시작했다. 이제까지 생각지도 못했던 기발하고도 다양한 방법들이 떠오르고 있었다. 그길로 병원을 걸어 나온 그녀는 자기만의 연구실로 한걸음에 달려갔다. 그녀는 즉각 구체적인 작업에 착수했고, 훗날 그 나라를 경천동지하게 할 무시무시한 프로그래밍은 순조롭게 진행되어 갔다. 그녀의 바이러스가 추구하는 궁극적인 목적은 인간 개개인의 존엄성을 최고 가치로 하는 세상을 구현함에있어 그에 역행하는 무리를 철저하게 응징하는 것이었다. 그리고 완만권이라는 작자를 처절하게 몰락시켜 사랑하는 남편의 자존심을 돌려놓는 것이었다.

「가장완장」은 무너져가는 가장의 권위(?) 이야기다. 현대사회에서 남성은 사회 일선에서 물러나면서 바로 퇴물 취급을 받는 서글픈 현실을 고발하는 작품으로 읽힌다. 그 가장의 권위를 회복하는 장치로 '가장완장'을 제시하는 것은 기발한 발상이다. '완성국'은 친구 '박혁규'가 건네준 '가장완장'으로 가장으로서의 자신감을 되찾는다.

두 친구는 그날 저녁 포석정에서 만났다. 박혁규는 잘 포장된 꾸러미를 하나 들고 나타났다. 그는 완성국을 보자마자 양주를 마시고 싶다 했다. 그날 만찬은 상다리가 휠 정도였다. 상어지느러미 접시가 거의 바닥이 드러나고, 스카치위스키 15년산 병이 텅 비어갈 무렵 박혁규가 홍알거리며 꾸러미를 끌렀다. 꾸러미 속에서는 울긋불긋 요란하게 생긴 완장이 하나 나왔다. 황금색 바탕에 적색 선이 세 가닥 쳐져있고 새까만 글씨로 家長이라고 새겨져 있었다. 그렇게 요란하게 생긴 완장은 처음이었다. 권력의 서슬이 시퍼렇던 5공 시절에도 그렇게 화려하고 위엄 넘치는 완장은 찾아볼 수 없었다.

그러나 이내 자신을 무시하고 있다고 생각하고 있던 아내의 가계부 하나로 '가장완장'을 아내에게 건넬 수밖에 없는 반전이 깊은 감동을 선사한다.

완성국은 안방 문을 열었다. 안방에는 아무도 없었다. 철명숙이 거기에 있어야 했다. 그러나 그녀는 거기 없었다. 완성국은 서재로 들어갔다. 서재의 실내등은 소등상태였고, LED스탠드만 홀로 그녀의 푸스스한 머리를 비추고 있었다. 철명숙은 책상에 엎어진 채로 곤하게 잠들어 있었고, 머리맡에는 가계부가 나뒹굴고 있었다. 완성국은 정신을 가다듬고 가계부를 들여다보았다. 깨알 같은 글씨로 그날 장을 본 내력이 기록되어 있었다. 두부 한 모 2,425원, 콩나물 한 봉지 1,565원, 국멸치 200그람 5,045원…, 등등, 지출 합계 36,575원, 그날 저녁 박혁규와의 술값은 그보다 90만 원이나 더 많았다. 대리운전비용까지 합하면 100만 원을 상회하는 금액을 하루 저녁 술값으로 날린 거였다. 가계부 여백에는 철명숙의 볼펜 글씨가 또렷했다. '더 아껴야 한다. 이러다 큰일 나겠다. 더 절약하여 그이가 하고 싶다는 걸 해드려야 할 텐데…. 참으로 안타깝다. 3개월에 한 번씩 하던 파머를 이제부턴 5개월에 한 번씩 해야겠다!'

「검정색 가방」은 김영덕 소설의 결정판이다. <프롤로그>에서 뱀을 서술자로 삼아 이야기를 시작하고 본격적인 서술에서는 전지적 시점으로 시점을 자유롭게 넘나드는 기교를 보인다. 그런데 그 소설적 기교보다 작품이 함의하는 의미가 진중하다.

인간이라는 동물은 모두들 검정색 가방을 적어도 하나씩은 숨겨놓고 그 속에다 별것도 아닌 것들을 긁어모아 가득히 채워 넣는 이상한 버릇이 있었다. <중략> 철 회장은 구석방 캐비닛 속에 방치했던 검정색 가방을 꺼내 들었다. 가방은 많이 낡아 있었다. 가방 속에는 3남매의 학교생활통지표와 각종 상장이 가득하게 들어 있었다. 도저히 출퇴근할 수 없는 원거리에 발령을 받아 객지 생활을 할 때 가족들로부터 받은 편지도 모두 거기에 보관하고 있었다. 물론 윤 여사와의 연애시절 주고받은 서신들도 고스란히 거기에 들어 있었다. 그 속에는 그것뿐만 아니라 아주 깊숙한 구석에 알약—두 알만 경구복용하면 단지 5분 후에 깊은 잠에 빠지고, 그로부터 5분 후에 숨이 멈추고, 다시 5분 후에 생물학적 사망에 이르는—여섯 알이 들어 있었다.

짝패인 '철 회장'과 '완 감독'을 통해 세태 비판과 삶의 진정한 의미를 깊이 있게 다루고 있는 수준작이다. '철 회장' 부부의 죽음이 다소 작위적으로 보이기도 하지만 인생의 의미가 무엇인가에 대한 진지한 질문의 장치임을 인정한다면 그리 나무랄 것은 못 된다. 그리고 아들에게 버려져(?) '팔팔노인휴양원'에 갇혀 지낼 수밖에 없는 '완 감독' 부부를 통해서는 아주 세속적인 군상들을 등장시켜 진정한 인간성을 상실한 현 세태를 질타한다.

누구나 자신의 잘못은 모르기도 하려니와 잘못을 들어내놓고 인정하려고 하지 않으려는 속성이 있었다. 그 웃기는 자존심 때문에…. 그러나 철 회장과 완 감독은 그것이 모두 말뿐이라는 걸 이미 알아차리고 있었다. 관리실에 있는 직원들의 표정에도 그렇게 씌어져 있었다. '늙으면 곱게 늙을 것이지 늙어가는 주제에 웬 말이 그리 많은가!' 그들은 그렇게 쏘아붙이고 싶은 표정으로 관리실 문을 나서는 철 회장과 완 감독의 뒷모습을 쳐다보지도 않았고, 형식적인 인사말 한마디 하는 직원도 하나 없었다. 언제나 을乙의 입장에서는 그런 대우쯤이야 감수할 각오를 하고 있어야 더 험한 상처를 피할 수 있는 세상이었다. 일단 을의 신세로 전락하면 갑甲이라는 완장을 찬 인간에게 그렇게 해야 하는 건 누구도 부정하지 못하는 게 이 세상의 불문율이었다. 철 회장도 완 감독도 그것만은 확실하게 터득하고 있던 터였다.

김영덕의 소설 『나는 거름이다』를 읽다 보면 어느새 나의 이야기로 읽힌다. 이는 독자들이 경험할 것이다. 작품을 관통하는 '노인'의 시점은 다소 억울함도 느껴진다. 소설은 간혹 생경한 또는 고상한 철학을 표현하는 도구로 사용되기도 하고, 그러한 것이 높이 평가되기도 한다. 그러나 내 곁에서 나의 이야기 같은 잔잔한 울림을 주는 그런 소설, 우리는 고상한 클래식에서는 눈물을 보이지 않지만 우리네 애환을 노래하는 유행가에서는 뜨끈한 눈물을 보이는 친구를 느낀다. 김영덕의 소설 『나는 거름이다』가 그렇다.

모든 게
그녀의 힘이다

어렸을 적에, 아마도 초등학교 시절이었을 것이다. 어딘지도 모르고 담임선생님을 따라 글짓기대회에 나가서 상을 받아왔다. 부모님이 무척 좋아하셨다. 그 힘으로 평생을 살았다. 대학 시절에는 학보사 기자로 짧은 소설을 써서 편집에 어려움을 겪고 있는 대학신문의 지면을 채워 넣었다. 결국, 당시에는 너무 파격적인 소재의 글을 게재했다가 곤욕을 치렀고, 그때 글짓기를 접었다. 졸업 후 서부전선 최전방 105밀리 곡사포 진지에서 병역을 필하고, 중고등학교에서 아이들을 가르치다가 은퇴를 하니 손자 손녀 돌보는 일이 제일 재미있었다. 그것도 잠시, 손자 손녀들이 학교에 들어가고 학교단계가 높아지면서 글짓기를 재개했다. 그만용에 가까운 용기의 원천은 그녀였다.

인간세계의 인간답지 않은 구석과 아무 생각 없이 지나쳤던 뒷골목을 되돌아보는 게 글짓기의 묘미다. 나는 글을 통해 인간 본성을 탐구하는 일에 큰 가치를 둔다. 그게 내가 소설을 짓는 이유이다. 소설을 쓰면서 나는 재미를 느끼는데, 막상 내가 만들어낸 이야기는 재미가 별로 없다. 그러나 내 소설은 교훈적이고 윤리적이다. 나는 아직도 내 가르침을 받아야 할 어린 애들로 둘러싸여 있다는 환상 속에서 산다. 그동안 문예지와 동인지 등에 발표했던 소설과 발표할 기회를 얻지 못했던 작품 중에서 9편을 추려서 단행본으로 묶었다. 고맙게도 원주문화재단에서 출판비용을 전액 지원해 주었다.

그만하면 살맛 난다 싶다가도 약간만 눈을 돌려보면 눈에 거슬리는 것들 투성이다. 헝클어진 게 너무 많다. 장자의 여덟 가지 과오나 성경의 칠죄종을 범하고서도 당당한 척한다. 그러나 아직은 아름다운 구석이 널려 있고, 미운 사람보다는 감사하고 온정을 느끼는 이들이 훨씬 더 많은 세상이다. 그래서 신독과 거경을 독려하고 사사 물물을 측은지심으로 바라볼 수 있는데, 그런 인성이 바로 이 세상을 더 풍요롭고 아름답게 가꾸는 거름일 터이다. 지금도 그 목소리가 쟁쟁하다. -그동안 수고 많았어. 여기서 일한 세월은 그냥 누군가의 거름이었다고 생각해라. 거름 없이 크는 식물은 없단다. 그렇지만 거름은 흔적을 남기지 않아.

이 순간부터 모든 걸 말끔히 지워 버려라!

그렇다. 그게 진정한 희생이다. 이다음에는 장편소설을 내놓을 계획이다. 희생의 가치를 골격으로 좀 더 흥미진진하게 엮어 보려고 한다. 출판기념회는 아름드리 소나무가 어우러진 치악산 숲속이 될 것이다.

계묘년 유월 초나흘 원주 섬강변에서

김영덕